LA ÚLTIMA PACIENTE DE LA NOCHE

UN THRILLER DE AJ DOCKER

GARY GERLACHER

Black Rose Writing | Texas

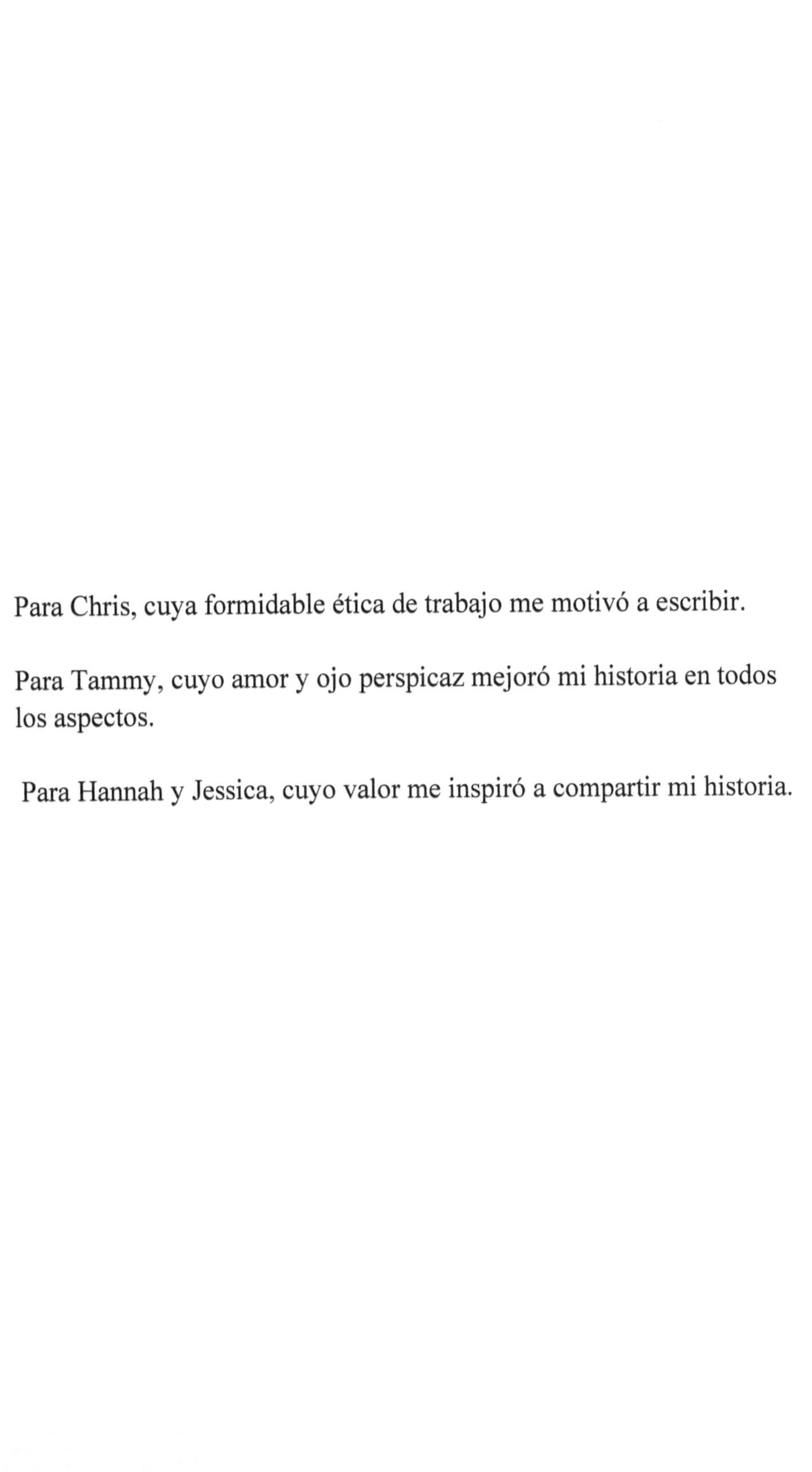

Para Chris, cuya formidable ética de trabajo me motivó a escribir.

Para Tammy, cuyo amor y ojo perspicaz mejoró mi historia en todos los aspectos.

 Para Hannah y Jessica, cuyo valor me inspiró a compartir mi historia.

LA ÚLTIMA PACIENTE DE LA NOCHE

CAPÍTULO UNO

Estaba solo en el silencio de la mañana, mirando hacia abajo los 1,200 metros verticales de nieve virgen, y elegí mi ruta para la primera bajada del día. Era una pista de diamante negro, pero no presentaba ningún problema para mi cuerpo de un metro noventa, el equipo de esquí más moderno y veinte años de experiencia en terrenos difíciles. Permanecí quieto un momento más para disfrutar de la tranquila soledad de la montaña cubierta de nieve. Nada puede arruinar la alegría pacífica de una pista de esquí recién cubierta por quince centímetros de nieve fresca.

Salvo un turista de Oklahoma. Otro esquiador se acercó a gran velocidad y destrozó mi serenidad. Intentó frenar tarde y se enganchó en el borde, cayendo a mis pies. El equipo, la nieve y el ruido del golpe salieron disparados en todas direcciones.

Me miró con una sonrisa tonta.

—Buenos días, compañero. Qué hermosa mañana. ¿Cómo estás? Me llamo Sam, por cierto —dijo mientras intentaba levantarse y recoger su equipo. Observé su abrigo caro, su equipo barato y su falta de habilidad con creciente preocupación por su elección de esta pista avanzada. Me hubiera encantado dejarlo ahí para disfrutar mi descenso, pero la ética de la montaña requería que lo ayudara a levantarse y a recoger su equipo. Solo tomó un minuto recoger su equipo y ayudarlo a ponerse los esquís.

—Sí, señor —dijo finalmente mientras se levantaba y se limpiaba los mocos y la nieve de la cara—. Mira esa pista. Nieve fresca esperando a ser marcada. Parece bastante empinada. Oye, ¿te importa si bajo yo primero? Nunca he sido el primero en una pista así.

La verdad es que sí me importaba, pero en este momento, solo quería que Sam se fuera para poder continuar con mi día.

—Con mucho gusto, Sam. Disfruta de la nieve fresca, pero ve despacio. Esta pista es bastante empinada y esos árboles pueden aparecer rápido.

—Bueno, gracias. Voy a hacer que esta sea una bajada memorable.

No tenía idea de lo memorable que sería. Comenzó bien, haciendo los primeros giros de lado a lado sin problema. Pero unos doce metros más abajo, volvió a enganchar un borde y se enderezó para recuperar el equilibrio, apuntando sus esquís directamente cuesta abajo y ganando velocidad rápidamente. Esperaba que Sam hiciera un giro para frenarse, pero en lugar de eso, aceleró rápidamente fuera de control hacia los árboles. Ya estaba llamando a la patrulla de esquí cuando entró en la línea de árboles, y un álamo —que había esperado cincuenta años para ese momento— detuvo abruptamente su impulso. Sam se llevó una rama de diez centímetros directamente en la cabeza y el cuello, cayó al suelo con fuerza y no se movía.

La patrulla de esquí respondió mientras yo bajaba la colina lanzado. A diferencia de Sam, yo andaba con control intencionado y ningún movimiento desperdiciado mientras me dirigía hacia él.

—Patrulla de esquí. ¿En qué puedo ayudarle?

—Necesito un equipo médico y evacuación en la cima de la pista Devil's Bend. Un caballero esquiaba hacia los árboles y va a necesitar ser evacuado. Dígales que sigan nuestras huellas por el centro de la pista hasta la primera línea de árboles.

—He alertado a un equipo. ¿Me puede describir sus heridas? —preguntó la patrulla de esquí.

—Espere, estoy por llegar a donde está. —Con una sola mirada, supe que estaba mal. Sam, apenas consciente, jadeaba por aire—. Escuche, nos urge que un helicóptero médico venga y aterrice lo más cerca posible. —Me desabroché los esquís, me quité la mochila y me apresuré hacia Sam lo mejor que pude con las botas de esquí. Estaba mal, muy mal.

—Señor, no puedo autorizar un helicóptero hasta que uno de nuestro equipo médico lo solicite. ¿Cuáles son sus heridas? —La patrulla de esquí seguía en la línea.

Lo ignoré, pero dejé la llamada en altavoz mientras comenzaba mi examen inicial. Cada examen importante de trauma comienza de la misma manera: verificando la vía aérea, la respiración y la circulación, o *ABC* por sus siglas en inglés. Lo primero es asegurarse de que el paciente tenga una vía aérea. No tendría que preocuparme por nada más, porque Sam no tenía ninguna vía aérea.

Sam se había llevado una rama directamente en la garganta y ya tenía una hinchazón considerable en el cuello. Peor aún, no movía nada de aire. Sus ojos llenos de pánico suplicaban con la mirada, mientras se llevaba la mano a la garganta en la señal universal de asfixia. Sam no se estaba atragantando con nada, sin embargo. Su laringe estaba aplastada, y Sam se estaba asfixiando. Me quité los guantes de esquí, abrí mi mochila y saqué el equipo mientras hablaba con Sam en un tono tranquilizador.

—Sam, mírame. Te has aplastado la garganta y has perdido la vía aérea. No puedes respirar ahora. En un minuto te vas a desmayar, y cuando eso pase, te voy a poner una vía aérea y te voy a ayudar.

Pensé que mi tono era tranquilizador, pero los ojos de Sam se abrieron aún más mientras hablaba. Desplegué mi bisturí, gasas, cinta adhesiva y un tubo endotraqueal. La mayoría de las personas no llevan suministros como estos en la montaña, pero como médico de urgencias y adicto a la adrenalina, me gusta estar preparado para cualquier situación. Esa preparación estaba a punto de dar grandes frutos para Sam.

—¿A cuánta distancia está el equipo médico?

—Cuatro minutos —la voz del despachador también temblaba.

—Bien, tengo que hacerlo sin ellos. ¿Ya pidió un helicóptero?

—Sí, señor, están a unos veinte minutos.

Los intentos de Sam por respirar se volvieron más débiles. Le tomé la mano con las mías y le dije palabras de aliento hasta que sus esfuerzos cesaron por completo. Antes de que comenzara el daño cerebral, tenía unos sesenta segundos para restaurar la oxigenación. El tiempo se ralentizó mientras entraba completamente en modo médico. Primero, un rápido deslizamiento de una toallita con alcohol. Esto apenas era un procedimiento estéril, pero lo tenía grabado en los huesos. A continuación, una incisión vertical de 2.5 centímetros sobre la manzana de Adán con un bisturí, mucho más grande de lo que normalmente haría, pero solo tenía una oportunidad para esto y ninguna ayuda. Mantuve firme el bisturí y realicé un corte preciso a través de las capas superficiales y profundas de la piel. La piel es mucho más dura de lo que la mayoría de la gente se imagina, y hasta un bisturí necesita presión considerable para penetrar profundamente. Hubo algo de sangrado, pero afortunadamente no toqué ningún vaso importante. La pura suerte determina si una arteria pequeña es cortada y la sangre se esparce por todas partes, oscureciendo la zona y haciendo el procedimiento más difícil. Ignoré la pequeña cantidad de sangre y continué.

Separé la piel y el tejido, revelando la superficie gris perlada de la membrana cricotiroidea que cubre la vía aérea. El resto de la tráquea es cartílago grueso, que es difícil de penetrar, pero la frágil membrana cricotiroidea tiene el tamaño de la punta de un dedo meñique, y fácilmente le hice un agujero con mi bisturí. Hubo una inmediata ráfaga de aire de los pulmones, lo cual fue una buena señal, lo que significaba que el bloqueo estaba por encima de donde había cortado. Luego, pasé un tubo de respiración por el agujero y hacia abajo por la vía aérea en dirección a los pulmones. Normalmente, un tubo de respiración entra por la boca o la nariz y baja por la tráquea hacia los pulmones. Entrar a través de la membrana cricotiroidea es un atajo hacia los pulmones. El extremo abierto del tubo normalmente está conectado a una bolsa para soplar aire hacia los pulmones, pero incluso yo no tenía una bolsa de aire en la montaña. Así que, lo hice a la vieja escuela, respiré hondo y soplé dentro del tubo. Los pulmones de Sam se expandieron, y luego escuché cómo el aire salía del tubo mientras sus pulmones se desinflaban.

Podría hacer esto por un tiempo, pero realmente quería que Sam empezara a respirar por sí solo a través del tubo. El deseo del cuerpo de respirar no se basa en la falta de oxígeno, sino en la acumulación de dióxido de carbono en el torrente sanguíneo. Sam ya había tenido suficiente tiempo para acumular dióxido de carbono en su sangre en los últimos minutos, y su cuerpo estaría gritando por respirar. Eventualmente, Sam tomó respiraciones vacilantes, luego respiraciones más profundas, mientras eliminaba el dióxido de carbono de su cuerpo y añadía oxígeno a su torrente sanguíneo con cada respiración, lo que significaba que estaba a punto de despertarse.

Sam jadeó y espontáneamente tomó una profunda inhalación a través del tubo. Sus ojos se abrieron con pánico, y como era de esperar, trató de alcanzar el tubo, pero yo estaba preparado y le sujeté las manos.

—Sam, escúchame. Vas a estar bien. Estás respirando a través de un tubo, y necesito que reduzcas la velocidad de tu respiración. Respira conmigo, inhala y exhala. No puedes hablar con este tubo puesto, así que concéntrate en respiraciones profundas y uniformes.

Tomé algunas respiraciones profundas, y Sam desaceleró su respiración para igualarla con la mía hasta que encontró un ritmo cómodo.

Los miembros de la patrulla de esquí llegaron, y pronto éramos seis personas trabajando para estabilizar a Sam. Le sostuve la mano mientras lo inmovilizaban con un collarín, lo transferían a un trineo, y la patrulla de esquí comenzó el proceso de bajarlo por la montaña a un lugar donde el helicóptero pudiera aterrizar de manera segura. A lo lejos, escuchamos el sonido de su inminente llegada.

Después de que Sam empezó a descender por la montaña, empaqué todos mis suministros, y un miembro mayor de la patrulla de esquí se acercó.

—Supongo que no es la primera vez que usted hace algo así, ¿verdad?

—Bueno, es la primera vez que hago algo así en una montaña, pero sí tengo un poco de experiencia.

Nos miramos el uno al otro. Era un hombre robusto que parecía haber vivido en esta montaña toda su vida, y probablemente el único aquí arriba además de mí con un pulso por debajo de cien.

—Señor, llevo 43 años en esta montaña y es la primera vez que veo a un turista cortar una vía aérea en otro turista. Necesito que baje y complete unos papeles y que nos invite a una cerveza a los dos.

—Me encantaría, pero mire, lo que pasa es que todavía hay 1,700 hectáreas de nieve virgen que no he tenido la oportunidad de ver. El último remonte es a las cuatro en punto. Hagamos un trato. Dígame dónde puedo encontrar una fogata y un café, y ahí estaré a las 4:30 para dar una declaración tan larga como quiera. Mientras tanto, ¿me permite esquiar un poco hoy?

—Lamentablemente, mi turno termina a mediodía hoy. Oye, Michelle, ¿puedes obtener su declaración después del trabajo hoy?

Cuando Michelle se acercó, sus ojos se iluminaron al enfocarse en mí. Era una impresionante morena de un metro ochenta con ojos color café que amenazaban con derretir la nieve. Era momento de cambiar de planes.

—A ver, pensándolo bien, mi declaración podría tardar un rato. ¿Qué le parece que lo hagamos durante la cena? Digamos, ¿a las siete en el restaurante de bistec?

Michelle mantuvo mi mirada y asintió.

—Encantada de ayudar. Ahí nos vemos. El resort da prioridad a satisfacer todas las necesidades de sus clientes —dijo, mientras me miraba directamente con esos ojos asesinos.

—Entonces me aseguro de hacer una lista de todas mis necesidades antes de la cena.

Su jefe miró de un lado a otro entre nosotros dos y negó con la cabeza.

—Que disfrute su noche. Y no olvide dar su declaración —se alejó murmurando algo sobre «Pinches jóvenes de hoy en día».

Me abroché los esquís y me preparé para bajar la montaña.

—Espere, al menos necesito su nombre —gritó Michelle.

—AJ Docker, pero todos me llaman Doc.

CAPÍTULO DOS

Claramente, había dejado la paz de las montañas de Wyoming por el caos agresivo del tráfico de Houston mientras me dirigía al trabajo. No había buenos lugares para manejar en Houston en hora pico, pero era probable que el Texas Medical Center fuera el peor de todos. El Centro era un área de cuatro kilómetros cuadrados al sur del centro de la ciudad que contenía trece hospitales de enseñanza, ocho hospitales especializados, dos facultades de medicina y una serie de otros servicios médicos. Más de 100,000 empleados trabajaban allí, atendiendo a más de diez millones de pacientes cada año. Era el centro médico más grande del mundo, y el segundo lugar ni siquiera se le acercaba.

Mi destino era el Hospital Ben Taub, la joya de la corona de la atención de trauma en Houston. Si alguien que había sido baleado, apuñalado, aplastado, golpeado, estrangulado o ahogado, necesitaba el Hospital Ben Taub. Dado que todas esas tragedias ocurrían con frecuencia en Houston, era un lugar popular con más de 100,000 casos de urgencias al año. No existía tal cosa como un día tranquilo en Ben Taub.

Entré al estacionamiento y luché por encontrar un lugar en el cuarto piso. Cualquier pensamiento persistente sobre Wyoming se evaporó mientras caminaba por la puerta principal del hospital, recibido por una multitud hablando en una cacofonía de voces dominadas por inglés y español, pero si uno escuchaba con atención, se podían detectar idiomas de todo el mundo.

Lo único que no se podía encontrar en ningún otro lugar era ese olor a hospital. Una dosis pesada de líquidos de limpieza antisépticos mezclados con un toque de sudor, miedo, frustración, sangre y vísceras tan fuerte que no solo lo olías, sino que podías saborearlo. *L'eau d'hôpital* nunca iba a triunfar como colonia o fragancia de velas, pero para mí, era mi hogar.

Después de un rápido viaje a través del detector de metales —ni siquiera los médicos podían llevar un arma en un hospital de Texas— me dirigí a la sala de urgencias.

Al imaginarse una sala de urgencias, era fácil pensar en doctores y enfermeras, pero la gran y disfuncional familia incluía terapeutas respiratorios, secretarias de registro, asistentes de transporte, personal de limpieza, flebotomistas, técnicos en radiología, asistentes médicos, vida infantil, y muchas más personas de diferentes orígenes, géneros, razas y edades, con distintos niveles de formación y experiencia. La sala de urgencias era una mezcla de pacientes y personal de lo más diverso.

Nadie con inteligencia diseñaría un modelo de personal para la sala de urgencias como ha evolucionado. La delimitación de funciones y las interacciones entre los individuos no tenían mucho sentido en el papel, pero funcionaba en la vida real. Todos conocían sus responsabilidades, y no había un momento en el que eso fuera más evidente que cuando llegaba un paciente de trauma. Para un extraño, parecía caos, pero para mí era como un ballet bien coreografiado.

Como para muchos otros, la sala de urgencias era realmente mi familia. Trabajábamos juntos de cerca, y también salíamos juntos fuera del trabajo, probablemente porque nuestras historias eran inapropiadas para que las personas «normales» las escucharan. Nuestro humor definitivamente no era apreciado por la gente que no había estado allí.

El humor era el mecanismo de afrontamiento número uno en urgencias. Si podíamos encontrar la manera de sonreír y reír después de presenciar tanto dolor y sufrimiento, sabíamos que podíamos manejar el estrés y el trauma que enfrentábamos todos los días. Cuando uno perdía la capacidad de reír, era hora de encontrar otro trabajo.

Cada sala de urgencias funcionaba con azúcar, cafeína y adrenalina, y esta no era diferente, por lo que llegué mi primer día de regreso con dos docenas de donas de Krispy Kreme. Jean, la enfermera a cargo de nuestra sala, me confrontó cuando entré por la puerta. No se debía cometer el error de centrarse en la parte de «enfermera» de su título, sino en la parte de «a cargo» porque Jean es la indicada. Nada sucedía en urgencias sin su conocimiento y aprobación. Muchos doctores jóvenes habían aprendido eso de la manera difícil.

Jean medía alrededor de 1.60 y era fuerte —no pesada, no grande, sino fuerte. Creció en el oeste de Texas y había aprendido a montar en un rancho desde una edad temprana. Ya sabía lazar ganado a los diez años, aunque era probable que nada más al gritarles que se tumbaran, lo hubieran hecho. Jean tenía una voz y una presencia tan imponentes que enorgullecerían a cualquier Sargento. Había empezado desde abajo hasta convertirse en la jefa indiscutible de la sala de urgencias. El personal la amaba y le temía, mientras que la administración solo le temía.

—Bueno, si no es el mundialmente famoso Doc honrándonos con su presencia de nuevo en el Taub —me saludó—. Y veo que llevas comida, violando las reglas del hospital. ¿Qué te dije sobre traer donas a mi sala de urgencias? —me preguntó con severidad. Pensé por un momento.

—Creo que dijiste que debía asegurarme de que tuvieras dos antes de que todos los demás se las comieran —sonreí genuinamente, contento de verla.

—Tienes toda la razón. Dame un abrazo y mis dos donas. Me alegra tenerte de vuelta —me abrazó mientras tomaba una dona en un movimiento bien practicado. Tomé una dona también, y ambos les dimos una mordida—. Todavía están calientitas. Eres uno de los buenos, Doc. No me importa lo que digan los demás. ¿Cómo estuvo Utah?

—Wyoming —la corregí—. Nieve fresca, paz y tranquilidad. Bueno para el alma.

—¿Ah, sí? ¿Y supongo que no tuviste nada que ver con una traqueotomía en la montaña?

Intentando esconder mi expresión facial, dije: —Esperaba que esa noticia no llegara hasta aquí.

—Bueno, pues, llegó. Ya sabía que fuiste tú. Hubiera sido bien extraño que otra persona llevara bisturí en la montaña.

—Nomás yo y unos pocos asesinos en serie.

—Cierto, y supongo que dejaste unos corazones rotos ahí en Utah.

Puse cara de ofendido.

—Jean, un caballero nunca revela los detalles íntimos de su posible relación con una bella socorrista de la patrulla de esquí. Y fue en Wyoming.

Jean se rió.

—Tú no eres ningún pinche caballero.

—Ay, pero tú, Jean, eres sin duda una dama. Ya, pues, tómate otra dona, damita mía —dije con reverencia—. Algunos de nosotros tenemos trabajo que hacer.

·   ·   ·

Me dirigí de regreso a la estación de enfermeras, el corazón y el alma de la sala de urgencias, y el centro de mando de las operaciones. Era caótico y ordenado, con el personal entrando y saliendo para llamadas telefónicas, registros y visitas a los pacientes. A pesar de ser un hospital sin papel, había documentos por todas partes.

—Escuchen, equipo. Todos sabemos que no se permite comida en la estación de enfermeras, así que quiero que todas estas donas desaparezcan en los próximos diez minutos. Y cománselas con café. Tenemos un día largo por delante. Háganme sentir orgulloso, equipo mío.

Bastaba con una actitud positiva y unas donas calientes para mostrar mis capacidades de liderazgo esa mañana. El equipo se abalanzó sobre las donas como una manada de pirañas muriéndose de hambre. Este proceso era darwiniano y solo los más fuertes conseguían una dona. En menos de un minuto, la única evidencia de que las donas habían existido era un montón de dedos pegajosos y un personal feliz.

Me dejé caer en una silla cerca de Deb, la Co-Directora de la sala de urgencias —yo era el otro—, y una buena contraparte para mí. Se había formado junto a mí y se le conocía por ser muy lista. Mientras yo era el ruidoso y políticamente incorrecto, Deb era una líder tranquila y más reflexiva en su enfoque. A sus ojos color café no se les escapaba nada, y su apariencia juvenil y figura pequeña hacían que muchos pacientes la subestimaran al principio. Rápidamente ganó su confianza. Deb era la compañera perfecta para supervisar este caos.

—Veo que sobreviviste sin mí durante cinco días —dije.

Deb torció los ojos.

—Nos costó mucho trabajo, pero de alguna forma lo logramos. Es casi como si este lugar funcionara bien sin ti. Escuché que estuviste ocupado en la montaña.

—Solo un caso rápido para mantener mis habilidades.

—Y supongo que además de la vía aérea reparada, también dejaste al menos un corazón roto allá en la montaña —preguntó Deb con una ceja levantada y una sonrisa burlona.

—¿Por qué todos asumen que conocí a una chica hermosa en la montaña?

Deb siguió mirándome directamente con esa ceja levantada que exigía la verdad, apenas conteniendo una risa.

—Michelle, patrulla de esquí, inolvidable.

Deb dejó escapar la risa y extendió la mano.

—Creo que eso te costará un dólar, Finn.

Finn también había entrenado con nosotros y me hacía parecer serio y concentrado. Ya que venía de una familia hippie del sur de California, Finn disfrutaba de la vida al máximo. Su esbelta figura de casi dos metros llevaba una sonrisa constante. También era uno de los mejores atletas que conocía, bueno en todos los deportes, no solo en los comunes como el futbol, básquetbol y beisbol, sino en todos. Finn podía ganar en natación, boliche, bádminton y golf de frisbee. Era prácticamente imbatible en los deportes, pero las apuestas eran otra cosa. Lo miré incrédulo.

—¿Apostaste contra mí? Cinco días en Jackson Hole, ¿y apostaste contra mí?

Siempre teníamos apuestas estándares de un dólar en la sala de urgencias. Podíamos apostar sobre cualquier cosa. Finn apostaba por todo y perdía más de lo que ganaba. Estoy seguro de que tenía una pila de billetes de un dólar en su casillero para repartir a la gente. Aproximadamente el diez por ciento de su salario debía haber sido para apoyar a otros en urgencias a través de las apuestas perdidas.

Finn sacudió la cabeza.

—Tienes que fallar alguna vez.

—No antes de que te quedes sin dinero.

CAPÍTULO TRES

Dos horas después, Deb se enderezó en su silla, una señal segura de que se acercaba el peligro.

—Aguas. Ya viene.

—No es él, ¿verdad? Por favor dime que no es él —murmuré, con la esperanza de no tener que lidiar con ese idiota.

—Es él, y tiene un montón de papeles y una sonrisa presumida en la cara. Suerte, pues. Creo que voy a buscar un paciente que necesite mi ayuda —dijo mientras se alejaba.

Respiré hondo, me puse mi sonrisa de político y me volví para enfrentarme a mi antagonista. Lou Gallagher era uno de un número creciente de vicepresidentes treintañeros en el hospital. Todos tenían títulos en administración de servicios de salud, así como maestrías en negocios, y pasaban sus días en reuniones y conferencias telefónicas, decidiendo cómo manejar las cosas. Armados con presentaciones y hojas de cálculo, no tenían ni la más mínima idea de cómo se llevaba a cabo realmente la atención médica en un hospital, y la mayoría de sus grandes ideas oscilaban entre lo ignorantes y lo francamente peligrosas. Su número había crecido en las últimas dos décadas, y ahora manadas de vicepresidentes deambulaban por los pisos administrativos buscando a alguien que se uniera a su nuevo comité.

Lou era uno de los peores, porque estaba convencido de que siempre era el más listo de la sala. Eso quizás era cierto cuando se sentaba solo en su oficina, pero aquí, en el mundo real, era otro imbécil engreído en un traje con malas ideas, sin empatía y con una personalidad limitada. Contratado hace aproximadamente un año, era un dolor de cabeza desde el primer día.

Se acercó con deliberación.

—Buenos días, Doctor Docker.

Como siempre, Lou llevaba un traje con un chaleco elegante, un reloj grande y llamativo, y unos zapatos negros de charol realmente brillantes. Con su cabello oscuro bien cortado y sus ojos pequeños, parecía un funerario a punto de venderme un ataúd. Por alguna razón, siempre llevaba calcetines de colores brillantes en contraste con sus trajes oscuros. Estoy seguro de que había una razón para ello, pero nunca me atreví a preguntar.

—COLA, Lou. Buenos días. Siéntese, por favor. Siempre es agradable ver a nuestros líderes administrativos en la primera línea, y por favor, ¿cuántas veces tengo que decirle que me llame Doc?

—Está bien... Doc, pero debo decirte que prefiero que me llamen Vicepresidente Gallagher.

—Eso suena un poco formal para la sala de urgencias. ¿Qué le parece si llegamos a un acuerdo y lo llamo VP Lou? Entonces, ¿cómo lo puedo ayudar esta mañana? —pregunté mientras me recostaba y tomaba otra dona, agradecido de que alguien más hubiera traído donas esa mañana. Qué buena forma de comenzar el día.

—Pensé que era ilegal tener comida en las estaciones de los doctores.

—Esto en realidad es una estación de enfermeras, y tiene razón en que esta dona es ilegal. Por eso estoy tratando de esconder la evidencia antes de que alguien lo note. ¿Quiere ayudar, VP Lou? —pregunté mientras le pasaba la caja.

—No, gracias. Estoy aquí para hablar contigo sobre el censo de la sala de urgencias.

Lo interrumpí.

—Antes de que entremos en eso, tengo que preguntarle sobre los calcetines. ¿Qué pasa con todos esos colores?

Lou sonrió con orgullo. Estaba seguro de que llevaba un año esperando a que alguien le hiciera esa pregunta. Levantó el pantalón y alzó el pie para que viera un patrón de patitos de colores brillantes bailando bajo la lluvia.

—Tengo todo un juego de calcetines amigables para niños que uso todos los días para recordarme la importancia de nuestros pacientes pediátricos en el hospital.

Lo miré fijamente y esperé más explicaciones, pero no llegaron. Él me devolvió la mirada, y el silencio se volvió incómodo. Decidí sacarlo de apuros.

—Bueno, un buen par de calcetines es importante. ¿Sabía que los pies pueden sudar hasta medio litro al día? Los buenos calcetines son importantes para la higiene de los pies. ¿Tiene un par de calzoncillos que combinen con cada par de calcetines?

Lou estaba desconcertado.

—O sea, no. No tengo.

—Perdón, pregunta inapropiada. Se me hace que usted es más del tipo de bóxers, o quizás anda sin nada. Una conversación para otro día. ¿Mencionaba el censo?

Su rostro se relajó con evidente alivio al volver al tema del censo de la sala de urgencias.

—Tus números están un 2.7% abajo esta semana y un 3.1% este mes, por debajo de las proyecciones. ¿Qué tienes que decir al respecto?

—¡Esas son buenas noticias! ¡Oigan, todos, escuchen! ¡Menos personas se enfermaron y se lesionaron el mes pasado! ¡Houston está más sano! ¡Un aplauso para la gente de esta ciudad! —grité, provocando una pequeña ovación y algunos aplausos del personal cercano. Lou, sin embargo, no estaba sonriendo.

—Estas no son buenas noticias en absoluto. Cuando los volúmenes bajan, los ingresos bajan. No puedo mostrar ganancias para este departamento con estos números —dijo Lou claramente estresado.

—Olvidé que usted es la persona del dinero y yo nomás soy una persona que se ocupa de la gente. Parece que esto es un problema para usted. ¿Cómo puede un humilde médico de urgencias como yo ayudarlo en su momento de necesidad?

—Necesitamos más volumen en urgencias. Necesitamos más pacientes para cumplir con las proyecciones.

Fingí pensar profundamente y luego chasqueé los dedos.

—Tengo una idea. Jean, ven aquí un segundo.

Jean estaba caminando cerca y se desvió hacia nosotros.

—Dile a todos los internos y residentes que cuando se regresen a casa esta noche, necesito que atropellen a un mínimo de dos peatones con sus carros. No lo suficientemente fuerte como para matar a nadie, pero preferiblemente lo bastante fuerte como para romper algunos huesos. Y diles que se concentren en personas con seguro para el VP Lou.

—Cuenta con ello, Doc —dijo Jean mientras se alejaba con paso relajado.

Boquiabierto, Lou apenas podía hablar.

—No vas a hacer eso de verdad, ¿verdad? Eso es ilegal.

—Solo es ilegal si nos atrapan, y funciona. La última vez que lo hicimos, tuvimos treinta y dos casos de trauma en seis horas. Gran idea, Lou. Gracias por sugerirlo. Yo me encargo de que todos sepan que fue idea suya.

—No. No. Detenla. Esto no fue mi idea. No quiero atropellar a la gente con carros. Tienes que detenerla.

Miré a mi alrededor, pero Jean ya no estaba a la vista.

—Está ocupada ahora, pero ahorita le digo que se espere para hablar con los residentes hasta el final del turno. Déjeme escribir una nota para que me acuerde.

Escribí meticulosamente: «¡No atropellen a la gente con carros!» en un papelito y lo pegué en mi computadora

—Ahora, ¿con qué más puedo ayudarle hoy?

—Una cosa más —dijo mientras recuperaba la compostura—. Estás usando demasiado aire acondicionado aquí abajo. Este es Mike, de mantenimiento —señaló a un hombre con overol que estaba nervioso cerca de nosotros—. Va a instalar una caja de seguridad en el termostato, y solo yo tengo la llave —dijo Lou, levantando una llave—. De ahora en adelante, la temperatura se queda en 23 grados en la sala de urgencias. Podemos ahorrar un 5.3% en costos de electricidad con este cambio.

—VP Lou, voy a perder un 5.3% de mi peso corporal en sudor en cada turno y probablemente un 5.3% de mi personal si usted hace eso. Tenemos que ponernos batas y mascarillas aquí abajo y trabajar bajo las luces calientes. Necesitamos mantenerlo más fresco para el personal.

—La decisión está tomada. Las necesidades del hospital son más importantes que las necesidades de los empleados. Veintitrés grados a partir de ahora. Bueno, parece que tienes pacientes que atender, y yo tengo reuniones a las que asistir. Adiós... Doc —dijo con una sonrisa burlona.

—COLA, VP Lou —dije con una sonrisa igual de burlona.

—¿COLA? Y eso, ¿qué significa?

—Es nada más una forma en que nos saludamos y nos despedimos en urgencias, un saludo único para unir al equipo, y como usted ya es parte del equipo, COLA.

—Ya veo —dijo Lou con una sonrisa que se extendía por su cara. Probablemente no estaba acostumbrado a que lo eligieran para algún equipo—. Pues, COLA, Doc. Que tengas un buen día —dijo mientras se volteaba y se fue. Lou dio vuelta en la esquina antes de que estalláramos en carcajadas y extendiera mi mano. Finn se rió mientras ahí ponía un dólar.

—Pensé que tardaría más de un día en hacer que lo dijera. Tenías cuatro días antes de perder la apuesta. COLA, COLA, COLA —cantó mientras se alejaba.

Mike, de mantenimiento, preguntó:

—¿Qué diablos fue todo eso? ¿Y qué diablos es COLA?

—Aposté un dólar a que podría lograr que Lou usara COLA como saludo en menos de cinco días, y lo hice en uno. Dinero fácil.

—Entonces, ¿qué significa COLA?

—«Con la cabeza en el culo». Lo usamos para describir a los administradores del hospital que básicamente arruinan todo lo que tocan por aquí. Lou no es ninguna excepción.

Mike se rió. Puse mi brazo sobre su hombro y me dirigí hacia el termostato.

—Mike, ¿te gusta el futbol americano? Tengo dos boletos para el partido de los Texans contra los Chargers este domingo, y son todos tuyos si puedes hacerme un pequeño favor. Necesito un ajustito al plan del termostato de Lou.

CAPÍTULO CUATRO

—Mira, ya viene el Oficial Despistado y su compañero mucho más guapo. Ven aquí, Banshee. Dame besitos.

El oficial Banshee era un perro policía, un malinois belga de 27 kilos de puro músculo y cerebro. Corría a aproximadamente 65 kilómetros por hora, saltaba dos metros y medio en el aire y podía morder con una presión de 14 kilogramos por centímetro cuadrado. Esto significaba que podía derribar a las personas y sujetarlas hasta que los demás oficiales llegaran. Cuando le ponían su chaleco antibalas personalizado que podía sostener cámaras, micrófonos y otro equipo, se convertía en una máquina de guerra muy cabrona.

Lo más sorprendente de Banshee era su inteligencia. Conocía más de cuatrocientos comandos verbales y cien comandos visuales. Podía usar un auricular y una cámara para recibir órdenes a distancia. Sabía cómo atacar, retirarse, encontrar, gatear, buscar, escuchar o escanear, o cualquier cosa que se le ordenara. Con sutiles señales de mano, podía sentarse, acostarse o, mi favorito personal, gruñir. Dos toques en el brazo de su agente y Banshee pasaba de ser un perro alegre a un monstruo gruñendo con los dientes descubiertos. En resumen, estaba mejor entrenado que el promedio de cirujanos ortopédicos.

Banshee saltó a mi regazo para darme besitos. Conocía a Banshee desde que era un cachorro por mi trabajo con la policía local, y hacía visitas frecuentes a la sala de urgencias con su compañero para su entrenamiento continuo. Ocasionalmente, se quedaba en mi casa cuando su compañero estaba fuera de la ciudad, así que Banshee y yo éramos mejores amigos.

—Deja de besar a mi perro. No tengo idea de dónde ha estado tu boca, pero estoy seguro de que en algún lugar asqueroso —dijo el oficial Tom Nocal, o Despistado, como me gustaba llamarlo. La sala de urgencias era su segunda casa y la de su compañero, Banshee. Tom venía de una familia de policías, y se le notaba, incluso sin uniforme. Estaba orgulloso de su bigote por razones que no eran particularmente claras para mí. Llevaba veinte años dejándolo crecer, pero nunca había terminado de llenarse por completo. Era un buen hombre en una pelea, un buen compañero para fumar cigarros e intercambiar historias, y era lo más cercano que tenía a un amigo fuera de la comunidad médica.

Con frecuencia, la policía pedía la ayuda de Tom y Banshee en las escenas del crimen, y Banshee había enviado a muchos criminales a urgencias con grandes heridas de mordida en sus pantorrillas. Incluso los tipos más duros se convertían en masas temblorosas de obediencia cuando Banshee se sentaba junto a ellos en la sala.

—Estás celoso porque él me quiere más a mí que a ti. Pero todo el mundo me quiere más. Supongo que, ya que estás aquí, ¿el centro comercial está seguro?

Era una broma constante que no era más que un policía de centro comercial montado en un scooter eléctrico todo el día.

—Sí, algunos tiraron basura cerca de la pizzería, pero disparé unas veces al aire, así que probablemente no vuelva a pasar por un buen rato. ¿Qué tal tu viaje de esquí?

—Relajado. Tres días de nieve perfecta y dos noches de pura dicha.

—Juro que podrías ligar hasta en una convención de monjas. Al menos te alejaste un rato del rollo de ser doctor.

Deb interrumpió la conversación.

—Pero te equivocas. Nuestro héroe doctor hizo una traqueotomía en la montaña.

—¡No mames! ¿Cómo terminas en situaciones así?

—Supongo que con suerte.

—Asumo que lograste evitar otra visita de la muerte.

—En este caso sí, pero perdí a un paciente en el vuelo de regreso por una emergencia médica.

Deb dejó lo que estaba haciendo y se volvió hacia mí.

—¿Perdiste a un paciente en un avión? ¿Y no sentiste la necesidad de compartir esa información hasta ahora?

—En mi defensa, no preguntaste.

—Bueno, ahora te estoy preguntando.

Deb y Tom se inclinaron hacia adelante para escuchar la historia.

—Así que estaba en lo mío, cuando escuché la temida llamada pidiendo ayuda médica a bordo. Siendo un miembro ejemplar de la comunidad médica, me puse en acción. El paciente estaba en la parte trasera del avión y se había vuelto inconsciente, sin pulso y con algo de sangre saliendo de la nariz. Ambas pupilas estaban dilatadas. Probablemente fue un derrame cerebral, pero claramente fallecido. No había mucho que pudiera hacer.

Deb estaba incrédula.

—¿No hiciste nada?

—Bueno, le expliqué la situación a la familia. Era viejo, así que no fue del todo inesperado.

—¿Cuántos años tenía? —preguntó Tom.

—Creo que dijeron 17 o 18, definitivamente al final de su vida.

—¿De qué chingados estás hablando? Dieciocho no es viejo. ¿Te quedaste ahí viendo cómo moría un chico de dieciocho años? ¿Qué te pasa?

Los miré con fingida confusión.

—Me dijeron que dieciocho es viejo para un gato.

Tom me dio un puñetazo en el brazo.

—¿Un pinche gato? ¿Mataste a un pinche gato en ese avión?

Me froté el brazo donde Tom me golpeó.

—No. Declaré que un gato estaba muerto en el avión. El gato murió sin mi ayuda.

Deb estalló en carcajadas.

—Espero que la aerolínea haya apreciado tu pericia.

—De hecho, me dieron un vale de 200 dólares por ayudar a la familia.

—Esto es lo que está mal con la medicina —refunfuñó Tom—. Los médicos reciben 200 dólares por decir que un gato está muerto. ¿Hay algún médico de verdad aquí hoy o nomás tú, el imbécil matagatos? Necesitamos recoger a uno de tus clientes para transferirlo al centro. Este hijo de puta golpeó a su esposa así que ella le dio un botellazo en la cabeza como respuesta.

—Ay, sí, el distinguido caballero en la habitación ocho. Deberían estar terminando de coserlo. Me alegra que hayas traído a Banshee. Ese tipo podría romperte la madre y no le costaría nada. Podría jugar como línea defensiva en un buen equipo universitario o incluso para tus Steelers. Probablemente no llegaría a un equipo verdadero de la NFL, claro.

Banshee sonrió cuando escuchó su nombre, o tal vez sonrió ante la perspectiva de un poco de acción.

—Ten cuidado con lo que dices de mis Steelers, o le digo a Banshee que te ataque.

—¿Este chiquito adorable? —dije, mientras me lamía la cara—. Ándale, vamos a conocer a tu nuevo mejor amigo.

• • •

El distinguido caballero en la habitación ocho era, de hecho, un hombre grande, de aproximadamente un metro noventa, cien kilos de músculo, con un IQ de cien, y un puntaje de personalidad de cero. Ya había visto esta historia desarrollarse muchas veces, pero siempre era divertido de ver.

—Buenos días, señor. Soy el oficial Nocal, y este es el oficial Banshee. Hemos venido a llevarlo al centro. Voy a necesitar que se levante, se dé la vuelta y ponga las manos detrás de su espalda.

Se levantó, pero en lugar de darse la vuelta, flexionó los brazos y los hombros con cara de pocos amigos.

—Que el pinche perro se aleje.

Tom golpeó suavemente su antebrazo dos veces con dos dedos. Inmediatamente, Banshee bajó su cuerpo, se le erizó el pelo, mostró los dientes y dejó escapar un gruñido desde algún lugar profundo donde habitan los demonios.

—El oficial Banshee no aprecia el lenguaje vulgar. Esto es lo que va a pasar. Se va a dar la vuelta y poner las manos detrás de su espalda. Si hace algo amenazante, Banshee le morderá y lo inmovilizará. Ahora, él puede atacar su pierna. ¡PIERNA, BANSHEE!

Banshee se agachó inmediatamente y miró fijamente la pierna baja mientras continuaba gruñendo.

—También puede atacar su brazo. ¡BRAZO, BANSHEE!

Banshee se enderezó y miró los brazos. Banshee ahora tenía toda la atención del hombre, pero lo mejor estaba por venir. Tom sacudió la cabeza.

—De vez en cuando aparece algún idiota que no cree en Banshee, así que tengo que darle mi última orden. ¡HUEVOS, BANSHEE!

Banshee se inclinó hacia adelante y centró toda su atención en la entrepierna del hombre, mientras seguía gruñendo y mostrando los dientes. Había visto esto muchas veces, pero aun así instintivamente crucé mis propias piernas cada vez.

Nadie llegaba más allá del comando «¡HUEVOS, BANSHEE!». Sus hombros se desplomaban, bajaban la cabeza y, inevitablemente, se daban la vuelta para poner las manos detrás de la espalda, como lo hizo este paciente. Se escuchó el clic de las esposas colocándose, y Tom escoltó a nuestro último cliente fuera del edificio con Banshee a su lado. Los oficiales Tom y Banshee lo llevarían a la patrulla y regresarían para hacer más rondas en el hospital hasta que los necesitaran nuevamente. Otra reseña de cinco estrellas de un cliente satisfecho estaba claramente en nuestro futuro.

CAPÍTULO CINCO

—A ver, ¿en qué puedo ayudarle hoy, señorita Palmer? —pregunté a mi siguiente paciente.

—Me lastimé la muñeca, y por favor, llámeme Tracy.

Era una mujer de 22 años con una complexión atlética y menuda. Sus hermosos ojos de color café, marcados por haber llorado recientemente, irradiaban una tristeza profunda e inesperada.

—Lamento escuchar eso, Tracy. Cuéntame cómo ocurrió.

—Fui torpe y me caí. No hay mucho que decir al respecto.

Con la mirada baja, evitaba el contacto visual. Su pie golpeaba nerviosamente el borde de la cama, y la tensión emanaba de ella. Saltaron las alarmas. Cualquiera, pero en particular una joven, que mostraba tal nerviosismo con un historial vago de lesiones claramente indicaba abuso. Revisé el resto de su historial, pero no pude obtener más detalles de ella.

—Vamos a echar un vistazo.

Subió la manga y expuso su muñeca izquierda.

—Órale, ese es un tatuaje impresionante.

En la sala de urgencias, veíamos muchos tatuajes, e impresionante no era una palabra que usaba a menudo. La mayoría eran de bajo costo, de mala calidad, y muchas personas se los hacían en lugares donde nunca deberían tatuarse. Este claramente era reciente y una obra artística de alta calidad que representaba a una hechicera a punto de lanzar un hechizo, con luz saliendo de su varita, y con un globo sobre su cabeza que contenía una maraña de números y letras.

—Nunca había visto un tatuaje como este. ¿Qué historia tiene?

Ella se iluminó e incluso sonrió un poco.

—Ella representa todo el poder que quiero tener para arreglar las cosas. Ese hechizo es la respuesta a sus problemas. Todo lo que tiene que hacer es desentrañar las letras para lanzar el hechizo correcto, y todo estará perfecto. Es tonto, pero me gusta saber que la respuesta está justo ahí.

La tristeza la invadió de nuevo.

—No es tonto para nada. ¿Dónde te lo hiciste? Es de muy alta calidad.

—Finnegan's Tattoo en el norte de la ciudad. Hacen muchos tatuajes para mis amigos y yo.

Conocía el lugar. No era el estudio de más alta calidad, pero decente, con algunos artistas talentosos.

—Lo tendré en cuenta. Ahora, vamos a lo importante.

Un examen rápido reveló algo de hinchazón y sensibilidad, sugiriendo una fractura leve. Le expliqué todo y le dije que íbamos a hacer una radiografía para confirmar si estaba rota.

—Tracy, quiero asegurarme de que estés bien. ¿Estás segura de que nadie te lastimó a propósito? Podemos conseguirte ayuda si es necesario.

Durante la larga pausa, esperaba que me contara lo que realmente había pasado, pero no fue así.

—Estoy bien. Solo fue una caída torpe.

La falta de contacto visual sugería que eso no era necesariamente la verdad, pero no podía obligar a los adultos a decirme la verdad.

—Bueno, espera aquí y ahorita hacemos esa radiografía.

Salí de la habitación, ordené la radiografía y luego fui a buscar al oficial Nocal, quien diligentemente cuidaba las donas restantes.

—Vas a engordar comiendo esas cosas.

—No me las estoy comiendo. Alguna enfermera las dejó y me pidió que las vigilara.

—Bueno, límpiate el chocolate del labio, Oficial Sin Dona. Tengo un trabajo para ti.

Le expliqué la situación de Tracy y le pedí que fuera a hablar con ella. A veces las víctimas se abrían con la policía.

Tocó la puerta y entró a la habitación con Banshee a su lado. Los ojos de Tracy se iluminaron cuando vio a Banshee.

—Buenos días, señorita. Soy el oficial Nocal, y este es el oficial Banshee. Su doctor nos pidió que viniéramos a hablar con usted un momento para asegurarnos de que todo está bien.

—¿Está bien si saludo al perro? —preguntó mientras extendía la mano.

—Al oficial Banshee le encanta que lo mimen. AMIGO.

Banshee se acercó y se sentó junto a Tracy. Ella le frotó las orejas, y él le recompensó con unos cuantos lametones en el brazo.

—Es un perro lindo —dijo ella.

—Lo es cuando quiere serlo, pero puede ser bastante duro cuando está de servicio.

—Tal vez podría prestármelo unos días —dijo con nostalgia.

—Me gustaría permitirlo, pero el jefe me pondría a hacer guardia en el estacionamiento por un mes. ¿Algún motivo en particular por el que usted necesita un perro guardián?

Sabía cómo funcionaba esto y esperaba que esto abriera una conversación sincera. Ella pensó un momento antes de responder.

—Pude haberlo necesitado en el pasado, pero creo que todo va a estar bien de ahora en adelante.

—¿Está segura de que no hay nada que podamos hacer para ayudar? —preguntó Tom una última vez.

—Gracias, pero no. Tengo todo bajo control por ahora. Todo va a estar bien.

—Si algo cambia, llame al 911. Banshee y yo podemos resolver muchos problemas.

Ella esbozó una pequeña sonrisa.

—Lo tendré en cuenta. Puede que llame solo para que este dulce perro venga a visitarme. —Le dio a Banshee un abrazo y un beso—. Adiós, oficial Banshee.

Tom negó con la cabeza al regresar a la estación de enfermeras.

—Alguien la lastimó, pero no dice nada. Le di mi información por si cambia de opinión, pero no hay nada que pueda hacer ahora sin que ella pida ayuda. Es una muchacha amable. Espero que le vaya bien.

Su radiografía mostró una fractura por fisura del radio cerca de la muñeca, le pusimos una férula y organizamos una visita de seguimiento con un ortopedista. Repasé las instrucciones de alta y, una vez más, le pregunté si podía ayudarla.

Ella sonrió, señaló su tatuaje y dijo: —Mi hechicera va a lanzar su hechizo hoy, y todo va a estar bien. Gracias por su ayuda, Doc.

Suspiré mientras la veía marcharse. Recibíamos muchos pacientes como ella, la mayoría de los cuales no volvíamos a ver nunca más, historias que quedaban sin contar.

CAPÍTULO SEIS

Tracy Palmer salió de la sala de urgencias y se subió a su camioneta, un vehículo confiable, aunque bastante usado, que había superado los 160,000 kilómetros hacía ya varios viajes. Como muchas cosas en su vida, pronto lo reemplazaría por algo mejor.

Planeaba regresar a casa, agarrar una pequeña bolsa con algunas pertenencias personales y salir a la carretera. No necesitaba llevar mucho consigo, y no quería recordar nada de su tiempo en Houston. Nuevas cosas la esperaban en su destino soñado.

Una vez más, fantaseó con su nueva vida. Conseguiría una linda casita en la playa. Siempre había querido vivir cerca del océano. Tendría palmeras en la parte de enfrente y una enorme terraza con una hamaca en la parte trasera, donde podría relajarse bajo el sol de la tarde y leer novelas románticas. Tendría un pequeño gimnasio donde podría hacer ejercicio y practicar yoga, y una tina de hidromasaje en la parte trasera para relajarse después.

El nuevo carro sería definitivamente un convertible rojo. Nunca había conducido un convertible, pero sabía que le encantaría. La idea de manejar con el sol brillando sobre ella y el viento soplando en su cabello le llenaba de entusiasmo y le provocaba una sonrisa poco común.

Y también conseguiría un perro. Un buen y leal compañero que la mantendría segura, como ese perro policía en la sala de urgencias, quien la protegería en todo momento. Nadie volvería a hacerle daño.

Sus fantasías continuaron mientras manejaba hacia su departamento. Una nueva cama king-size, ollas y sartenes nuevos para la cocina, ropa completamente nueva. Estaba planeando toda una vida nueva.

Cuando llegó a su departamento, se sentía casi feliz. Observó el edificio en ruinas por última vez. Pintura descascarada y balcones oxidados acentuaban un edificio cuadrado de dudosa integridad. No extrañaría ese deprimente lugar.

Subió al segundo piso, abrió la puerta y entró en la sala de estar. Ni siquiera vio el puño que golpeó el costado de su cara y la dejó inconsciente.

CAPÍTULO SIETE

Cuando no estábamos demasiado ocupados, aprovechábamos para realizar rápidas sesiones de enseñanza con los residentes, que duraban entre diez y treinta minutos, y que solían interrumpirse abruptamente cuando surgía algo más interesante.

—Alerta de trauma, pediátrico. Alerta de trauma, pediátrico —anunciaron los altavoces, desencadenando una ráfaga de caos controlado mientras todos respondían a sus tareas asignadas. —Deb, tú encárgate de esto, y Julie y yo nos encargamos de la vía aérea.

Deb asintió con la cabeza mientras se dirigía a prepararse.

Julie, una residente de segundo año que quería ser doctora en medicina de emergencias pediátricas, había comenzado su primer turno en la sala de urgencias, y se veía con los ojos muy abiertos y petrificada.

—Ven conmigo —le dije—. Vamos a preparar todo para la vía aérea.

Me siguió y dijo: —Estoy emocionada de verte manejar una vía aérea pediátrica.

Sin detenerme, le respondí: —Lamento decepcionarte, pero hoy seré yo quien mire, y tú eres la que va a manejar la vía aérea.

Cuando llegamos a la cabecera de la cama, Julie temblaba

visiblemente. Era hora de enseñar.

—Está bien, Julie, sé que estás nerviosa, pero puedes hacerlo. Lo primero que tienes que hacer en cualquier situación de código es calmarte. Entre más loca sea la situación, más tranquila debes estar. Vamos a ver.

Agarré el oxímetro de pulso de la cama y lo puse en su dedo índice. Su pulso apareció en el monitor marcando 118 latidos por minuto. Luego le quité el monitor y lo puse en mi dedo, y marcó 62 latidos por minuto.

—Necesitas respirar profundamente, ¿de acuerdo? Bien, vamos a preparar todo. ¿Qué tamaño de equipo necesitamos para un niño de siete años?

—Es la edad dividida entre 4 más 4. Eso sería entre un tubo de 5 y medio y un seis. Usemos un tubo de 5 y medio con manguito —respondió automáticamente, una buena señal.

—Muy bien, ¿ya ves lo fácil que es? Ahora recuerda, esta es una víctima de trauma, así que no podemos extender el cuello en absoluto. Vas a tener que usar una maniobra de tracción mandibular para visualizar las cuerdas vocales. No te preocupes por lo que esté pasando en la sala. Tu trabajo es asegurar la vía aérea. Prepárate, ya están entrando por la puerta.

Los paramédicos llegaron, dando un informe mientras transferían a la niña de la camilla a la cama.

—Esta es una niña de siete años que fue atropellada por un camión escolar a aproximadamente 55 a 65 kilómetros por hora mientras cruzaba la calle. Ha estado inconsciente desde que llegamos al lugar, presenta obvias lesiones en las extremidades inferiores, no respira de manera espontánea, pero la bolsa de aire funciona fácilmente —dijo uno de los paramédicos mientras le introducía aire en los pulmones con una bolsa y una máscara.

El equipo se puso a trabajar con el infalible procedimiento del *ABC*: vía aérea, respiración, circulación. Para reanimar a un paciente, se necesitaba una forma de hacer que el oxígeno llegara a los pulmones, una forma para que los pulmones intercambiaran ese oxígeno por dióxido de carbono en la sangre, y una forma para que esa sangre circulara por todo el cuerpo. Sin oxígeno circulante, las células morirían y la muerte podría ocurrir en minutos.

Una bolsa y una máscara podrían introducir aire en los pulmones temporalmente, pero ese proceso también introduciría aire en el estómago. Eventualmente, el estómago se distendería, el paciente vomitaría en los pulmones, lo que llevaría a una neumonía y potencialmente a la muerte. Así que necesitábamos colocar un tubo endotraqueal en la tráquea para introducir aire solo en los pulmones. Esto iba a ser un desafío, ya que la niña tenía un traumatismo facial y sangre en la boca.

—Julie, es el momento. Coloca ese tubo.

Julie se inclinó para deslizar la mandíbula hacia adelante y luego introdujo la hoja del laringoscopio por su garganta. Con tanta sangre, pidió succión.

—No puedo visualizar las cuerdas a través de la sangre —dijo.

Presioné el pecho de la paciente.

—¿Ves burbujas saliendo en algún lugar cuando presiono su pecho?

—Sí —respondió Julie.

—Entonces prepárate, porque voy a presionar su pecho de nuevo y tú vas a empujar ese tubo endotraqueal justo en las burbujas. ¿Listo? Uno, dos, tres, ahora —dije, y presioné.

Julie avanzó el tubo hacia adelante.

—Creo que lo logré, pero no puedo ver con seguridad.

—Démosle unas respiraciones —le dije al terapeuta respiratorio mientras conectaba la bolsa. Coloqué mi estetoscopio en el pecho y escuché buenos sonidos respiratorios bilaterales con un movimiento fuerte del tórax.

—El tubo está en su lugar, y la paciente está ventilando bien.

Deb asintió en reconocimiento sin apartar la vista de todo lo demás que estaba sucediendo en la sala.

El neumólogo fijó el tubo en su lugar y ventiló a la paciente, mientras Julie se retiraba para observar al resto del equipo en acción. Mientras nos habíamos centrado en la vía aérea, habían colocado dos vías intravenosas grandes para administrar líquidos en su cuerpo. Se habían tomado muestras de sangre y enviado al laboratorio para análisis iniciales y al banco de sangre para emparejarlas con cuatro unidades de sangre. Las enfermeras limpiaron y aplicaron vendajes a las heridas de sus piernas. El técnico en radiología se preparó para hacer una radiografía del tórax para confirmar la colocación de nuestro tubo. Jean ya había notificado a la UCI que necesitaríamos una cama de trauma. Los residentes habían contactado a los equipos ortopédicos y neuroquirúrgicos para ponerlos al día sobre sus lesiones. Radiología se preparaba para realizar tomografías de su cabeza, cuello, abdomen y pelvis, y radiografías de las extremidades.

En menos de diez minutos, más de treinta personas se habían coordinado para estabilizar a esta niña. Las lesiones en las piernas requerirían cirugía y rehabilitación, pero se curarían bien, dada su juventud. Mientras la lesión en la cabeza no fuera demasiado grave, se recuperaría, si no es que todas, la mayoría de sus funciones normales. Lo que era seguro, es que no moriría en mi sala de urgencias hoy.

Me volví hacia Julie, quien aún temblaba por la adrenalina de su primera intubación de trauma pediátrico. Le estreché la mano y anuncié a la sala:

—¡Atención, equipo! Tenemos una nueva chingona en la sala.

Un pequeño aplauso se escuchó mientras el equipo seguía trabajando en la niña. Julie me miró, confundida.

—¿Y eso?

Sin perder el ritmo, Deb dijo: —Así le decimos a los que se rifan en la sala de urgencias. Te ganas el título haciendo cosas, pues, chingonas, aquí.

—Vámonos, chingona. Necesitamos hablar con la familia y decirles que vamos a curar a su niña. Deb se encarga de ahora en adelante.

CAPÍTULO OCHO

Con solo una hora restante en mi turno, pensé que había sido un buen día, así que mi decepción fue en parte culpa mía cuando, un minuto después, anunciaron por el altavoz:

—Código de trauma con RCP en la puerta. RCP de trauma en la sala uno.

Corrí hacia la sala uno para ver qué había pasado. Normalmente recibíamos algunos minutos de advertencia de los servicios médicos de emergencia antes de que llegaran los pacientes. El paramédico apenas había comenzado su reporte.

—Y entonces un carro llegó a la entrada para las ambulancias, un hombre gritó pidiendo ayuda y dijo que su esposa había sido herida. Corrimos hacia allá, no encontramos pulso y la trajimos adentro. No hay información disponible.

La mujer tenía unos veintitantos años y había sido golpeada brutalmente. Sin pulso, sin respiración. Me dirigí al paramédico:

—Ve a buscar al conductor de ese carro y tráelo aquí, ¡ya! Necesitamos información. Que alguien también me encuentre a Despistado.

Deb y yo comenzamos nuestra evaluación. Aunque ayuda tener algo de información y contexto sobre el paciente, el protocolo siempre era el mismo: *ABC*. Tomé la vía aérea y la intubé fácilmente con un tubo endotraqueal de 7.0. Conecté la bolsa y le di algunas respiraciones. Deb confirmó un buen movimiento de aire mientras su pecho subía y bajaba. La ventilamos a veinte respiraciones por minuto.

Sin pulso presente, un paramédico realizó compresiones contundentes a 120 latidos por minuto, empujando su pecho hacia abajo de dos a tres pulgadas con cada latido. Era un trabajo agotador, y el personal se turnaba cada dos o tres minutos. Otros miembros del equipo ya habían colocado dos intravenosas de calibre 16 e inyectaban suero normal lo más rápido posible.

Deb seguía los protocolos al pie de la letra y ya tenía lista la primera dosis de un miligramo de epinefrina para inyectar a través de la vía intravenosa. Pasé el tubo endotraqueal al terapeuta respiratorio y comencé una segunda evaluación de la paciente. Las pupilas estaban fijas y dilatadas, sin respuesta alguna a nuestros estímulos dolorosos. Mostraba un trauma significativo en la cabeza, el torso y las manos. Lo que sea que haya pasado, no fue accidental. Miré a Deb y sacudí la cabeza en señal de negación, y ella asintió una vez.

Sabíamos que estaba más allá de nuestra capacidad para salvarla, pero de todos modos seguimos los protocolos durante quince minutos. Las compresiones y las respiraciones continuaron. Tres dosis más de epinefrina no fueron efectivas. La RCP se detenía cada dos minutos para verificar si había pulso. Sin cambios.

Finalmente, Deb ordenó detener la RCP.

—Ya, se acabó. ¿Alguien más tiene algo que quiera intentar? —el silencio envolvió la sala—. Hora de muerte: 9:58 p.m. Guarden sus pertenencias y pónganle bolsas en las manos. Gracias a todos.

Parecía una forma tan impersonal de que una vida terminara. Un doctor le diría a todos que se detuvieran, mencionaría la hora, y oficialmente otra persona estaría muerta. Estaba sola en el área de urgencias, sin nadie que lamentara su muerte. Todos tenían tareas que completar y nuevos pacientes que atender. Un minuto antes había doce personas trabajando intensamente para salvarla, y al siguiente minuto ya todos habían pasado a la siguiente tarea. La muerte en urgencias era cruda y solitaria.

Aunque no pudimos hacer más por ella en vida, sí podíamos hacer algo por ella en la muerte. Sus pertenencias serían entregadas al médico forense para revisión y se agregarían a una colección de pruebas. Las bolsas en sus manos protegerían cualquier ADN que pudiera estar bajo sus uñas si había peleado con su atacante. Era un homicidio claro, haríamos nuestra parte para ayudar a encontrar a su asesino.

Jean gritó: —¡Oye, Doc, mira esto! —y levantó la mano izquierda de la paciente. Alguien le había amputado las últimas articulaciones de los dedos cuarto y quinto y le habían quemado la piel.

—Pinches monstruos. Ponle bolsas en las manos y avisaremos a los detectives.

El oficial Tom Nocal entró en la sala.

—Vi el video. El tipo que la dejó nunca mostró su cara a la cámara y se fue tan pronto como la sacaron del Accord, un Accord plateado de modelo reciente con placas convenientemente cubiertas de lodo. Ahora mismo debe haber un millón de esos en las calles de Houston. ¿Tenemos alguna identificación de la chica?

Jean respondió: —No hay identificación, la estamos registrando como desconocida.

—No es desconocida. Sé exactamente quién es —dije.

Todos se detuvieron y me miraron.

—¿Cómo demonios sabes quién es? —preguntó Nocal.

—Le puse esa férula en el brazo hace un par de horas.

CAPÍTULO NUEVE

Nos reunimos alrededor de una computadora en la estación de enfermeras y sacamos su expediente del día anterior: Tracy Palmer. Tom anotó toda la información y la llamó a la central de la policía. Diez minutos después, tenía su respuesta.

—No hay ninguna Tracy Palmer con esa fecha de nacimiento, y su dirección es falsa. Nos va a tomar un tiempo identificarla. Quizá las huellas dactilares estén archivadas.

—Bueno, solo tenemos ocho huellas para revisar —lo que me hizo pensar—. ¿Por qué ese tipo la dejó en urgencias?

—¿Qué quieres decir? ¿Adónde más llevarías a alguien sin pulso?

—No estamos pensando claramente. La sala de urgencias tiene sentido si quieres que viva, pero ¿por qué la golpearía hasta casi matarla, le cortaría los dedos y luego la dejaría en urgencias para que la salvaran? Claramente no le importa su bienestar después de hacerle eso. Y si por algún milagro sobreviviera, se iría a la cárcel por mucho tiempo. Entonces, ¿por qué no tirar su cuerpo en cualquier otro lugar en vez de en una sala de urgencias? No tiene sentido.

—Nada de esto tiene sentido. Tal vez el tipo está loco.

—Probablemente, pero hay algo más aquí. Vemos locos todo el

tiempo, pero esto fue una golpiza y tortura metódica. La única razón para hacer eso es obtener información, pero se pasaron, y ella murió antes de que pudieran obtenerla. Así que la trajeron aquí, con la esperanza de que pudiéramos salvarla, porque nunca obtuvieron la información de ella. Eso es lo único que tiene sentido.

—Tal vez estés en lo correcto, Doc. Me aseguro de que los detectives sepan de tu teoría.

Pausé un minuto, luego miré a Nocal.

—Vamos a atrapar a los cabrones que le hicieron esto.

—No, no, no, no, no. No nos vamos a meter. Los detectives están en ello, y este caso ahora es suyo. Déjalo, Doc. Ya no es tu caso.

—Este sí es mi caso. Esta era mi paciente, mi última paciente de la noche. La dejé ir, y alguien la torturó hasta matarla, y murió sola en mi sala de urgencias. No puedo permitir que eso suceda. Vamos a atrapar a esos hijos de puta. Y tú me vas a ayudar.

—¿Qué chingados estás pensando? Ni siquiera sabemos su nombre ni por dónde empezar sin su identificación. No tenemos nada.

Me acerqué al cuerpo, bajé la sábana y le quité la férula.

—¿Qué chingados estás haciendo ahora, Doc? —preguntó Tom.

Saqué mi teléfono y tomé una foto del tatuaje en su brazo.

—Mañana por la noche vamos a hablar con un hombre sobre un tatuaje.

CAPÍTULO DIEZ

—Parece que Skinny Jeans tomó el caso —dijo Jean, mientras un par de detectives se acercaban al escritorio.

Los detectives Lenny Newsome y Jane Ormund eran una pareja peculiar, cariñosamente conocidos como Skinny Jeans. Lenny medía casi dos metros de alto y probablemente pesaba alrededor de 65 kilos completamente vestido. Parecía frágil y flacucho, pero como un triatleta superior en su tiempo libre, disfrutaba de una ventaja cuando sus competidores tenían que dar dos pasos por cada uno de los suyos.

Su compañera, Jane, era lo opuesto directo a él, su altura era de 1.60 con tacones. Jane venía del este de Texas, pero su familia era originaria del área francesa cajún de Luisiana, y podía fingir un acento tan fuerte que nadie en Texas podía entenderla. Le encantaba la moda y rara vez se le veía con la misma ropa dos veces; su prenda favorita era el cinturón negro que ganó en Krav Maga, una de las técnicas de defensa personal más eficaces creada por la Fuerza de Defensa de Israel. Varios criminales lo habían aprendido de la peor manera, siendo sometidos por ella mientras decía: «Están arrestados». Habían trabajado juntos en perfecta sincronía durante años.

—Escuché que tienen un caso grave, Doc —dijo Jane, quien hacía la mayoría de las preguntas mientras Lenny observaba y documentaba todo en su omnipresente libreta. Probablemente era más fácil ser el vigilante con su perspectiva.

—Es un caso grave, incluso para los estándares de Houston, y este es personal, así que me alegra que Skinny Jeans esté a cargo. Ella está allá en la habitación cuatro.

La habíamos dejado exactamente como estaba cuando la declaramos muerta. Su ropa y pertenencias descansaban en una bolsa cuidadosamente colocada al pie de la cama. Una sábana la cubría para preservar algo de dignidad, pero todos los tubos y vías intravenosas permanecían en su lugar.

Directo al grano, y después de ponerse unos guantes, Jane caminó hacia el cuerpo y levantó la sábana.

—Háblame, Doc. Dime algo útil —sus ojos se detuvieron en cada lesión mientras examinaba el cuerpo de pies a cabeza.

Le expliqué cómo la había visto más temprano en el día y la había dado de alta, y cómo fue traída de nuevo a urgencias. Eso levantó algunas sospechas.

—No te hagas ilusiones. El tipo mantuvo su cara oculta de las cámaras, las placas están cubiertas de lodo, y el carro es indistinto. Nocal está consiguiendo una copia del video para ustedes.

—Despistado, para servirle —murmuró Lenny mientras seguía documentando todo en su libreta.

—¿Qué chingados es esto? —preguntó Jane mientras quitaba la bolsa de la mano izquierda y la levantaba para una inspección más cercana. Lenny se inclinó para echar un vistazo más de cerca.

—Nuestra mejor suposición es que alguien intentaba sacarle información. Demasiado metódico para ser un crimen pasional. La persona que hizo esto estaba enfocada —ofrecí.

Lenny y Jane compartieron una mirada momentánea, y luego Lenny garabateó de nuevo en su libreta. Estoy bastante seguro de que esos dos tenían habilidades telepáticas.

—Mencionaste que la información de su visita anterior a la sala de urgencias era falsa y no tenía identificación. ¿Y estás seguro de que sea la misma chica?

—Las radiografías lo confirmarán, pero reconozco el tatuaje.

Levanté su brazo. La hechicera nos miraba, lista para lanzar su hechizo.

—Buen trabajo. Reciente. Me pregunto quién lo hizo —murmuró Lenny mientras hacía otra nota.

Cuando tuve la oportunidad de decirles quién había hecho el tatuaje, me contuve por el momento. Calmé mi sentido de culpabilidad asegurándome en silencio que se lo diría justo después de visitar a ese artista de tatuajes yo mismo.

—La autopsia será el miércoles. Asegúrense de que sus pertenencias se queden con ella. Necesitamos una causa de muerte y una identificación para empezar a rastrear a este pendejo —Jane me miró—. Puedo ver por qué es personal. Lo vamos a encontrar.

· · ·

Jane habló antes de que Lenny pudiera decir una palabra.

—Revisa que sus huellas estén en el sistema y verifica con el equipo de personas desaparecidas para ver si hay algún informe que pueda coincidir. Necesitamos una copia de ese video de seguridad para ver si algo se nos pasó. Tú entrevista a los paramédicos que hablaron con el tipo y ve si sale algo útil. Voy a revisar los archivos para ver si hay otros casos con dedos amputados, pero no me suena. ¿Me falta algo?

—No, pero no es mucho para seguir.

—Así es. Pero hemos comenzado con menos y de todos modos resolvimos el caso. La autopsia al menos nos dará una causa de muerte, y si podemos obtener una identificación de ella, podemos cazar a este cabrón. Lo que necesitamos sobre todo es un punto de partida.

Lenny guardó su libreta y miró a su compañera.

—Vamos de cacería.

CAPÍTULO ONCE

Terminé de llenar los formularios y me dirigí a casa en West University, a solo unos ocho minutos de distancia durante la noche, pero más de media hora en la hora pico. Tenía una pequeña casa de ladrillo antiguo con detalles de piedra, como la mayoría en la colonia. La mía era de un solo piso, con tres habitaciones, lo suficientemente grande para ser cómoda y lo suficientemente pequeña para ser acogedora.

En un área acomodada donde la mayoría de los residentes estaban bien educados, mi vecino de al lado, Carl, se destacaba como una excepción. Carl siempre parecía estar afuera cuando llegaba o salía de la casa. Un típico metiche, un vecino chismoso que siempre hablaba aunque no tuviera nada que decir, apareció afuera cuando llegué a casa a las 10:30 esa noche.

—¿Qué tal Doc, apenas llegando del trabajo? —Carl siempre hacía preguntas obvias para confirmar información evidente que luego no usaba. Usualmente jugaba con él, pero hoy solo quería irme a casa. Tomé el correo del buzón junto a la banqueta.

—Sí, señor, Carl. Ha sido un día largo, y estoy deseando dormir bien esta noche.

Caminé hacia la puerta, esperando que captara la indirecta. ¿Pero

Carl? Claro que no.

—Oye, ¿viste algo interesante hoy?

Me detuve en seco y debatí si soltarle todo. La gente siempre le pedía a los médicos de urgencias que describieran lo peor que habían visto, pero nadie estaba preparado para la brutalidad de la respuesta. El personal de la sala de urgencias, junto con paramédicos, policías y militares, veían cosas que nadie debería tener que ver. Todos teníamos al menos un caso que nos atormentaba, pero no era algo que compartiéramos con los demás. No había razón para que dos personas tuvieran pesadillas en lugar de solo una.

—No, nada interesante. Solo otro día en urgencias. Buenas noches, Carl. Que descanses.

—Buenas noches, Doc. Yo me voy a quedar aquí afuera un rato más. Me gusta disfrutar la tranquilidad de la noche. Nos vemos en la mañana.

Sabía que lo vería en la mañana. Abrí la puerta, dejé el correo sobre la barra, tomé una botella de agua fría y me dirigí a la sala de estar, mi habitación favorita de la casa con un gran sofá de cuero, chimenea y fotos de todos los lugares a los que había viajado. Fotos de acción de mi descenso en río en Idaho, esquí en Utah, senderismo en California y carreras en Nueva York me recordaban tiempos más felices. Encendí la chimenea y me senté en el sofá. Un clic del control remoto, y los sonidos de Cat Stevens cantando «Wild World», una canción adecuadamente sombría y una de mis favoritas, resonaron por toda la casa. De verdad era un mundo salvaje allá afuera.

Vivía solo, pero apreciaba la soledad después del caos de la sala de urgencias. Me senté allí en la oscuridad, mirando el fuego, y pensé en mi última paciente de la noche.

Revisé todo lo que había sucedido durante la primera visita. ¿Pude haber hecho algo diferente? ¿Pude haber dicho algo diferente? ¿Qué pasó después de que salió de urgencias, y cómo pudo haberlo evitado? Y lo más importante, ¿quién era ella?

Quizá sorprendentemente, su segunda visita no fue tan difícil de aceptar. Teníamos protocolos para identificar y revertir las causas comunes de muerte, pero solo funcionaban con causas reversibles. A veces la muerte era definitiva, y ninguna cantidad de terapia podía cambiar eso. Había llegado ya sin vida, y ni siquiera un batallón de médicos chingones podía haber hecho la diferencia.

La muerte no era rara en urgencias, pero casi siempre, la familia del paciente estaba presente en ese momento o podía ser notificada de inmediato. Esta chica había muerto sola, sin familia ni siquiera un nombre. Y había muerto de forma horrible.

Sabía que esto me iba a doler durante mucho tiempo. Cada vez que intentaba dormir, sus ojos inquietantemente tristes me miraban. Había sido una joven vibrante con tanta vida por delante, ahora brutalmente arrebatada. Su breve sonrisa y risa habían iluminado la habitación, pero esos ojos cargaban una tristeza demasiado profunda para alguien tan joven. Decidido a trabajar con Despistado y Skinny Jeans para encontrar a su asesino, tenía que hacer todo lo posible para ayudarla ahora después de haberle fallado de alguna manera antes.

•   •   •

Después de comenzar tarde la mañana siguiente, cerré la puerta y caminé hacia mi carro. Aparentemente, Carl conocía mi horario mejor que yo. Se quedó rondando en mi entrada mientras paseaba por la banqueta.

—Buenos días, Doc. ¿Cómo amaneciste?

Tal vez no parecía tan abatido y cansado como me sentía.

—Maravilloso, Carl, estupendo.

—¿Vas al trabajo? —preguntó el siempre observador Carl.

Miré mi uniforme.

—No, Carl, voy a un maratón de pijamadas con unos amigos.

El rostro de Carl se arrugó en confusión, una expresión que ya había visto antes.

—Pues, está bien. Bueno, hoy voy a podar mis árboles.

Eso me detuvo en seco, y miré la colección de robles rojos, robles vivos y magnolias en su jardín delantero.

—No creo que necesiten poda, Carl. La Madre Naturaleza está haciendo un gran trabajo haciéndolos crecer por sí sola.

—Sí, cierto. Pero leí sobre cómo hacer que se vean aún mejor.

Dudaba que eso fuera cierto. Dudaba que Carl supiera leer, pero estaba seguro de que arruinaría los árboles.

—Está bien, pero por favor no los cortes demasiado. Y ten cuidado. No quiero verte en urgencias hoy.

—Pensé que ibas a un maratón de pijamadas hoy.

—Que tengas un buen día, Carl.

A veces me hace sonreír.

CAPÍTULO DOCE

Para los estándares de la sala de urgencias, mi turno fue casi mundano, afortunadamente. Un pequeño caos en la tarde incluyó a dos pandillas asiáticas que se habían enfrascado en una pelea con cuchillos. Estos conflictos bastante regulares provocaban cortadas, por supuesto, pero ninguna herida grave. Se retaban uno a uno y luchaban hasta que alguien le diera una buena cortada a su oponente. Nunca apuñalaban ni iban directo al cuello, y la pelea terminaba cuando hubiera sangre. Presionaban la herida, venían por suturas, y los siguientes dos se preparaban para su turno en la pelea de cuchillos.

Increíblemente educados en la sala de urgencias, los miembros de pandillas contrarias a menudo recibían puntos al mismo tiempo sin problemas. De vez en cuando, la segunda ronda estallaba en el estacionamiento fuera del hospital, y un paciente regresaba de inmediato por un nuevo juego de puntos. Nadie jamás denunciaba al otro, así que la policía se hacía de la vista gorda. Bárbaras según los estándares civilizados, las peleas con cuchillos resolvían las diferencias de manera bastante razonable según los estándares de pandillas. Si nada más, ayudaban a enseñar a las nuevas generaciones de doctores cómo reparar grandes laceraciones.

Tom llegó usando jeans, una camisa de franela abotonada y una cara encabronada mientras yo terminaba mi último formulario.

—Pa' que conste, esta es una idea de mierda. ¿Hay alguna posibilidad de que te convenza de que no lo hagas?

—Sabes que no. Y pa' que conste, hemos tenido ideas mucho peores que esta. ¿Recuerdas cuando querías una doble cita con esas gemelas de Dallas? ¿Cómo terminó eso?

—Va, va, va. Definitivamente no fue nuestra peor idea. Pero aún así...

—Tu valiente comportamiento queda registrado para la historia. Déjame cambiarme, y nos vamos de aquí.

Como siempre, discutimos mientras caminábamos hacia el garaje. Tom quería llevar su camioneta para que él pudiera manejar. Estaba alta, y en Houston, se camuflajeaba bien. Yo quería llevarme mi Mercedes, para que yo pudiera manejar. Tenía más caballos de fuerza y era mucho más divertido.

—Si llevamos ese carro hacia el norte de la ciudad, nos van a disparar —señaló Tom.

—Incorrecto. Puede que nos disparen, pero ambos estamos armados, y como oficial de la ley, deberías protegerme, ponerte al frente y recibir la bala. Así que es poco probable que me disparen. Vamos en el Mercedes. Además, tengo algo de enojo que necesito liberar.

—Híjole, ni siquiera actualicé mi testamento esta semana. Vamos —dijo Tom mientras se subía al asiento del pasajero.

Me subí al lado del conductor y encendí el motor. El E63 S era la cima del lujo y el poder. Un sedán de cuatro puertas que podía acomodar a cuatro adultos cómodamente, tenía 603 caballos de fuerza, dos turbos y un sistema de control de tracción para mantenerlo en la carretera. Bajé la mano y lo puse en modo de carrera, lo que apagó el control de tracción. Tom sacudió la cabeza y me miró.

—¿Así va a ser, eh? —dijo.

Sonreí, pisé el acelerador y dejé que la aceleración me empujara de vuelta al asiento. Era hora de liberar algo de frustración.

• • •

Llegamos al norte de la ciudad unos 16 minutos después, sanos y salvos, con un poco menos de tracción en las llantas y con mucho menos combustible en el tanque. Dos minutos después, entramos a Finnegan's Tattoo. Diseños cubrían las paredes, y unas pocas personas deambulaban, tratando de decidir qué marca permanente poner en sus cuerpos. Un par de artistas trabajaban con los clientes al fondo. El aroma distintivo de la marihuana impregnaba el aire y el humo flotaba bajo el techo, haciendo que uno se sintiera drogado sin querer. Un ritmo de reggae pulsaba en el fondo. Tom y yo movíamos la cabeza al ritmo mientras nos acercábamos a una joven sonriente con un montón de piercings faciales en el mostrador.

—Pregúntale cómo pasa por seguridad en el aeropuerto —murmuró Tom mientras nos acercábamos.

—Bienvenidos a Finnegan's. ¿En qué puedo ayudarles hoy? ¿Buscan tatuajes idénticos? —Sus ojos brillaban con picardía.

—Bueno, ahora que lo mencionas, podría ser una gran idea. Tom, yo me puedo hacer uno en el brazo que diga «informado», y tú te puedes hacer uno similar que diga «despistado».

Tom torció los ojos y murmuró: —Chinga tu madre —mientras se alejaba a ver algunos diseños en la pared.

—No le hagas caso, se pone gruñón después de las 7 de la tarde. — Saqué mi teléfono—. Conocí a una señora que dice que se hizo este tatuaje aquí recientemente. Me gusta mucho el trabajo y quería ver si podía hablar con el artista que lo hizo para hacerme algo similar —dije con mi mejor sonrisa y ojos brillantes.

La mujer echó un vistazo a la foto y dijo: —Lo hizo Anne. Estaba orgullosa de ese. Más interesante que los caracteres chinos que todos quieren hoy en día. La mitad de la ciudad anda por ahí con elementos del menú chino tatuados en los brazos, pensando que dice algo profundo. Debería estar terminando en un momento. Esperen y les aviso cuando esté libre.

Me acerqué a Tom, que escaneaba los diseños en las paredes.

—¿Planeas hacerte un elegante tatuaje en la espalda baja? ¿Quizás un par de huellas de manos en la parte baja de tu espalda? Te invito.

—¿Qué chingados le pasa a la gente? ¿Quién necesita un tatuaje del muñeco de Pillsbury jugando beisbol con un pato en la pantorrilla?

No estaba seguro si era una pregunta retórica, así que esperé un momento antes de responder: —Tienes razón. Eso tendría más sentido en el brazo.

Nos llevó al área de trabajo de Anne, donde cuidadosamente esterilizó su equipo. En sus veintes, Anne lucía mechones de cabello rojo brillante y morado. Su playera sin mangas mostraba unos brazos bien tonificados cubiertos de tinta de alta calidad. Sus ojos se fijaron en los míos con una sonrisa genuina.

—¿En qué puedo ayudarles hoy? —dijo.

Me presenté y saqué mi teléfono.

—Estamos buscando a quien hizo este tatuaje, y la mujer de la entrada pensó que podría ser tuyo. ¿Hiciste este tatuaje en las últimas semanas?

Anne solo echó un vistazo al teléfono antes de mirarnos nuevamente, esta vez con más escepticismo.

—Empecemos de nuevo. ¿Quiénes son ustedes, y por qué les interesa este tatuaje?

—Soy un médico de la sala de urgencias en el centro, y ella fue una de mis pacientes. Tom es un oficial de policía que trabaja conmigo. Ella dio información falsa en el registro, y estamos tratando de identificarla.

—A ver. ¿Por qué estaba en la sala de urgencias y por qué la están buscando? Suena bastante serio.

—Así es. Llegó ayer por la mañana con una pequeña fractura en la muñeca. La arreglamos y la dimos de alta. Más tarde ese mismo día, alguien la dejó afuera de urgencias, casi muerta de la golpiza. Intentamos reanimarla, pero lamentablemente falleció.

Anne se dejó caer en su silla y comenzó a llorar. Tom me miró, torció los ojos y me hizo una seña para que la tranquilizara. ¿Ya mencioné que Tom no tiene una puntuación alta de empatía?

—Lamento ponerte esto de golpe, pero estamos tratando de

averiguar qué pasó. Durante su primera visita, sentimos que estaba en algún tipo de problema, pero no quiso confiar en nosotros, y unas horas más tarde, estaba muerta. Ni siquiera sabemos quién es. La única pista que tenemos es que mencionó haberse hecho este tatuaje aquí recientemente. Cualquier cosa que nos puedas decir sería apreciada.

Anne se secó las lágrimas y se enderezó.

—Solo la conocí esa vez, pero la tinta tomó como tres horas, así que tuvimos tiempo de hablar. Algo en hacerse un tatuaje hace que la gente se abra contigo como si fueras un amigo de toda la vida. —Recuperó el aliento—. Dijo que su nombre era Jennifer, pero le decían Jen. Quizás era un nombre falso, pero creo que era su nombre real. No hay razón para usar un alias aquí. No hacemos ningún papeleo ni guardamos registros.

Tom preguntó con esperanza: —¿Pagó con tarjeta de crédito?

Anne se rió.

—Chicas como Jen no usan tarjetas de crédito. Pagan en efectivo.

—¿Chicas como Jen? —pregunté.

Nos miró como si fuéramos idiotas, y tal vez no estaba equivocada.

—Jen era bailarina. Mucho efectivo en su bolsa, pero nada de tarjetas.

Nos miramos el uno al otro y nos encogimos de hombros. Bailar era un gran negocio en Houston. Las chicas de los clubes de alto nivel ganaban de $5,000 a $10,000 por noche, aunque la mayoría ganaba significativamente menos y sufrían altas tasas de adicción a las drogas, violencia y prostitución.

—¿Tienes alguna idea de en qué club trabajaba? —preguntó Tom.

—Nunca dijo el nombre del club, pero mencionó que un grupo de ucranianos locos estaba a cargo del lugar. Estaba aterrada de esos tipos.

Tom intervino: —Esos tipos deben darte miedo. Un pequeño grupo de ucranianos en el este de Houston trafica armas, muchachas y drogas. No son buenas personas para nada. Definitivamente capaces de esto. Su lugar principal se llama La U. Es un lugar rudo.

No obtuvimos información más significativa de Anne. Le agradecimos, y nos acompañó de vuelta a la entrada.

—Por cierto, bonito arte en su brazo. ¿Fue su idea o la tuya?

—Una combinación. Ella era muy particular con respecto a la hechicera. Quería que fuera poderosa y vibrante y que lanzara un hechizo, pero dejó el hechizo a mi elección. Me dijo que escogiera una combinación al azar de números y letras. Dijo que cuando la hechicera descifrara las letras, el hechizo se lanzaría y todo estaría bien. Parecía que significaba mucho para ella.

Asentí.

—Gracias por tu ayuda. Llámame si se te ocurre algo más.

Nos dirigimos hacia la puerta.

—Lo haré. Espero que encuentren a los tipos. Y llámame si alguna vez necesitas tinta. Estaré encantada de mirar tu cuerpo y encontrar el lugar perfecto para un tatuaje.

—Podría ser interesante. Aún no tengo ninguno, pero quizás me convenzas de hacerme uno. Tal vez podríamos juntarnos y discutir mis opciones alguna vez.

—Estoy libre este fin de semana. Quizás podría darte algunas sugerencias durante la cena.

Tom me agarró del brazo.

—Vámonos, Romeo. Tenemos trabajo que hacer.

¿Mencioné que Tom es malo para coquetear? Nos dirigimos al coche.

—Sabes, Tom, creo que deberías regresar y pedirle salir a la mujer de la recepción. Creo que le gustas.

Tom se detuvo en medio del paso.

—¿De verdad lo crees?

—Creo que hay una buena posibilidad. Obviamente le gustan las agujas, así que probablemente estaría encantada con tu verga.

Tom sacudió la cabeza y siguió caminando hacia el coche.

—¿Por qué me haces esto? —me quejé—. Estuve a punto de conseguir mi primera cita con una tatuadora. Quién sabe, tal vez hasta tenía una amiga que podría haber salido contigo.

Tom torció los ojos.

—No necesito ayuda para conseguir una cita, y no necesito estar saliendo con una tatuadora.

—Podría haber funcionado. ¿Sabías que los tatuajes existen desde hace al menos 5,000 años? Encontraron a un tipo cubierto de tatuajes enterrado bajo un glaciar en Europa.

Tom me miró de reojo.

—¿Cómo sabes tonterías como esa? Siempre tienes algún dato aleatorio saliendo de tu boca.

Le sonreí de vuelta.

—Lo sé porque leo, Tom. Los autores llenan libros con información, y cuando los lees, te vuelves más inteligente. No lo sabrías porque piensas que los libros son para colorear. Bueno, equis. ¿Qué sabes sobre La U? ¿Vamos a ir allí esta noche? —le pregunté mientras llegábamos al carro.

—Lo suficiente como para saber que no podemos aparecer en este carro. Vamos a dejarlo por hoy. Voy a buscar más información sobre el lugar, y podemos ir este fin de semana cuando esté más lleno.

—¿Hablamos con Skinny Jeans sobre La U?

Tom pensó por un momento antes de responder.

—Esperemos. Tendrán que ir de manera oficial por allá. Mantenernos fuera del radar puede ser más eficaz. Es probable que me meta en problemas, pero eso no es nada nuevo cuando te escucho a ti.

CAPÍTULO TRECE

No estaba listo para irme a casa después de llevar a Tom a su camioneta, y necesitaba algo de nutrición antes de irme a dormir. IHOP era la única opción después de las 10 de la noche.

La campana sonó cuando entré, y el cocinero levantó la vista.

—Buenas noches, Doc. ¿Lo de siempre?

—Me parece bien, Little D —dije mientras me sentaba en la mesa de siempre. Little D no era un tipo pequeño. Con 1.93 metros de estatura y unos sólidos 104 kilos, era un exliniero defensivo de la Universidad de Houston. Little D cocinaba y mantenía la paz en los turnos de la noche.

La mesera se acercó con un gran jugo de naranja después de que me sentara.

—Buenos días, Doc, supongo que me pasaste por alto y ordenaste directamente con nuestro chef ejecutivo, como siempre.

—Buena suposición, Gladys. Y te daré una pista. Con impuestos, mi cuenta debería ser de $9.63.

—Qué sorpresa. Una persona normal se aburriría de la misma comida todo el tiempo.

—Me han acusado de muchas cosas, pero ser normal no está en la lista. ¿Sabes cuánto tiempo y dinero ahorro cada semana por no pensar en la comida? ¿Cómo están los niños?

Una madre soltera con tres hijos en casa, la mayor tenía 17 años, y el menor 14, y ella solo tenía 31. Trabajaba de noche para poder estar en casa y llevar a los niños a la escuela por la mañana y ayudarlos con la tarea por la noche. La vida no era fácil para Gladys, pero hacía lo mejor que podía.

—Bien y mal. Tina es finalista para una beca en la Universidad de Houston, y sus maestros creen que tiene muy buenas posibilidades de obtenerla. Esa es la buena noticia. La mala es que Brandon sigue metiéndose en problemas en la escuela. Ese chico tiene una boca que no sabe cuándo callarse.

—Va a estar bien. Solía conocer a un joven con ese problema, y no le fue tan mal. Quizás también se convierta en doctor —dije con una sonrisa y un guiño.

Gladys se rió de verdad, un sonido musical que podía alegrarte toda la noche.

—Lo más probable es que se convierta en un acosador loco de IHOP en las primeras horas de la mañana. Voy por tu orden.

La relajante visita a IHOP me ayudó a calmarme y a llenarme de carbohidratos después de un largo día. Little D podía preparar mi desayuno en cuatro minutos, y yo podía comérmelo en cinco. Algunos días, entraba y salía en menos de diez minutos. Otros días, me tomaba mi tiempo y hablaba hasta por los codos con Gladys y Little D, pero era un firme creyente de que la amistad se basaba en la calidad del tiempo, no en la cantidad.

—Aquí tienes, cariño, un sándwich de queso a la parrilla, papas fritas, catsup, dos hotcakes con mantequilla a un lado y un jugo de naranja grande. Aquí está la cuenta. Salió en $9.63. Mira qué sorpresa. Disfrútalo.

Una de las cosas que me gustaba de Gladys era que entendía que el desayuno era mejor caliente, así que siempre me dejaba devorar la comida lo más rápido posible. Comer, para mí, no era por placer, sino solo para reponer mis reservas de energía. Cinco minutos después, terminé los últimos bocados de los hotcakes, me tomé el último trago de jugo de naranja y me levanté para irme. Al salir, le di un abrazo a Gladys y le entregué la cuenta con un billete de $100 dentro.

—Gracias por el servicio, y tú y Little D quédense con el cambio.

—Gracias, Doc —llamó Little D desde detrás de la parrilla—. Cuídate allá afuera.

—No te preocupes por mí. Houston es uno de los lugares más seguros de América —me reí mientras empujaba la puerta y me volvía para encontrarme con tres adolescentes recargados en mi carro. Me miraron de arriba abajo mientras me acercaba.

—¿Este es tu carro, gringo? Es un carro bonito —dijo el primero.

—Sí, debe ser divertido manejar un carro así —intervino el segundo.

Entonces el tercer tipo se unió, el más grande y el verdadero líder de los tres, el único que realmente importaba. Dio un paso adelante y extendió la mano.

—¿Por qué no me entregas esas llaves y lo llevamos a dar una vuelta?

La situación aún no estaba fuera de control.

—Buenas noches, caballeros. En efecto, es un excelente carro. Un Mercedes E63S, con 603 caballos de fuerza, dos turbos, y suficiente torque para mover una pared. Acelera de cero a cien en unos tres segundos y aún así rinde bien en la carretera. Si están interesados en una prueba de manejo, les puedo conseguir el nombre y número de un excelente agente en el concesionario de Mercedes.

—¿Qué chingados te pasa, cabrón? Quiero manejar este carro ya. Dame las pinches llaves —gritó el tipo del centro. Dio otro paso adelante y sacó una navaja automática de cuatro pulgadas, técnicamente un arma ilegal, pero ahora no era el momento para discutir ese asunto. Tuve una última oportunidad para desescalar.

—Hijo, ha sido un día largo. Acabo de tener una deliciosa comida y quiero irme a casa a dormir. Guarda la navaja en tu bolsillo y aléjate. No quiero que nadie salga herido.

Mientras hablaba, discretamente cambié mi pie izquierdo hacia adelante y tenía mi peso en el pie trasero, con ambas manos levantadas frente a mí. Dio otro paso más.

—Dame las pinches llaves, maricón.

Me di cuenta de que estos tipos no tenían imaginación para insultar, pero ahora tenía que concentrarme en la pelea, y ya era una pelea, aunque aún no se había lanzado ningún golpe. No tenía ningún arma conmigo, y ninguna estaba al alcance. Había una pistola en mi carro, pero no había forma de alcanzarla antes de ser apuñalado por este idiota. Todavía tenía la opción de correr, pero no estaba de humor para eso.

Con la decisión tomada, me enfrenté a la pelea. Necesitaba que diera un paso más cerca. El peligro en una pelea con cuchillo era dejar que el otro tipo se mantuviera demasiado lejos. Podría simplemente cortarme sin que yo pudiera hacer mucho al respecto, pero si lograba acercarlo, podría equilibrar las probabilidades. Podría meterme dentro del arco de la navaja y causar algo de daño por mi cuenta. Así que lo necesitaba más cerca, preferiblemente enojado y cargando hacia mí.

—Si quieres impresionar a tu novio, entonces ven por mis llaves —lo desafié.

Eso lo provocó. Después de un momento para procesar lo que había dicho, su rostro se crispó, su cuerpo se tensó, levantó el cuchillo y se abalanzó hacia mí. Afortunadamente, sostenía el cuchillo bajo, con la palma hacia arriba, como lo hacen en las películas, lo que significaba que sabía más sobre ver películas que sobre peleas con cuchillo. Probablemente esperaba que me retirara, pero me impulsé desde mi pie trasero, lo que significaba que el cuchillo estaba a mi alcance antes de que él estuviera listo y justo cuando yo lo estaba. Un golpe rápido a los nervios en la parte interna de la muñeca con mi mano derecha y un contraataque con la izquierda, y su mano se entumeció, incapaz de sostener el cuchillo, lo cual no fue un problema, ya que el cuchillo ya estaba en mi mano izquierda.

La pelea no había terminado, sin embargo. La mayoría de las personas con cuchillos tienden a olvidar que otras armas pueden estar en juego. Él seguía viniendo hacia mí, y yo aún me acercaba. Mientras se concentraba en el cuchillo, incliné mi cabeza hacia atrás y apunté a su nariz. El momento fue perfecto, ya que la coronilla de mi frente lo golpeó justo en el centro de su rostro. Un crujido audible significaba que su nariz se rompió, y probablemente también uno de sus pómulos. Ahora la pelea había terminado. Cayó hacia atrás al suelo, con sangre brotando de su cara, mientras sus amigos lo observaban en un silencio atónito.

Caminé hacia él y lo ayudé a levantarse, aún sosteniendo el cuchillo casualmente.

—Caballeros, tenemos una decisión que tomar. Obviamente, no van a manejar mi carro esta noche. ¿Quieren subirse a una patrulla o irse a casa? Saquen sus cuchillos, déjenlos en el suelo, y pueden llevarse a su amigo con ustedes. Cualquier otra estupidez y llamo a la policía.

Realmente no quería llamar a la policía y tener que lidiar con reportes e interrogatorios. Sabía que no me metería en problemas, pero también sabía que no estaría en la cama en las próximas dos horas si llamaba.

Los otros dos se miraron entre sí, y luego lentamente dejaron caer sus cuchillos al suelo. Empujé a su amigo herido hacia ellos.

—Lárguense de aquí, y no quiero volver a verlos por aquí.

Los tres se alejaron con su amigo apoyado entre ellos.

—Buen trabajo, Doc.

Me giré para encontrarme con Little D con una sonrisa en su rostro y un bate de beisbol en sus manos. La manera en la que sostenía el bate en sus manos hacía que pareciera un palillo de dientes.

—Pensé que jugabas futbol americano.

—Me gustan todos los deportes. Un poco de beisbol de vez en cuando es bueno para los brazos —dijo, flexionando sus enormes bíceps.

—Gracias por el respaldo —dije, mientras caminaba a recoger los otros dos cuchillos. Le entregué los tres a Little D—. Tira estos a la basura por mí, por favor. Que tengas una buena noche.

—Tú también, Doc. Tú también.

CAPÍTULO CATORCE

Con la autopsia programada para las 10 de la mañana del día siguiente, salí de la casa a las 9:30, pero me detuve en seco al ver una vista increíble. Cuando imaginé que Carl iba a arruinar sus árboles, lo había subestimado gravemente. Había despuntado y cuadrado un roble de 15 años, ahora literalmente el árbol más ridículo de Texas. Sorprendentemente, la ausencia de Carl evitó que se jactara de su obra, pero estaba seguro de que en algún momento lo haría.

Mi día no mejoró al llegar a la oficina del forense. Las autopsias siempre eran horribles, y hasta el edificio inducía un sentimiento de desasosiego. Un cuadrado monstruoso con todo el encanto de un edificio de viviendas ruso de los años 70, las paredes de un amarillo y verde opaco chocaban con los muebles desparejados. Las luces fluorescentes no lograban disipar la tristeza de la sala de autopsias, agazapada en el sótano, cómo si intentara estar lo más lejos posible de la luz del sol y de cualquier rastro de alegría. Un aire de pesadez impregnaba el ambiente, un recordatorio constante de la solemnidad de la muerte en cuestión.

El penetrante olor a formaldehído impregnaba el aire y se adhería, especialmente en el cabello y ropa, para atormentar a todos durante el resto del día. Justamente asociado con el olor de la muerte, el único peor provenía de los propios cuerpos en la sala de autopsias.

Llegué unos minutos antes y encontré a Skinny Jeans ya vestidos con bata y listos para comenzar. Nadie quería llevar ropa de calle a la sala de autopsias.

—Lindo tobillo, Lenny —dije. Lenny raramente encontraba un par de uniformes que fueran lo suficientemente largos para sus piernas.

—Buenos días, Doc. Estoy preparado para cualquier inundación repentina en Houston hoy —dijo, mostrando su pierna—. ¿Qué te trae por aquí esta mañana?

—Este caso sigue molestándome, así que pensé que le echaría un vistazo a la autopsia, si está bien con ustedes.

—Por mí está bien —respondió Jane.

—¿Quién está de turno hoy? —pregunté.

Ambos se giraron hacia mí y hablaron al mismo tiempo: —Morquist.

En una profesión llena de personajes peculiares, Morquist Levy era excepcionalmente excéntrico. Innegablemente brillante, sus habilidades sociales brillaban por su ausencia. Si estuviera solo en una habitación con un cadáver, Morquist sería la segunda persona más sociable en la habitación. Tenía alrededor de cien diferentes excentricidades y peculiaridades, pero también era un pensador muy orientado a los detalles. Nada se le escapaba en una autopsia, mientras que las señales sociales rutinariamente se le escapaban.

En sus sesenta, Morquist había estado en el departamento de patología por más de cuarenta años. Su frágil figura de 1.75 y unos 63 kilos, de los cuales solo uno por ciento parecía ser músculo. Sus ojos siempre parecían sorprendidos, magnificados por los lentes más gruesos que jamás había visto, como un científico de una película de ciencia ficción mal financiada que había tomado demasiado café en el desayuno.

Pero a lo largo de su vida profesional, Morquist había visto de todo. Después de miles de autopsias, ningún secreto de la muerte se le escapaba. Meticuloso hasta el extremo, ningún abogado había logrado jamás desafiar sus hallazgos en la corte.

Caminamos juntos hacia la sala en silencio para encontrar a Morquist ya trabajando. Extendida en una mesa de metal, desnuda, con los ojos mirando al techo, este cadáver increíblemente había sido una joven vibrante solo unas horas antes.

Morquist no tenía tiempo ni necesidad de saludos y fue directo a su informe.

—Ya catalogué las pertenencias. Ropa sin marcas distintivas y ningún otro artículo personal. Nada de interés. Se recogieron muestras de las uñas y se enviaron, solo ocho, porque faltan dos. No se notaron materiales de interés. Radiografía del cuerpo completada. Aquí tienen los resultados.

Morquist hablaba en frases cortas a una velocidad que haría que la mayoría de los subastadores se quedaran boquiabiertos sin una pausa entre oraciones. La mayoría de las personas titubean brevemente mientras hablaban para inhalar, pero Morquist parecía libre de tales limitaciones humanas, como si pudiera absorber oxígeno directamente a través de su piel. Probablemente podría leer un libro entero en voz alta en una sola respiración.

Lenny tomaba notas furiosamente. Le di a Lenny la oportunidad de ponerse al día.

—Buenos días, Morquist. ¿Qué número de autopsia es esta para ti?

Morquist se detuvo y me miró.

—Buenos días, AJ. Esta es mi autopsia número 16,237. Número 8,329 que he realizado en una mujer, lo que representa el 51.3% de mis casos —me miró expectante, preparado para dar sus mejores respuestas.

—¿Pero cuántas tenían ojos azules?

—He realizado 1,120 autopsias donde el paciente tenía al menos un ojo azul. Esto es el 6.9% de mis casos, lo cual es menor que el promedio nacional de personas con ojos azules. Atribuyo esto a la gran población hispana en Houston, donde los ojos azules son menos comunes.

Podría continuar así todo el día. Recordaba cada autopsia con detalle. Si le pidieran describir una fractura que vio en 1983, podría dar una respuesta detallada sin dudar.

Lenny estaba listo para seguir adelante.

—¿Algo en las radiografías?

Caminamos hacia las computadoras.

—Las radiografías muestran una fractura conocida del antebrazo izquierdo. Esto coincide con la radiografía de ayer en la sala de urgencias, así que es la misma persona. Además, tres fracturas de costillas nuevas. Probablemente alrededor del momento de la muerte por traumatismo contundente. Doloroso, pero no mortal. No hay heridas obvias que hayan causado la muerte en la radiografía.

Regresó a la mesa para comenzar un examen detallado de la piel, escaneando cada centímetro de su piel con una lupa, comenzando por el cuero cabelludo y trabajando hasta los pies, mientras dictaba sus hallazgos al micrófono adjunto. No se detuvo ante los dedos cortados. Cuando llegó a los pies, habló.

—Gírenla.

Los asistentes giraron su cuerpo, y él reanudó su examen de la piel. Diez minutos después, anunció: —Ninguna lesión o punción inusual. La causa de la muerte no es clara desde el examen externo.

Después de que los asistentes giraron el cuerpo nuevamente, siguió un examen vaginal que incluyó múltiples muestras.

—Sin evidencia de trauma o agresión sexual.

Hizo una larga incisión en forma de Y desde ambos hombros hasta el pecho medio y bajando hasta la pelvis. Comenzó en el abdomen y la pelvis, retirando órganos y pesándolos, dictando sus hallazgos en el camino, todo normal. Luego pasó al pecho para retirar el corazón y los pulmones. Un breve examen reveló que estaban sanos y normales. El examen del cuello no mostró evidencia de trauma.

Lenny estaba perdiendo la paciencia.

—Entonces, ¿qué la mató, Dr. Levy?

Sin levantar la vista, respondió: —Todavía no puedo decir qué la mató. Solo puedo decir lo que no la mató —y volvió al trabajo.

Le sonreí a Lenny bajo mi mascarilla.

—Deberías incluir eso en tu informe, todas las cosas que no la mataron.

Lenny torció los ojos y siguió tomando notas.

Morquist comenzó con la cabeza, la parte más espantosa de una autopsia. Hizo una incisión en la parte superior del cuero cabelludo y la jaló hacia adelante sobre la cara para exponer el cráneo —no apto para los que prefieren un desayuno abundante. Luego, el serrucho cortó la tapa del cráneo.

Morquist retiró la parte superior del cráneo y, por primera vez, hizo una pausa. Miró nuevamente las radiografías del cráneo con detalle, luego regresó a la mesa. Nos miró y dijo: —Demasiada sangre.

Skinny Jeans me miraron al mismo tiempo y me encogí de hombros.

Morquist extrajo el cerebro, lo colocó en una mesa de metal al lado y lo diseccionó. Era un trabajo tedioso, pero Morquist se movía rápido y con precisión. Después de cinco minutos de trabajo en silencio, levantó la vista para anunciar: —MAV —y reanudó su tarea en silencio.

Le expliqué a Skinny Jeans: —Un MAV es una malformación arteriovenosa. Algunas personas nacen con eso. Los sistemas arteriales y venosos están conectados directamente entre sí. Como las arterias tienen alta presión y las venas tienen baja presión, esto pone demasiada presión en el lado venoso. Con el tiempo, eso puede llevar a una ruptura y una hemorragia masiva en la cabeza. Como un derrame cerebral, puede matar rápidamente.

Morquist añadió: —Hay más trabajo por hacer, pero murió por la ruptura de un MAV en su cerebro.

Jane preguntó: —¿Es común? Nunca había oído hablar de un MAV.

—Ocurre en aproximadamente 1 de cada 100,000 personas. Sin síntomas hasta que estalla y causa la muerte. Este es el caso número 13 que he visto en una autopsia. El último fue el 8 de marzo, hace tres años.

—¿Se rompió por un trauma en la cabeza? —inquirió Lenny.

Morquist negó con la cabeza.

—No hay evidencia de trauma significativo en el cerebro. Es probable que se haya roto debido al aumento de la presión arterial por el estrés. Murió de miedo.

Lenny cerró su cuaderno con una compasión triste en sus ojos.

—Gracias, Morquist. Aprecio la ayuda. Vamos a atrapar a esos hijos de puta.

No podía estar más de acuerdo.

Fuera de la sala, nos cambiamos a nuestra ropa habitual, pero aún olíamos a formaldehído, nuestro lúgubre compañero por el resto del día.

—¿Y qué tiene Morquist? —preguntó Lenny mientras caminábamos por el corredor monótono—. Ese tipo es bien extraño.

—Morquist es una de las personas más inteligentes que he conocido. Tiene un IQ nivel genio y lo recuerda todo. Es una persona totalmente diferente fuera del trabajo: tiene una esposa y dos hijos, una casa en los suburbios, un perro. Lleva una vida bastante normal, pero en el trabajo se convierte en esta criatura súper intensa sin tiempo para la ineficiencia, como un artista excéntrico que no hablará con nadie mientras pinta o compone música.

—Puede que sea bueno en su trabajo, pero me da mucho miedo. Dicho eso, asegúrate de que él haga mi autopsia si muero cumpliendo mi deber. Solo lo mejor para mí.

—Es una solicitud extraña, pero me aseguro de que suceda. ¿Ustedes avanzaron en algo? —pregunté con esperanza, mientras empujaba un par de puertas dobles.

—No hemos encontrado absolutamente nada. Las huellas no están en el sistema; nadie la ha reportado como desaparecida; y no hay nada en los archivos que muestre casos similares. Todo lo que sabemos es que el cerebro de esta pobre chica explotó por el miedo —dijo Jane.

—¿Y el video del carro? —pregunté.

—Vimos la grabación repetidamente, cuadro por cuadro, y no sacamos nada. Nada único sobre el carro o el conductor. Las descripciones podrían coincidir con alrededor de 300,000 personas en Houston.

—¿Y ahora qué? —pregunté.

—Seguimos trabajando en el caso. Necesitamos una identificación de ella, y luego podemos comenzar a rastrear sus últimos días. Pero sin una identificación, no tenemos nada. Comenzaremos a recorrer los estudios de tatuajes para ver si alguien reconoce su tinta. Esperaba evitar eso ya que hay alrededor de mil estudios en la ciudad y la mitad de los artistas están demasiado drogados para recordar lo que hicieron ayer —refunfuñó Jane.

Casi les conté lo que Tom y yo habíamos descubierto, pero me detuve en el último momento. Jane estaría furiosa, y Tom sería degradado de nuevo a un verdadero guardia de centro comercial. Racionalicé que iríamos a La U esa noche para ver si podíamos aprender algo. Entonces, en doce horas, sabrían todo lo que sabíamos. Con suerte, tendríamos algo tan útil que no estarían demasiado molestos.

—¿Crees que lleguen a identificarla?

Lenny respondió: —Siempre los identificamos. No estoy seguro de cómo, pero la identificación va a aparecer eventualmente. Que tengas un buen día, Doc.

—Igualmente.

CAPÍTULO QUINCE

La llegada de Dot alegró mi siguiente turno. Cada sala de urgencias tenía a sus pacientes habituales, y Dot era la reina de la nuestra. Se internaba al menos tres veces a la semana. Se podría pensar que Dot estaba crónicamente enferma por tantas visitas, pero en realidad estaba en muy buena forma física, salvo por su esquizofrenia.

—Buenos días, doctor —dijo mientras me lanzaba un beso—. Me alegra verte de nuevo. Te extrañé la semana pasada. ¿Dónde estabas?

—Dot, yo también te extrañé. Tuve que hacer un trabajo en Wyoming. ¿Cómo has estado?

Esta pregunta siempre llevaba a un resumen animado de todas sus actividades de los últimos días. Siempre era lo mismo en cada visita.

—¿Qué tienes, Dot? —le pregunté cuando finalmente se quedó sin historias.

Me miró con una expresión pensativa, concentrándose mucho.

—Creo que hoy es dolor de espalda, doctor.

—Aquí dice en tu expediente que tienes dolor en el hombro izquierdo.

—Ay, bueno, entonces por eso estoy aquí. Me duele el hombro izquierdo.

La miré con una sonrisa.

—Dot, ¿realmente te duele el hombro izquierdo o solo nos estás visitando hoy?

Miró a su alrededor con complicidad.

—Mi hombro está bien. Solo quería saludarte.

Sus visitas siempre consistían en quejas menores —nunca dolor en el pecho, debilidad o mareo— seguidas de: —¿Hay almuerzo para hoy?

—Claro, hija. ¿Pollo o pavo?

Lo consideró por un momento.

—¿Qué tal los dos?

Su sonrisa iluminó la sala.

—Y cuando termines, ¿qué te parece un cupón de taxi para regresar a casa?

—Gracias, doctor. Muchas gracias.

—De nada, Dot. Tómate tu tiempo. No estamos muy ocupados por el momento, y otras personas van a querer saludarte.

Los trabajadores sociales mantenían contacto con ella, pero a Dot le gustaba visitarnos en urgencias, una parte importante de su rutina. Nos había visitado más de quinientas veces en los últimos tres años y conocía a la mayoría de nosotros por nombre. Se había convertido en parte del ecosistema de la sala; sus visitas ayudaban a mantener el equilibrio de su vida, al igual que el nuestro. Dot era parte de la familia.

•　•　•

Otro paciente habitual, Delgado, llegó a las seis de la tarde, desmayado y su camilla la empujaban los paramédicos.

—¿Dónde lo encontraron hoy?

—En el parque. Otra vez.

Delgado era un alcohólico y estaba siempre borracho. Una capa de botellas vacías cubría su departamento porque Delgado bebía todo el día, todos los días. Probablemente no había estado sobrio ni una sola vez en los últimos diez años. Cuando salía y se desmayaba, lo cual ocurría frecuentemente, la gente pensaba que estaba muerto y llamaban al

911. Los paramédicos de la zona lo conocían y lo traían para que se despejara.

—Habitación siete. Ya conocen el procedimiento.

Le harían un electrocardiograma, análisis de laboratorio y una prueba de alcoholemia para asegurarse de que no hubiera nada más sucediendo. Todos conocían el protocolo Delgado. Volví a la estación de enfermeras y saqué un frasco de muestras.

—La apuesta de Delgado está abierta. Solo pueden entrar una vez. La respuesta más cercana a su nivel de alcohol en la sangre, sin pasarse, gana el derecho a presumir. ¡Reglas de *Atínale al Precio*!

Todos escribieron sus estimaciones y las pusieron en el frasco. Nuestra última estudiante de medicina parecía horrorizada.

—¿Esto es legal?

—Para ser honesto, no lo he consultado con el departamento legal de la administración, pero es bueno para la moral, y el derecho a presumir es importante en urgencias. Deberías participar.

La estudiante de medicina parecía dudosa, pero la promesa de una fama transitoria era demasiado tentadora para dejarla pasar. Escribió su respuesta y se acercó al frasco.

—0.23. Probablemente empezaría a convulsionar si llegara a un nivel tan bajo.

—Pero eso es tres veces el límite legal. Cualquier cosa por encima de eso puede ser fatal.

—Cierto, a menos que seas un alcohólico crónico. Ellos reajustan su nivel de referencia mucho más alto. Mi amigo aquí tiene un récord en urgencias de 0.548. Suficiente para matar a tres humanos normales.

—Dios mío. ¿Cómo saben siquiera cuándo dar de alta a alguien así?

Deb no levantó la vista de su expediente.

—Eventualmente dejará de orinarse en la cama y se levantará para orinar en el suelo, al lado de su cama. Ahí es cuando le damos ropa limpia y lo mandamos a casa.

La glamorosa vida del personal de la sala de urgencias.

CAPÍTULO DIECISÉIS

Esa noche, Tom pasó por mi casa a recogerme alrededor de las diez.

—¿Estás listo para esto? —pregunté.

—Tengo una Glock en la cadera, una .38 en el tobillo y un cuchillo en el cinturón. Estoy listo. ¿Y tú, qué traes?

—Solo una Glock en la cadera y un bazuca en los pantalones. Vámonos.

Definitivamente íbamos en la camioneta de Tom para este viaje. La U no estaba en la peor parte de la ciudad, pero probablemente era la segunda peor. Era una zona industrial donde cada edificio estaba quemado o abandonado, y cada construcción cubierta de basura y grafitis de pandillas.

—¿De dónde crees que sacan toda la pintura para el grafiti? Nunca he visto una tienda de pintura por acá. La tienda más cercana debe estar a unos quince kilómetros de aquí.

Tom solo me miró como si fuera el idiota del pueblo.

—Para ser doctor, eres increíblemente estúpido.

—Tal vez, pero creo que voy a buscar una propiedad por aquí, bien barata, y abrir una tienda de pinturas. Imagino que haría una fortuna. Tal vez llamarla «La tienda de pinturas del idiota del pueblo» y usar una foto tuya para mi logo.

Tom respondió levantando un dedo y siguió manejando.

No estaba seguro de qué esperaba, pero mi primera impresión de La U me dejó decepcionado. Un viejo almacén había sido convertido en un bar, una monstruosidad cuadrada sin personalidad, excepto por un letrero de neón chillón que lo diferenciaba de los edificios abandonados que lo rodeaban.

—¿Cómo demonios se consigue un permiso para abrir un bar en una zona industrial? —me pregunté.

Tom bufó.

—Dudo que este lugar tenga un permiso. Dudo que un inspector de edificios haya pasado por aquí en los últimos veinte años.

Encontramos un espacio de estacionamiento lleno de baches con líneas de pintura descoloridas cerca de la parte trasera, y Tom se echó de reversa para estacionarse.

—Bueno, al menos está bien iluminado —dijo Tom mientras miraba alrededor del estacionamiento, lleno de jóvenes rudos bebiendo y fumando junto a camionetas y carros deportivos.

—Probablemente sea más fácil contar los cuerpos al final de la noche. Vámonos. Ya hay que encontrarme un vehículo nuevo.

Dejamos la camioneta bajo la atenta mirada de algunos miembros pandilleros enfurecidos y entramos.

Lo que al exterior le faltaba en clase y sofisticación, lo compensaba el interior. La música electrónica techno retumbaba; una nube de humo llenaba el aire, y un hedor general invadía el ambiente, sugiriendo que la limpieza ocurría, como máximo, una vez al mes. Una multitud sudorosa, alta humedad y mala iluminación completaban la atmósfera. Muebles manchados y desparejados estaban esparcidos por el suelo lleno de escombros. Grandotes ucranianos actuaban como guardias entre los clientes, manteniendo el orden solo por su tamaño. No estaba seguro de qué comían para ponerse tan fuertes, pero podría ser carne cruda.

En el escenario, tres chicas desganadas bailaban de manera apática. Otras chicas vagaban entre los clientes en busca de trabajo.

Tom me dio un codazo y me gritó al oído:

—Parece que los bailes privados están arriba —señaló una escalera—. Yo me quedo en la barra, y tú ve a ver qué puedes averiguar.

—Va, ándale. Deberías pedir algo de comida. Escuché que tienen mariscos frescos y que el chef aprendió en Francia. ¿Qué tal las tortas de papa de cangrejo y el salmón a la parrilla? —bromeé.

—Vete al carajo. No voy a comer nada que salga de esa cocina. Probablemente me enfermaría tanto que mañana sería paciente en tu sala de urgencias.

—Si llegas como paciente a urgencias por cualquier cosa, te garantizo que habrá una orden en tu expediente para revisarte la próstata cada hora para cualquier cambio.

—Banshee destrozaría la primera mano con guantes que se me acerque. Ahora, cállate y ponte a trabajar para que podamos salir de este lugar. Yo me voy a sentar aquí y tomar una chela. Trata de no causar problemas esta noche. Claramente somos menos.

Nuestro plan era encontrar a una chica sola y preguntarle si conocía a Jennifer o si reconocía el tatuaje. Eso significaba un baile privado en el área VIP, aunque dudaba mucho que hubiera algo de VIP en esa zona. Tal vez los muebles fueran menos pegajosos allá arriba y, con suerte, la música fuera más baja.

Me alejé de Tom en la barra y me puse a buscar. No estaba buscando a ninguna chica en particular, solo una que no pareciera estar drogada incoherentemente, lo cual resultó difícil. Finalmente, me acerqué a una chica joven y prometedora con los ojos claros.

—¿Cuánto cuesta un baile privado en un lugar más tranquilo? —le grité. Ella levantó dos dedos. Saqué tres billetes de cien dólares de mi bolsillo. Tomó el dinero, me agarró de la mano y me llevó al piso de arriba, lejos de la música ensordecedora. Pasamos junto a otro gigantón ucraniano en el camino. Al parecer, los ucranianos gigantes se vendían al por mayor. Me llevó a un cubículo tapizado en rojo, cerró la cortina, se desabotonó la parte superior de su ropa y me preguntó qué quería. Levanté las manos.

—Un momento. Solo quiero hablar.

—¿Quieres hablar por trescientos dólares? Eso sí que es nuevo.

Bien, hablemos —dijo, mientras me miraba con desconfianza y permanecía de pie frente a mí.

—Estoy buscando a una chica.

—Viniste al lugar correcto. Hay muchas chicas aquí.

Le mostré mi teléfono.

—Estoy buscando a esta chica. Tal vez se llamaba Jenny y tenía este tatuaje en el brazo.

Pude ver de inmediato que reconocía el tatuaje. Se enderezó y adoptó una postura más profesional.

—¿Quién eres tú y por qué la buscas?

—Soy médico en la sala de urgencias, y estoy tratando de averiguar qué le pasó.

—¿Qué pasó? ¿Está bien? Dime que está bien —sus ojos suplicaban.

—Lamento decir que no está bien. Alguien la dejó tirada en la sala de urgencias después de golpearla. Tenía algo de sangrado en el cerebro y murió. Siento decirte que ya no está.

Ella rompió en llanto, mientras se sentaba junto a mí, una reacción normal ante la muerte de una amiga, pero no estaba seguro de cómo manejarlo. Normalmente, le hubiera tomado la mano y ofrecido consuelo, pero no era normal para mí estar en un sillón pegajoso junto a una extraña medio vestida en un antro de mala muerte.

—Lo siento. Ni siquiera sé tu nombre. Me dicen Doc.

—Soy Linda y Jenny era mi amiga. Nos dijeron que se había ido a ver a su familia. No puedo creer que se haya ido.

Las lágrimas corrían por su maquillaje mientras yo esperaba pacientemente.

—Estamos tratando de averiguar qué le pasó. ¿Qué puedes decirme sobre ella?

—Jenny llevaba más o menos un año aquí. Venía de un pueblo pequeño en Arkansas. Su mamá murió cuando estaba en la prepa, de cáncer de mama, y nunca conoció a su papá. No le quedaba familia, así que se quedó con amigos para terminar la escuela y luego se mudó a esta ciudad. Como muchos de nosotros, tenía sueños de una vida mejor aquí.

—¿Cómo terminó aquí?

Linda suspiró.

—De la misma manera que la mayoría de nosotras terminamos en este infierno. Necesitas un trabajo para pagar la renta. Bailar es dinero fácil, aunque no es el trabajo más gratificante, pero una vez que esos idiotas se apoderan de ti, no hay salida. La única forma de salir de aquí es en una bolsa para cadáveres. Ay, discúlpame —dijo al darse cuenta de lo que acababa de decir. Otra ronda de lágrimas siguió. Finalmente, Linda se compuso lo suficiente para preguntar—. ¿Qué más sabes sobre lo que le pasó?

—Llegó a nuestra sala de urgencias más temprano en el día con una fractura en la muñeca. Jenny parecía molesta por algo, pero rechazó nuestra ayuda. Fue dada de alta y, varias horas después, un hombre desconocido la dejó en la puerta de urgencias. Estaba bastante golpeada, pero murió debido a un sangrado en el cerebro y no pudimos hacer nada para salvarla. Su muerte hubiera sido instantánea y sin dolor una vez que ocurrió el sangrado cerebral. —Me ahorré los detalles de la tortura de Jenny—. ¿Tienes alguna idea de quién pudo haber hecho esto?

Sus ojos brillaban con furia.

—Sé exactamente quién lo hizo. Esos malditos animales que dirigen este lugar. Todos están locos y disfrutan castigar a las mujeres. Las reglas son claras. Si los enfureces, te dan una paliza severa. Si intentas irte, te golpean a ti y a un miembro de tu familia. Malditos ucranianos locos; y cada uno es peor que el anterior.

—¿Quién está a cargo aquí?

—El grandísimo idiota en la oficina al final del pasillo lidera a estos malditos matones. Y antes de que preguntes, no sé su nombre. Nadie lo sabe. Todos lo llaman Dyyavola. Él es el responsable de la muerte de Jenny. Nadie se atrevería a hacer nada sin su permiso.

—¿Dyyavola? ¿Qué tipo de nombre es esa mierda?

—Aparentemente significa «diablo» en ucraniano. El diablo podría tomar lecciones de este animal sobre cómo ser malvado —visiblemente temblaba mientras hablaba de él.

—Lamento darte esta noticia, y lamento que estés en esta situación. ¿Quieres irte con nosotros?

Ella lloró de nuevo.

—No, las reglas son claras. Si me voy, él lastima a las demás.

—¿Hay algo que pueda hacer por ti?

—Por favor, no les digas que hablé contigo. Si descubren que hablé, será muy malo. Muy malo.

—Está bien, aquí tienes mi tarjeta. Llámame si puedo hacer algo para ayudar. Lo que sea.

Ella tomó la tarjeta y la deslizó dentro de su brasier. Me había quedado sin preguntas y sin tiempo con Linda.

—Gracias por tu ayuda. Lo último que necesito es el apellido de Jenny y su dirección. Eso nos ayudará a llegar al fondo de esto.

—Su apellido era Smithton y vivía sola en un departamento cerca de aquí. —Linda me dio la dirección—. ¿Me prometes que atraparás a estos tipos?

—Te prometo que atraparemos a cada uno de esos malditos hijos de puta. Ahora, necesito salir de aquí y compartir esta información con la policía —dije mientras me levantaba.

—Llama al número en la tarjeta si tú o las otras chicas piensan en algo que yo pueda hacer. Podemos sacar a cualquiera de aquí que quiera salir.

Me levanté para irme y ella me agarró la mano.

—Espera un minuto. Necesito bajar contigo. Se pondrán violentos con cualquier hombre que baje solo. Quieren asegurarse de que la chica esté en buen estado para seguir trabajando. Dame un minuto.

Rápidamente secó sus lágrimas y se recompuso, pero seguía siendo obvio que había estado llorando.

—Está bien, vamos.

Me agarró del brazo y me llevó abajo. Sentí que dos pares de ojos me miraron intensamente mientras descendía las escaleras. Tom bebía en la barra y me observaba disimuladamente. Le di un sutil gesto hacia la puerta, y él lanzó dinero sobre el mostrador y se deslizó de su taburete.

El otro par de ojos pertenecía a un ucraniano muy grande y enojado. Detrás de esos ojos apenas brillaba la inteligencia, pero probablemente podría levantar un camión pequeño con poco esfuerzo. Me miró a mí y luego a Linda, y se acercó como un toro enfocado. Linda me dio un beso en la mejilla y susurró:

—Sal de aquí. Ahora. Bohdan viene hacia acá.

Nunca había conocido a un Bohdan antes y quería mantenerlo así. Me volví hacia la salida mientras Bohdan se acercaba a Linda, hablándole brevemente. Ella negó con la cabeza, pero él inmediatamente la soltó y vino hacia mí. Era hora de irse. Tom ya estaba fuera de la puerta, y yo me abrí paso entre la multitud final con la salida a la vista. Un rugido detrás de mí me advirtió de Bohdan antes de que una gran mano agarrara mi hombro y me girara. Preparado para ello, usé el impulso para continuar el giro y darle una patada digna de la Copa del Mundo en la ingle. Los ojos de Bohdan se agrandaron y rodaron hacia atrás antes de que colapsara al suelo, retorciéndose de agonía. Ahora sí, era hora de irse.

Me di la vuelta de nuevo y corrí hacia la salida. El gorila en la puerta intentó agarrarme, pero falló. Me escabullí y corrí hacia la camioneta con el gorila y un Bohdan cojeando detrás de mí. Tom ya había encendido el motor y había sacado la camioneta girando hacia la calle. La multitud en el estacionamiento se congeló para ver la persecución.

Esperando decepcionarlos, corrí a toda velocidad hacia la camioneta y me lancé sobre la caja. En el aire, me pregunté si Tom había dejado alguna herramienta afilada en la caja, pero ya era demasiado tarde para preocuparme por eso. Caí sobre la plataforma metálica vacía y Tom aceleró, rociando a los ucranianos con grava mientras hacíamos nuestra huida.

Dos cuadras más adelante, se detuvo, y me subí a la cabina.

—¿Disfrutaste de tu trago tranquilo en la barra?

—¿Disfrutaste de tu baile privado?

—No hubo baile privado, pero me dio su nombre y dirección. Lloró por la muerte de su amiga, y Bohdan probablemente pensó que había dañado su mercancía. Tenemos que sacar a todas estas chicas de ahí.

—¿Cuál era Bohdan?

—El grande y feo con dos testículos hinchados.

Tom se rió.

—Bueno, al menos no saben quién eres.

Yo no me reía.

—No estoy tan seguro de eso.

•   •   •

Todavía cojeando, Bohdan llevó a Linda a la oficina. Se desplomó en una silla y se puso una bolsa de hielo en la ingle. Ella ya había estado en la oficina antes y había esperado no volver a pisar ese lugar. Conocía a Dyyavola. Todas las chicas conocían a Dyyavola, lamentablemente. Se aseguraba de presentarse a las nuevas chicas. Nadie sabía su verdadero nombre, pero él estaba a cargo y definitivamente estaba loco. Le indicó a Linda que se sentara en una silla frente a su desgastado escritorio de madera y clavó sus fríos ojos en ella.

Dyyavola se acercó lentamente hasta que su enorme cuerpo se cernió sobre ella, con facilidad medía más de dos metros y pesaba más de 150 kilos de puro músculo. Su barba sucia y enmarañada contrastaba con su cabeza calva, cruzada por cicatrices. Sus enormes brazos sobresalían de una playera sin mangas manchada que había sido blanca hace muchos años. Mechones de grueso vello oscuro sobresalían del cuello y de las sisas de la playera estirada. Mientras se acercaba, su nariz deformada y sus ojos oscuros llenaban todo el mundo de Linda, mientras su aliento fétido se esparcía sobre su rostro.

—¿Quién era hombre que te molestaba? ¿Te hizo daño?

—No, no. No me hizo daño.

—¿Entonces por qué molesta?

Linda se detuvo, y él recogió un cuchillo de 18 centímetros de su escritorio.

—Dime qué te hizo hombre, o te arranco piel de pies.

Linda sacó la tarjeta de presentación de Doc de su brasier y se la pasó con una mano temblorosa.

—Es un doctor de urgencias, y me preguntó por Jenny.

Dyyavola arrebató la tarjeta y le echó un vistazo.

—¿Qué más me ocultas?

—Nada. Se lo juro, eso es todo lo que me dio.

—Levántate —ordenó Dyyavola.

Aterrorizada, Linda se levantó, manteniendo los ojos fijos en el suelo.

—Quítate ropa. Ahora.

Linda sollozaba mientras se deslizaba fuera de su brasier y se quitaba los pantis. Bohdan observaba el espectáculo con interés mientras ella se quedaba desnuda frente a ellos.

Dyyavola la rodeó lentamente, como un depredador.

—Muy importante revisar por todas partes. Confirmamos que no hay nada más escondido.

Desde atrás, le apretó dolorosamente cada seno y retorció cada pezón, lo que hizo que nuevas lágrimas brotaran de sus ojos. Siguió rodeándola hasta que nuevamente estuvo frente a ella.

—Mírame —ordenó con una voz aún más aterradora por su calma—. Abre la boca. Grande.

Ella sabía lo que venía, pero era incapaz de detenerlo. Abrió la boca y él se inclinó hacia ella hasta que su repulsivo aliento la abrumó. Hizo una demostración de examinar su boca y luego metió dos de sus enormes dedos en su boca abierta. Linda se atragantó por el olor a cebollas y tierra. Se atragantó aún más cuando él empujó sus dedos más profundamente en su boca y los movió alrededor.

Finalmente, él retiró los dedos de su boca, pero la pesadilla aún no había terminado. Se inclinó hacia ella hasta que pudo susurrarle al oído.

—Necesito revisar un lugar más donde a putas les gusta esconder cosas.

Su mano se abrió camino hacia abajo, entre sus piernas, y las forzó a separarse. Suspiró mientras forzaba sus dos enormes dedos dentro de ella. Linda sollozaba, ahora, impotente para luchar.

Después de lo que pareció una eternidad, Dyyavola pasó de violador a ejecutivo de negocios.

—Ponte ropa y vuelve al trabajo. Tengo asuntos que discutir con Bohdan.

Linda no perdió ni un segundo en ponerse de nuevo su brasier y su ropa interior, y salió corriendo por la puerta. Afuera, dos chicas más la esperaban. Todas habían sufrido una visita como esa antes, y todas sabían qué tipo de cosas horribles pasaban ahí dentro. Linda lloró nuevamente mientras les contaba lo que había pasado, y las otras chicas lloraron con ella cuando supieron lo que había pasado con Jenny. Linda se preguntó por milésima vez si valía la pena seguir viviendo esa vida mientras regresaba al trabajo.

De vuelta en la oficina, Dyyavola estudiaba la tarjeta que Linda le había dado, finalmente se la entregó a Bohdan.

—Este doctor hace demasiadas preguntas sobre Jenny. Cuando tus huevos estén mejor, asegúrate de que doctor no haga más preguntas.

Bohdan asintió y se fue.

CAPÍTULO DIECISIETE

—Siempre es una noche interesante contigo, Doc.

—Casi demasiado emocionante. No estoy seguro de querer volver a encontrarme con Bohdan.

—¿Tienes miedo de que Bohdan te dé una paliza?

—Estoy bastante seguro de que una paliza de Bohdan necesitaría un equipo completo de ortopedistas para corregir. Al menos obtuvimos un nombre y una dirección —dije.

—Sabes que necesitamos darle esa información a Skinny Jeans.

—Lo sé, y se van a enojar, y tampoco quiero que Skinny Jeans nos den una paliza. Tengo una idea. Entra a esa gasolinera.

Tom se detuvo, y yo corrí hacia adentro. Cuarenta dólares y dos minutos después, tenía un teléfono barato con cincuenta minutos de llamadas y dos boletos de lotería.

Tom miró el teléfono.

—Déjame adivinar. Skinny Jeans están a punto de recibir una pista anónima.

—Incorrecto. Skinny Jeans están a punto de recibir una pista anónima de una amiga de la víctima. Pasemos por urgencias. Veamos si Jean está ahí.

—Jean siempre está ahí. Jean vive ahí. El lugar se derrumbaría si alguna vez se fuera del edificio. ¿Por qué chingados gastas tu dinero en boletos de lotería?

—En primer lugar, tengo suficiente dinero para derrochar. Segundo, el dinero va para la educación y los veteranos, dos cosas que me gusta apoyar. Y finalmente, hice un análisis detallado de cada ganador de lotería en Texas y descubrí que todos tenían una cosa en común.

—¿Y qué cosa sería?

—Todos compraron un boleto.

Tom sacudió la cabeza.

—Para ser un tipo inteligente, a veces eres un pinche idiota.

• • •

Veinte minutos después, entramos en urgencias, donde Jean le gritaba a un borracho.

—Te dije que la bata tiene que abrirse por atrás. Si vuelvo a ver tus partes colgando otra vez, te las voy a cortar y a engrapar a la pared. Ahora ponte una segunda bata, cúbrete, y regresa a tu habitación.

—Veo que estás utilizando tus habilidades del último taller de servicio al cliente.

—Ya me conoces, me gusta hacerme la ruda. Aunque me la pone más fácil cuando anda por ahí con sus partes arrugadas colgando. Nunca he tenido pene, pero si tuviera uno como ese, lo cubriría.

—Buen consejo para Tom y sus partes arrugadas. Ven a la oficina, necesito un favor rápido.

—¿Por qué demonios debería hacerles un favor a ustedes dos payasos?

—Porque soy encantador y adoro el suelo que pisas.

—Encantador, tal vez. Pero lo demás es pura basura. ¿Qué necesitas?

—Descubrimos algo de información sobre esa chica que murió el otro día, y queremos que le dés a la policía una pista anónima.

Jean nos miró a ambos fijamente.

—¿Alguna razón por la cual no pueden decírselo ustedes mismos? Que yo recuerde, uno de ustedes de hecho trabaja para la pinche policía.

Tom se inquietó un poco antes de responder.

—Nuestra intervención en este caso no estuvo completamente autorizada y puede causar algo de consternación por parte de los detectives principales.

Jean se rió de verdad.

—Así que ustedes dos idiotas fueron y se hicieron pasar por detectives, se enteraron de algo, pero tienen miedo de decírselo a Jane, porque les arrancará los pelos y se los meterá por la garganta.

—Esa es una descripción bastante precisa de uno de los resultados más probables si se enteran de nuestra implicación —respondí.

—Está bien, dame el teléfono. Solo lo hago por ayudar a la chica. Y me debes una cena elegante si alguna vez tengo una noche libre de este lugar.

Solté el aliento que había estado conteniendo.

—De acuerdo, y gracias.

Unos minutos después salimos, después de que el sargento de turno había tomado notas de una pista anónima que daba el nombre, dirección y lugar de trabajo de una reciente desconocida. Era información que se pasaría a los detectives por la mañana.

Tom me llevó a casa.

—¿Tienes libre mañana?

—Sí, señor. Dos días completos. Tiempo para descansar y relajarme.

—¿Te molestaría cuidar a Banshee un par de días? Tengo un entrenamiento prolongado y odio dejarlo solo.

—Me encantaría. Ese perro es mi mano derecha con las chicas. Tráelo por la mañana. Por si te pierdes, recuerda que vivo en la casa junto a los robles cuadrados.

Tom miró por la ventana hacia los árboles de Carl.

—¿Otra vez Carl con la pinche jardinería?

—Pinche Carl siendo Carl. Buenas noches, Tom.

CAPÍTULO DIECIOCHO

Jane encontró a Lenny sonriendo desde su escritorio y sosteniendo un pedazo de papel.

—Tuvimos un avance anoche. Una llamada anónima de una mujer dijo que nuestra reciente desconocida es Jennifer Smithton, y que vive en el sur de Houston. Tenemos un nombre, dirección y lugar de trabajo.

—Bueno, entonces ya está casi resuelto el caso. ¿Supongo que la llamada fue de un teléfono secundario?

—Correcto, pero ya tengo los papeles listos y deberíamos tener una orden para el departamento en cualquier momento.

—Un buen comienzo para el día. Ojalá encontremos algo útil ahí.

Una hora más tarde, tocaron la puerta de un departamento deteriorado en un edificio en ruinas en una parte de mala muerte de la ciudad. Jane miró la propiedad.

—Me gusta lo que han hecho con el lugar. Si sacan las aguas residuales de la alberca y limpian las agujas del terreno, este podría ser un lugar realmente agradable.

Como era de esperar, nadie contestó la puerta. Un destello de una placa y la orden judicial sacaron al encargado de su oficina con un juego de llaves. Preocupado de que le diera un infarto mientras subía las escaleras tambaleantes, Skinny Jeans sintieron un atisbo de alivio cuando abrió la puerta.

La curiosidad contenida desapareció al examinar el pequeño departamento, que parecía devastado por un tornado. El lugar estaba literalmente hecho pedazos, con cada mueble destrozado, los cajones vaciados, agujeros en las paredes y alfombras arrancadas. Personas decididas y furiosas habían pasado un buen rato ahí.

—Parece que alguien va a perder su depósito de seguridad —observó Lenny.

—Llamemos a un equipo y cerremos este lugar —Jane se dirigió al administrador—. Esto ahora es una escena de crimen de homicidio. Por favor, espéreme en su oficina. Tengo algunas preguntas que hacerle. Lenny, asegúrate de que todo quede bajo control hasta que llegue el equipo y luego toquen las puertas. Quiero que entrevisten a todos en este edificio. Ya sabes cómo va esto.

•   •   •

Cuatro horas después, Lenny y Jane compararon notas.

—Tenemos confirmación de su identificación. Varios vecinos reconocieron su foto y encontramos algunas fotos aquí que coinciden con nuestra víctima. Recogimos muestras de ADN del baño, pero por ahora, estamos seguros de que la víctima es Jennifer Smithton, de 20 años.

Lenny revisó su siempre presente libreta de notas.

—Nada muy interesante de los vecinos. Era tranquila y educada, nunca causaba problemas. Trabajaba hasta tarde. El consenso es que era bailarina, pero nadie estaba seguro de dónde trabajaba. La persona que llamó dijo que era en La U, pero no pudo confirmarse eso. No tenía visitantes regulares. No tenía novio. Un par de chicas la visitaban ocasionalmente, pero sin nombres. En general, una inquilina tranquila.

Jane agregó: —Llevaba aquí ocho meses, pagaba la renta a tiempo. El departamento no muestra evidencia de sangre, así que donde sea que la mataron, no fue aquí. El lugar fue destrozado, obviamente buscaban algo. O no lo encontraron, o lo encontraron en el último lugar donde buscaron. Nuestros muchachos revisaron algunos lugares que se les pasaron, pero no encontraron nada interesante. Tengo una lista de inquilinos del administrador. Podemos revisarlos para ver si tienen antecedentes y ver si aparece algo.

Lenny cerró su libreta.

—Espero que tus vacunas estén al día. El siguiente destino es La U.

• • •

Lenny y Jane llegaron a La U alrededor de las cuatro de la tarde, y Jane marchó directo hacia la puerta principal, sacó la macana y golpeó tres veces. Lenny la miró con desinterés.

—Asumo que esto significa que vamos a tomar un enfoque agresivo aquí.

Jane le sonrió de vuelta.

—Te apuesto lo que quieras.

Puso su cara seria justo cuando alguien abrió la puerta de un tirón con agresividad.

—¿Quién carajos está golpeando mi puerta?

Un hombre grande sostenía un bate de beisbol. Era un pie más alto y casi 50 kilos más pesado que Jane, sus jeans desgarrados y su playera sucia sin mangas contrastaban fuertemente con el saco a rayas y los pantalones de Jane. A su barba desaliñada todavía le quedaban sobras de su última comida.

Si él pensaba que su apariencia iba a intimidar a Jane, estaba equivocado. Ella dio un paso adelante y levantó su placa hacia su cara.

—Policía, baja ese bate antes de que te lo quite y te lo meta por el culo.

Lenny dio dos pasos hacia atrás con la mano en su arma. Por una parte, esperaba que el tipo intentara golpear. A pesar de la diferencia de tamaño, estaba seguro de que Jane tendría el bate en sus manos en menos de tres segundos y que le rompería la rótula en los próximos dos.

No hubiera sido su primera vez.

El tipo debió de haber percibido algo también. Algún instinto primitivo debió de haber reconocido el peligro frente a él. A regañadientes, tiró el bate detrás de él.

—¿Qué chingados quieren?

—Quiero hablar con el imbécil que está a cargo aquí —respondió Jane.

—Soy Bohdan. Yo estoy a cargo aquí.

—Bueno, Sr. Imbécil-a-Cargo, necesitamos algo de información —dijo, levantando una foto—. ¿Reconoces a esta chica? Se llama Jenny Smithton, y creemos que era una bailarina aquí.

Bohdan respondió: —Muchas chicas bailan aquí. ¿Por qué es especial esta?

—Porque a principios de esta semana asesinaron a esta chica —desafió Jane, esperando obtener una respuesta.

Bohdan se encogió de hombros.

—Supongo que ella ya no baila aquí. Tenemos chicas nuevas.

Jane miró a Lenny en esa silenciosa comunicación. Bohdan obviamente la conocía y obviamente sabía que estaba muerta.

—Vamos a echar un vistazo y a hablar con tus empleados —dijo Lenny.

—¿Tienen orden? Si no orden, entonces váyanse a la mierda y no hablen con nadie.

El problema con los documentales de crímenes reales era que enseñaron incluso a los criminales más tontos a pedir una orden, y aunque Bohdan era obviamente tonto y claramente un criminal, tenía razón en que Lenny y Jane no podían proceder sin una orden.

Lenny cerró su libreta.

—Volveremos con una orden, y entonces iremos a donde queramos y hablaremos con todos.

Bohdan los miró fijamente.

—Que se vayan ahora. Bohdan tiene trabajo que hacer.

—¿Exactamente qué tipo de trabajo haces aquí? —preguntó Jane.

—Bohdan está a cargo de chicas aquí. Tal vez tú vengas a trabajar aquí y Bohdan se encargue de ti también. Tal vez te gustaría que Bohdan estuviera a cargo.

Bohdan esbozó una sonrisa lasciva. Aunque muchos se habrían echado para atrás, Jane se inclinó hacia adelante, agarró la barba de Bohdan y la tiró hacia abajo hasta que estuvo cara a cara con él.

—Déjame aclararte algo, imbécil. Estoy a dos segundos de arrancarte tus huevitos y metértelos por la garganta. Voy a conseguir una orden, y voy a volver. Cuando lo haga, yo estaré a cargo, y tú no serás nada más que mi perra. ¿Alguna pregunta?

Soltó la barba sin romper su dura mirada. Bohdan dio un paso atrás y la miró con una mueca despectiva. Sus ojos se movieron hacia Lenny, con la mano todavía en su arma.

—Lárguense de aquí y llévense a esa zorra loca con ustedes —dijo, cerrando la puerta de un golpe.

Lenny llegó al carro antes de estallar en carcajadas.

—Bueno, eso no salió tan mal.

Jane le devolvió la sonrisa.

—Siempre es bueno que una mujer de metro y medio le meta el miedo de Dios a un imbécil como ese. Definitivamente sabía que ella estaba muerta y sea lo que sea que le pasó está dentro de ese edificio.

—¿Sabes que no tenemos suficientes pruebas para conseguir una orden de cateo completa para ese lugar?

—Sí, necesitamos algo definitivo para justificar una búsqueda minuciosa. No sé cómo, pero voy a conseguir una orden y a atrapar a ese hijo de puta. Y le voy a arrancar los huevos si me vuelve a llamar una pinche zorra.

Lenny no tenía ninguna duda de que Bohdan y sus huevos estaban en serios problemas.

Un Bohdan colérico los observaba a través de una cámara de seguridad mientras se subían a sus carros y se iban. Atraparía a esa policía después de encargarse del doctor. Se imaginó muchas cosas malvadas para hacerle cuando la tuviera sola. Una llamada de Dyyavola, quien había estado viendo todo en las pantallas desde su oficina, interrumpió sus tortuosas fantasías.

Bohdan escuchó por un momento.

—Está bien, me encargo de eso mañana.

CAPÍTULO DIECINUEVE

A la mañana siguiente, Lenny le entregó a Jane dos archivos.

—Algo interesante surgió cuando investigamos a los inquilinos. Unos hermanos gemelos viven a unas puertas de distancia. No estaban en casa ayer, o al menos, tuvieron el sentido común de no responder cuando tocamos. Ambos tienen antecedentes de asalto y consumo de drogas, principalmente meta.

—No me digas. Sabes que odio a los drogadictos.

—Eso ni siquiera es lo mejor —dijo mientras dejaba los archivos frente a ella—. Déjame presentarte a JT y JL Hobbins. Por si te lo preguntabas, JT es como le dicen a Jethro Thunder. ¿Quieres adivinar qué significa JL?

—Si no es Jethro Lightning, voy a estar decepcionada y furiosa.

—Le atinaste.

Jane comparó los archivos hasta que negó con la cabeza.

—¿Qué clase de pendejada es esta? ¿Gemelos llamados Jethro? ¿Thunder y Lightning? ¿Cómo chingados los distingues?

—Parece que a JL le falta un diente menos que a JT —sugirió Lenny.

—Eso no es un diente. Es un tumor ennegrecido.

—Estoy de acuerdo en que no asustará a nadie, pero para él es un diente.

—Está bien. Vamos a buscar a estos idiotas. Todavía no es mediodía, así que deberían seguir dormidos.

Veinte minutos después, se acercaron al departamento, con Jane todavía quejándose.

—No estoy para pelear hoy. Llevo una blusa nueva, y odio que esos drogadictos tengan la manía de morder por alguna razón.

—Entonces, ¿estás diciendo que disparemos primero antes de que se alteren?

—Exactamente lo que estoy diciendo.

Procedió a golpear la puerta con la macana. Esta vez, lo mantuvo en la mano. Se escucharon ruidos dentro, pero nadie abrió la puerta, así que Jane golpeó más fuerte.

Finalmente, una criatura de aspecto triste abrió la puerta lentamente. Su delgado cuerpo sin playera estaba cubierto de costras y mugre. Sus ojos desenfocados se movían en círculos al azar y sus manos temblaban.

Jane levantó su placa.

—Policía, ¿eres JT o JL?

Él extendió su brazo, que tenía tatuado «Thunder».

—Al menos no tenemos que ver su diente —murmuró Lenny en voz baja. Jane le dio un codazo en las costillas.

—Tenemos algunas preguntas. ¿Te importa si entramos? —preguntó Jane, mientras empujaba la puerta para entrar.

—Claro, está bien —masculló JT mientras pasaban junto a él hacia el departamento, que era tristemente similar a otros cuchitriles de adictos en los que habían estado antes. Comida, basura, latas vacías de cerveza y ropa sucia competían por espacio en el suelo, junto al cuerpo de JL. Al menos asumían que era JL, ya que se parecía a JT y tenía un rayo tatuado en el brazo.

—¿JL está muerto? —preguntó Jane.

JT se rió.

—Claro que no, güey. Se está echando una pestañita.

Tomó una cerveza medio llena y se la lanzó a su hermano, dándole justo en la cabeza. JL se levantó con cerveza escurriendo de su cabello.

—¿Por qué chingados hiciste eso?

JT se rió tan fuerte que no pudo responder. Jane perdió la paciencia.

—Escuchen, idiotas. Jenny Smithton, quien vive al final del pasillo, fue asesinada hace unos días. ¿Saben algo sobre eso?

Les mostró una foto. JT y JL miraron la foto y luego se miraron entre ellos.

—Nunca la habíamos visto antes —alegó JT.

—¿Estás seguro de eso? Vivía a cinco puertas de distancia. ¿Nunca la vieron?

—No salimos mucho como para conocer gente —ofreció JL.

Jane y Lenny los interrogaron durante otros diez minutos, pero no surgió nada útil. Claramente, JT y JL no tenían la capacidad de cometer un asesinato sin testigos y sin dejar evidencia obvia. Apenas tenían la capacidad de mantenerse vivos cada día.

—¿Quieres exonerarlos? —preguntó Lenny.

—No están exonerados, pero ponlos en segundo plano. Podemos regresar si no surge nada más, pero no veo cómo podrían estar organizados lo suficiente para hacerlo.

—¿Otra lluvia de ideas?

—Vamos de nuevo a La U. Tan pronto como encuentre una excusa para una orden, volvemos.

CAPÍTULO VEINTE

Mientras Jane y Lenny exploraban los detalles del diseño interior de los adictos al cristal, yo pasé el día relajándome con Banshee en la alberca cerca de la casa, poniéndome al día con mis correos y leyendo. Banshee se lució con sus diversas actividades durante todo el día. Una mujer se quejó de que hubiera un perro en la alberca, y le expliqué que, como perro policía, estaba exento de las reglas del fraccionamiento. Técnicamente no era cierto, pero sonaba bien, y la mandó a revisar sus registros para ver si los perros policías estaban realmente exentos de las reglas de la alberca. Esperaba haberme ido antes de que regresara.

Con la tarde llegaron las temperaturas más frescas y una oportunidad para correr. A las siete, la temperatura había bajado a menos de 25 grados, y lo más importante, en Houston, la humedad era de menos del 30 por ciento. Recogí el equipo necesario para correr y me volteé hacia Banshee, quien movía la cola para hacerme saber que felizmente me acompañaría.

—Está bien, perrito. Puedes venir, pero tienes que usar tu chaleco o una correa.

Banshee inclinó la cabeza de lado, tratando de entender lo que había dicho, pero decidí por él.

—Vamos con el chaleco. Es más fácil para mí y te hace ver chingón, lo que me hace ver chingón a mí.

Banshee se metió ansiosamente en su chaleco.

•   •   •

Estacionada en la calle a cuatro casas de distancia, una camioneta blanca, del tipo que normalmente usaban los trabajadores, no atrajo atención en esta área, pero no había trabajadores esperando adentro.

—Tal vez entremos esta noche y lo cortemos en pedacitos —sugirió Bohdan a su compañero en el asiento del pasajero, quien parecía capaz de comunicarse solo gruñendo o soltando pedos, y afortunadamente, gruñó en respuesta. Bohdan seguía furioso por haber sido pateado en la ingle y molestado por la policía. Resolvería uno de esos problemas esta noche. Como con todas sus ideas, tenía un plan simple: esperar hasta que oscureciera, luego entrar, matar al doctor. Pero no antes de cortarle los huevos y metérselos en la garganta.

Un plan aún más simple surgió quince minutos después, cuando Doc y Banshee salieron de la casa para correr y comenzaron a avanzar por la calle a un ritmo constante. El gran criminal Bohdan revisó su plan.

—Cuando regrese, salimos de camioneta, lo disparamos y luego nos vamos.

Su compañero soltó un pedo en señal de acuerdo.

•   •   •

Salí apresuradamente con Banshee, anticipando la carrera, y encontré a Carl afuera admirando sus árboles.

—Buenas, Doc. Los árboles quedaron geniales, ¿no crees?

—Fantástico, Carl. Nos vamos a referir a este momento como tu época cubista.

—Pues… va. ¿Vas a correr?

—Ahora que lo mencionas, me encuentro aquí con ropa de correr.

Tal vez salga a correr.

—¿El perro va contigo?

—Gran idea, Carl. Ojalá se me hubiera ocurrido a mí.

—Se supone que los perros deben llevar correa.

—Banshee es un poco especial. No necesita correa. Tiene inmunidad a las leyes de correa porque es un perro policía.

Carl pensó en eso por un momento.

—Pero tú no eres un oficial de policía —observó con orgullo.

—Correcto, Carl, pero Banshee es un perro policía, no importa con quién esté. Vamos, chico —y nos echamos a correr por la calle.

Banshee se mantuvo exactamente a mi izquierda y mantuvo el ritmo todo el camino. Ignoraba a otros peatones, perros y algunas ardillas para permanecer justo a mi lado. Seis kilómetros cómodos en 29 minutos, nada mal. Me sentía renovado, aunque un poco sin aliento, y Banshee parecía listo para correr otros seis kilómetros.

Disminuimos el ritmo para enfriarnos al doblar la esquina hacia mi calle. Se escucharon un par de portazos y dos hombres grandes salieron corriendo de una camioneta blanca. Parecían vagamente familiares, y mientras intentaba recordarlos, se dirigieron hacia nosotros con deliberación desde unos 50 metros de distancia. No estaba seguro, pero más vale prevenir que lamentar.

—ATENTO, BANSHEE.

Banshee levantó las orejas de inmediato, se acercó a mí y escaneó en busca de amenazas. Con la orden de atento, está entrenado para detectar amenazas y atacar sin más. Todos sus músculos se tensaron al notar que los dos hombres se aproximaban. Sentí que tenía un arma cargada a mi lado que atacaría de inmediato si detectaba cualquier movimiento hostil.

Me estiré casualmente y me rasqué la espalda, y al mismo tiempo, alcancé la Glock 26 que traía atrás en el cinturón. Un arma de porte oculto perfecta, ligera y compacta, dispara diez balas de nueve milímetros a larga distancia y no tiene seguro. Simplemente apuntas y disparas. Había pasado bastantes horas en el campo de tiro con esa arma.

Rara vez corría con un arma, pero lo hacía si había molestado recientemente a algunos tipos de la mafia, y me había parecido una buena idea. Ahora tenía un arma cargada en mi mano derecha, además de la que estaba a mi lado.

Los hombres continuaron acercándose con la cabeza baja, hablando entre ellos. Todavía no estaba seguro de que fuera Bohdan, pero estos dos tipos grandes no eran mis vecinos. Banshee seguía alerta. Cuando estaban a unos 20 metros de distancia, se detuvieron, sacaron pistolas de sus bolsillos, y el tiempo pareció ralentizarse mientras se desataba todo un desmadre.

CAPÍTULO VEINTIUNO

Inmediatamente me dejé caer de rodillas para hacerme un objetivo más pequeño, mientras levantaba mi arma para adquirir la mira en un movimiento bien practicado que había repetido miles de veces en el campo de tiro. La memoria muscular me sirvió bien.

Al subir la mira, la apunté al centro del pecho del hombre de la derecha. Él ahora tenía su arma apuntando hacia mí, y disparamos en rápida sucesión. Tenía un rifle automático corto que sostenía con una mano. Su fuego automático comenzó alto y se elevó más cuando mantuvo el gatillo presionado. Las balas pasaron silbando por encima. Yo disparé cuatro tiros controlados a distancia, y estaba bastante seguro de que los cuatro habían acertado. El tirador de la derecha cayó. Giré a la izquierda para concentrarme en el otro hombre.

Para ese momento, la adrenalina corría por mis venas. Luché por mantener mis manos firmes mientras mi pulso y respiración se aceleraban. El sudor empapaba mis manos mientras sujetaba la pistola con más fuerza. El aire olía a cordita, y todos mis sentidos ardían con enfoque cuando me giré hacia el segundo tirador.

Tan pronto como levantaron las manos, Banshee había saltado hacia el hombre de la izquierda, apuntando a la mano que sostenía el arma.

Todo su mundo estaba centrado en agarrar esa muñeca y no soltarla. Cuando alcanzaba la muñeca a esa velocidad, usualmente arrancaba el arma de la mano, y siempre desequilibraba al tirador.

Veinte metros pueden sonar como una gran distancia, pero Banshee cubrió el espacio rápidamente. El tirador restante tenía otro rifle automático apuntándome y ya estaba presionando el gatillo, mientras yo lidiaba con su compañero. Me tenía en la mira y me hubiera disparado antes de que tuviera tiempo de girar hacia él, pero Banshee desvió su atención, una masa negra corriendo hacia él con los dientes de fuera. Los instintos primarios tomaron prioridad sobre su misión, y el tirador apuntó su arma hacia Banshee justo cuando apretaba el gatillo.

Banshee se había lanzado sobre él desde una distancia de metro y medio, y las balas lo alcanzaron en el aire. Cayó al suelo. Banshee quedó fuera de combate; no se movía.

Solo siendo mínimamente consciente de todo esto, me giré hacia el pistolero, que ahora tenía su arma apuntándome directamente. Sabía que no tenía ninguna oportunidad de disparar antes de que me acribillara con su arma. Me preparé para el impacto de las balas, y de repente el tirador se sacudió hacia adelante y cayó al suelo, soltando su arma. Comenzó a levantarse y a intentar alcanzar su arma cuando otro disparo sonó, dándole en la cabeza y dejándolo tirado en la banqueta.

Giré mi arma para buscar al otro tirador y descubrí a Carl de pie al otro lado de la calle con una pistola apuntando al hombre caído. No tuve tiempo de procesar el disparo perfecto de Carl. Lo único que sabía con certeza era que ambos tiradores estaban abatidos, y Banshee también.

Toda la confrontación había durado menos de seis segundos, y luego el tiempo volvió a acelerarse. Rápidamente escaneé el área en busca de otras amenazas y no vi ninguna. Me apresuré hacia los tiradores y les quité las armas a patadas. Ambos tenían múltiples heridas y no mostraban signos de vida. Ya tenía el teléfono en la mano, llamando al 911.

—911, ¿cuál es su ubicación?

—Esquina sureste de Morningstar con la Tercera, disparos,

disparos, un oficial caído, un oficial caído.

Repetí el mensaje una vez más, luego centré mi atención en Banshee.

Si estabas prestando atención desde un helicóptero en la zona, te hubieras dado cuenta de que cada patrulla de policía en un radio de ocho kilómetros encendió repentinamente sus luces y sirenas y se dirigió hacia mi posición. Cualquier reporte de «oficial caído» activaba una alerta general para que todos los vehículos respondieran de inmediato. El comandante y la central serían notificados en los siguientes treinta segundos. Se enviarían paramédicos y las unidades de trauma estarían en alerta.

Banshee había recibido al menos tres disparos en el chaleco a corta distancia, y aunque había frenado las balas, no las había detenido. Sangraba por al menos dos de las heridas y luchaba por respirar. Con cuidado aflojé su chaleco para ver las heridas. Dos de ellas sangraban activamente, y presioné sobre ellas para contener el flujo de sangre.

Levanté la mirada y vi a Carl mirándome. Ya había enfundado su arma y lucía inusualmente tranquilo.

—¡Carl, ve a mi clóset de enfrente y agarra la bolsa roja de primeros auxilios que está allí! ¡Corre! —grité con voz autoritaria. Carl salió disparado hacia la puerta de mi casa. Las escenas de violencia paralizaban a la mayoría de las personas, pero si se daba una orden simple, podían seguirla, aliviados de tener algo que hacer. Carl no era diferente.

El operador del 911 seguía en altavoz.

—La escena está segura, repito, la escena está segura. Los tiradores están abatidos. Diles a todas las unidades que lleguen pero todo está bien.

No tenía ganas de que algún novato nervioso me disparara después de todo esto. Solté el cargador y vacié la recámara, luego puse mi arma en el suelo junto a mí.

—Oficial caído, es la unidad K-9 Banshee. Tres disparos en el pecho a través del chaleco. Con vida, pero en estado crítico. Va a necesitar atención veterinaria de emergencia. Que el oficial Tom Nocal y los detectives Skinny Jeans vengan a la escena lo antes posible.

Para entonces, estábamos siendo transmitidos abiertamente a todos los oficiales en camino. La información pronto llegaría a las personas correctas. Ya podía escuchar las sirenas acercándose desde varias direcciones.

Carl regresó con mi bolsa de trauma y me la entregó sin decir una palabra.

—Descarga tu arma y ponla en el suelo. Va a haber un montón de policías nerviosos aquí en un momento —le dije. Arranqué la bolsa y revisé a Banshee mientras Carl cumplía la orden. Banshee estaba peor. Mucho peor. Estaba inconsciente y no respondía a ningún estímulo. Su respiración se había vuelto inefectiva. Apenas movía aire en absoluto.

No era veterinario, pero había visto muchas heridas de bala en el pecho de humanos. ¿Cómo trataría a un paciente humano que actuara así? *ABC*. Una evaluación rápida mostró que sus vías respiratorias estaban bien, pero su respiración era laboriosa e ineficaz. Una herida de bala penetrante en el pecho y una respiración inefectiva equivalían a un neumotórax en humanos. Esperaba que significara lo mismo en perros.

Un neumotórax ocurría cuando el aire escapaba del pulmón pero quedaba atrapado en la cavidad torácica. El volumen de aire fuera del pulmón crecía y comprimía los pulmones y el corazón. Un pulmón comprimido era inútil porque los pulmones necesitaban expandirse para intercambiar aire. A medida que esta condición progresaba, también comprimía el corazón. Suponía que Banshee tenía un neumotórax a tensión, y si no hacía algo de inmediato, se asfixiaría.

En humanos, la solución era simple: se insertaba un tubo en el pecho que liberaba el aire y permitía que los pulmones se expandieran. Había varios lugares donde se podía hacer esto, que eran fáciles de localizar usando puntos de referencia en el cuerpo, pero no conocía los puntos de referencia correctos en un perro.

Saqué una aguja intravenosa de calibre 14 de mi equipo. Esta era una aguja muy grande para una vía intravenosa o un tubo muy pequeño, dependiendo de la perspectiva. Iba a usarla como si fuera un pequeño tubo. Se formaron varias burbujas de aire diminutas en la sangre, lo cual era una buena señal. Inserté la aguja en la herida existente y la avancé hasta que el aire salió de la aguja con un silbido. No había sonido más dulce para un médico. Eso significaba que el aire en exceso se estaba drenando. En este caso, significaba que el sonido de la vida respiraba de nuevo en Banshee. Me di cuenta en ese momento de lo mucho que Banshee significaba para mí, y estaba decidido a no perderlo.

—Vamos, Banshee —suplicaba mientras rezaba para que mejorara.

Instantáneamente, la respiración de Banshee mejoró al tomar una respiración profunda y su pecho se expandió correctamente. Saqué la aguja de la vía intravenosa, pero dejé el catéter en el pecho. Una vez que todo el aire salió, coloqué una jeringa en la punta del catéter para sellarlo. El aire comenzaría a acumularse lentamente en el pecho de nuevo, pero mientras quitara la jeringa de manera intermitente para permitir que el nuevo aire escapara, debería estar bien. Estaba pegando todo en su lugar cuando llegaron las primeras unidades.

Confirmaron de inmediato que los dos tiradores estaban muertos y aseguraron el área. Los oficiales apartaron a los curiosos y colocaron un kilómetro de cinta amarilla. Carl señaló la furgoneta blanca de la que habían salido, y más cinta fue colocada.

Mi atención seguía en Banshee. Su respiración era mucho mejor, pero su pulso estaba subiendo y debilitándose debido a los efectos de la pérdida de sangre. Necesitaba cirugía de inmediato.

Llegó un equipo de paramédicos, y el novato se quedó perplejo al encargarse de un perro. Su compañero se volvió hacia él.

—Eso no es un perro. Es un maldito oficial de policía.

El novato inmediatamente reconsideró su postura. Rápidamente di un informe y expliqué cómo funcionaba el tubo torácico.

Los ayudé a colocar vendajes de presión en las heridas y a iniciar una vía intravenosa. Lo subimos a una camilla, le pusimos algo de oxígeno y luego se lo llevaron. Tenía una escolta policial y cada intersección entre aquí y el centro de traumatología veterinaria estaba bloqueada por los oficiales, permitiendo un trayecto rápido para Banshee. Esperaba que fuera lo suficientemente rápido.

CAPÍTULO VEINTIDÓS

A estas alturas, la mitad de la fuerza policial de Houston se había reunido en la escena. Cualquier tiroteo con un oficial atraía a una multitud, pero un ataque de pandilleros en una buena colonia que involucraba a un doctor de urgencias, un perro policía y dos matones llamaba mucho la atención de los medios de comunicación. Ya habían llegado, y el equipo de comunicaciones del departamento de policía se apresuraba a averiguar qué demonios había pasado, lo que me convirtió en un hombre popular.

Se me bajaba la adrenalina por el tiroteo y de trabajar en Banshee. Mis manos temblaban, y me sentía emocionalmente agotado mientras repetía el tiroteo una y otra vez en mi mente. ¿Qué pude haber hecho de manera diferente? Dos hombres estaban muertos, y Banshee luchaba por su vida. Tenía que concluir que si hubiera intentado retirarme, probablemente estaría muerto.

Esperé a contar mi historia hasta que llegaran Skinny Jeans, porque quería contarla solo una vez. Lenny llegó primero, seguido rápidamente por Jane. Ella se quedó allí, observándolo todo.

—Supongo que tienes una historia que explique este desmadre, y por qué chingados crees que es nuestro problema resolverlo.

Jane tenía una forma muy directa de hablar.

Confesé valientemente todo de forma breve, el tatuaje, la visita al estudio de tatuajes, investigando La U, aprendiendo el nombre y la dirección de la chica, y dejando mi tarjeta con una bailarina en La U.

Jane, furiosa, dijo: —No supongo que sepas nada de una llamada anónima que recibimos anoche dándonos el nombre y la dirección de la chica, ¿verdad?

—Puedo decir honestamente que no hice ninguna llamada con esa información anoche.

Jane sacudió la cabeza con una incredulidad molesta, pero no insistió en el tema. La información había avanzado su caso, sin importar cómo se hubiera obtenido.

—¿Reconoces a este feo hijo de puta? —preguntó Jane a Lenny mientras se acercaba al primer cuerpo.

—Bohdan se veía un poco mejor ayer. No mucho mejor, pero un poco mejor.

—¿Conoces a este tipo? —pregunté, sorprendido.

—Estuvimos en La U ayer, y no nos dejaron entrar sin una orden judicial —explicó Jane—. Tenía muchas ganas de esposarlo yo misma, pero esto funcionará igual de bien. Parece que estaba disparando una Mac 10. Que yo sepa, las ametralladoras sin registrar son ilegales en Texas. Al menos ahora podemos conseguir esa orden.

Jane siguió rodeando el cadáver.

—Parece que jamás volverá a llamarme a mí ni a nadie más una zorra.

Eso hizo que varios levantaran la cabeza, pero todos tuvieron el buen juicio de no responder.

—Pónganse a trabajar en esa orden.

Lenny se inclinó sobre los cuerpos y los miró más de cerca.

—¿Cuántos disparos hiciste, Doc?

—Disparé cuatro al primer tirador. No estoy seguro de cuántos disparó Carl al segundo tirador.

—Disparé tres al segundo tirador, señor.

No estaba acostumbrado a esta versión concisa y confiada de Carl.

—¿Por qué cuatro disparos, Doc?

—Hombres grandes a 20 metros con armas automáticas. Quería asegurarme de que cayeran y no se levantaran.

Lenny sacudió la cabeza.

—Cuatro de cuatro disparos en el blanco a 20 metros mientras te disparaban dos ametralladoras. Buen trabajo. Y tu compañero le dio a tres de tres. A tus vecinos les debe ir muy bien en el concurso de tiro al blanco de la colonia.

Hizo una anotación en su libreta y se alejó. Jane me miró a los ojos.

—Entonces, mataste a los malos y salvaste al perro policía. Eres una caja de sorpresas, Doc.

La llegada de Tom evitó que Jane hiciera más preguntas.

—¿Dónde está? ¿Cómo está? ¿Qué pasó?

Nunca había visto a Tom tan angustiado.

—Los matones de anoche intentaron dispararnos en la calle. Banshee atacó a uno mientras yo lidiaba con el otro. Me salvó. El segundo tipo me tenía en la mira. Sin Banshee y Carl, sería yo el que estaría en el suelo.

—¿Cuál de estos cabrones le disparó a Banshee?

—Ese —señalé el cuerpo del tirador del lado izquierdo.

—El cabrón no tiene idea de lo afortunado que es de estar muerto. ¿Qué tan mal está Banshee?

—Bastante mal, Tom. Tres disparos al chaleco a corta distancia. Dos de ellos lo penetraron. Uno en el pecho y otro en el abdomen. Mucha hemorragia. Todo va a depender de lo que encuentre el cirujano. Ándale, vamos a ver cómo va.

Antes de que nos fuéramos, me volví hacia Carl, quien observaba todo en silencio.

—Te debo un gran agradecimiento. Sin tu ayuda, estaría muerto en la banqueta.

Carl asintió.

—Ve a ver cómo anda el perro. Podemos platicar después.

Skinny Jeans me permitieron ir con Tom mientras procesaban la escena, pero prometieron que vendrían más preguntas para mí. Carl se dirigió directamente a la comisaría para su entrevista.

Llegamos al hospital veterinario varios minutos después para encontrar a diez oficiales deambulando, sin saber qué hacer. Cuando un oficial fue herido, sus compañeros se quedaban para apoyar a la familia y brindar protección. Nadie sabía qué hacer con un K9 herido.

Tom les agradeció y los despidió. La mujer en la recepción nos dijo que Banshee seguía en cirugía y que tomáramos asiento. Similar a un hospital con sillas incómodas, revistas desactualizadas y una televisión atascada en un canal que nadie quería ver, las dos horas de espera parecieron un par de días.

Finalmente, el cirujano apareció con una tranquila seguridad, siempre una buena señal a menos que el cirujano sea un psicópata.

—Banshee va a estar bien. La herida en el abdomen alcanzó su riñón izquierdo. Daños significativos y sangrado, así que decidimos extirparlo. Ningún otro órgano sufrió daño.

Tom comenzó a hablar, pero el cirujano levantó la mano.

—Tranquilo. Como los humanos, un perro no necesita dos riñones. Se espera una recuperación completa. La bala que causó la herida en el pecho rebotó en una costilla y desgarró un pulmón. El daño al pulmón no fue significativo, pero causó un neumotórax. Quien sea que haya puesto ese tubo torácico improvisado le salvó la vida. No habría sobrevivido el viaje a la cirugía sin eso. Necesitará algo de tiempo para recuperarse, pero va a estar bien.

Tom tenía lágrimas en los ojos mientras agradecía al cirujano. Yo no estaba llorando, pero había algo de polvo en mis ojos que los hizo lagrimear. El cirujano nos guió de regreso para ver a Banshee.

Tumbado de lado, con su abdomen cubierto de vendajes junto con un tubo torácico y un drenaje, y con los ojos vidriosos por todas las drogas, su cola golpeó débilmente cuando nos vio. Tom frotó su cara para tranquilizarlo y recibió un único lametón por sus esfuerzos. El polvo volvió, y mis ojos se llenaron de lágrimas nuevamente.

Pasamos unos minutos acariciándole las orejas y luego nos dirigimos a la estación de policía. Era hora de enfrentar algunas preguntas y, con suerte, obtener algunas respuestas.

CAPÍTULO VEINTITRÉS

Skinny Jeans terminaron su trabajo en la escena, y Tom y yo nos dirigimos a la estación para reunirnos con ellos. Me sentí nervioso cuando me pusieron en una sala de entrevistas, un cubo de tres metros por tres, sin ventanas salvo un pequeño rectángulo a la altura de los ojos al otro lado de la puerta.

Aseguraron el escritorio y las sillas al suelo en una posición increíblemente incómoda. Las paredes desnudas, iluminadas con luces fuertes, tenían dos cámaras en esquinas opuestas. El sudor y el miedo de interrogatorios anteriores impregnaban el aire. Lo más intimidante era que la puerta no tenía manija por dentro, de modo que solo podía abrirla desde afuera. Aunque no creía haber hecho nada malo, la habitación me hizo sudar, pero no me habían esposado y habían dejado la puerta abierta, así que esperaba que esto fuera una entrevista amistosa. Lenny entró, lo que fue una buena señal. Jane era la que se encargaba de las entrevistas duras.

Encendió una grabadora y mencionó nombres y fechas para el registro. Antes de que pudiera empezar, pregunté: —¿Necesito un abogado?

—Para que conste, no vamos a presentar cargos contra ti ni contra tu vecino por ningún delito. Prácticamente cada casa visible tiene una cámara de seguridad que capturó toda la escena. Disparaste legítimamente en defensa propia. Puedes llamar a un abogado, pero esta entrevista es solo para recopilar información de ti como testigo. No te estamos acusando de nada.

Aliviado, relaté los eventos del tiroteo y luego los eventos de los últimos días que llevaron a ello. Ellos saltaban de un tema a otro, pero mantuve mis respuestas cortas y enfocadas. Revelé todo, excepto lo de la llamada anónima de Jean; no había razón para involucrarla. Ella podría ser más peligrosa que los ucranianos.

Jane solo entró a la sala una vez, cuando mencioné mi conversación con Linda.

—Volvamos a ese personaje del diablo. ¿Cómo lo llamaste?

—Dyyavola —respondí.

—¿Me lo puedes escribir? —preguntó Lenny.

—Es ucraniano para «diablo». Tendrías que buscarlo —Lenny subrayó algo en su libreta, y Jane continuó.

—¿Así que Linda dijo que este tipo, el diablo, está a cargo? ¿El idiota que dirige a todos estos otros idiotas?

—Eso es correcto.

—¿Y no dijo nada más sobre él?

—No mucho. Estaba aterrada de él, dijo que era malvado y que nadie sabía su verdadero nombre.

—Parece el tipo de hombre que podría matar a una chica y mandar un par de sicarios tras un doctor —dijo, volviéndose hacia Lenny—. Este tal Dyyavola ahora es el número uno en nuestra lista. Necesitamos averiguar quién es y hablar con él. No parece el tipo de hombre que dejará pasar esto.

—Bueno, qué reconfortante —dije con sarcasmo.

Jane se inclinó hacia adelante y me miró con seriedad.

—Doc, tengo que ser clara. Esto me preocupa, y no me preocupo fácilmente. Es bastante raro que alguien envíe a dos tipos para dispararle a un doctor en medio de una zona tan amigable. Solo un psicópata hace algo así, y los psicópatas no se rinden fácilmente. Necesito informarte que tendremos que mantener la Glock como prueba.

—Tengo otra Glock y una escopeta.

Ella asintió.

—Puedes irte, pero no salgas de la ciudad sin notificarnos. Pon mucha atención y ten mucho cuidado.

Lenny cerró su libreta.

—Con la forma en que dispara, probablemente deberíamos advertir a los ucranianos que tengan cuidado.

—Vete a casa y descansa un poco, Doc. Tenemos trabajo que hacer —ordenó Jane, mientras me escoltaba fuera de la opresiva sala. No me había dado cuenta de lo restringido que me sentía ahí dentro hasta que experimenté la libertad de salir. Tomé nota mental de no volver a terminar en una sala de interrogatorios nunca más.

•   •   •

Lenny y Jane compararon notas nuevamente.

—Bueno, esto se ha convertido en un desmadre total —suspiró Jane.

Lenny hurgó en su libreta, que se había llenado rápidamente.

—Tienes razón. Tenemos la tortura y asesinato de una joven, los intentos de asesinato de un perro policía y un doctor, y dos ucranianos muertos. Algo me dice que pronto los jefes nos van a pedir explicaciones.

—Más pronto de lo que piensas —dijo el capitán Shriver, bromeando mientras entraba con el teniente Adams. El capitán Bill Shriver llevaba 28 años en el departamento. Después de abrirse camino desde la patrulla hasta crímenes mayores y homicidios, llegó a su puesto actual como capitán, donde era conocido cariñosamente como Capitán Mamadas, aunque nadie se lo decía en la cara. A pesar de lo que su apodo pudiera sugerir, el capitán Shriver era, de hecho, un hombre duro que no aceptaba mamadas de nadie y siempre dejaba claras sus opiniones.

Jane y Lenny se pusieron de pie, pero rápidamente fueron indicados a sentarse de nuevo cuando el capitán acercó una silla.

—Probablemente no sea una gran sorpresa, pero el jefe está interesado en este caso. Ahora es una prioridad encontrar una solución. ¿Qué tenemos?

Jane miró a Lenny, quien consultó su libreta.

Jane respondió: —Voy al grano, capitán. No tenemos mucho. Antes de hoy, teníamos el espantoso y aislado asesinato de una joven, pero no teníamos sospechosos ni pistas. Ahora tenemos a unos locos ucranianos disparando en una zona bonita. Por desgracia, ambos sospechosos están muertos.

El capitán desestimó eso con la mano.

—Nos ahorra tiempo y recursos no tener que procesar a esos idiotas. Centrémonos en quién está a cargo de todo esto. La chica y los matones trabajaban en La U, así que pongamos todo nuestro esfuerzo en ese pinche antro. Alguien ahí sabe algo, así que entremos con fuerza y presionemos a todos para ver quién cae primero. Quiero respuestas, y las quiero ya.

—Lo haremos, señor —le aseguró Jane.

—¿Y quién demonios es este tal AJ Docker, interfiriendo en nuestra investigación y haciéndose pasar por policía? Díganle a ese joven que deje de meterse en esto o lo meteré en la cárcel hasta que me ponga al día con mi papeleo. Y actualmente estoy dos años atrasado en mis informes. ¿Entendido?

—Sí, señor —respondieron al mismo tiempo Skinny Jeans. El teniente intervino:

—Perfectamente claro, señor. Nos aseguraremos de que se mantenga fuera de esto y organizaremos un equipo para registrar La U.

El capitán se puso de pie, indicando que la reunión había terminado. Todos salieron de la sala, y el teniente evaluó a Skinny Jeans.

—¿Preguntas? —preguntó.

—No, señor —respondió Jane.

—Lo resolveremos, señor —le aseguró Lenny. El teniente asintió y salió de la sala.

—Olvidaste contarle sobre nuestros otros sospechosos, los gemelos

Jethro —bromeó Lenny.

—Los sospechosos menos prometedores de Houston. Creo que podemos descartarlos oficialmente y enfocar todas nuestras energías en La U. Llama al juez y consigue la orden.

—Ya estoy en eso. Vamos a recogerla.

CAPÍTULO VEINTICUATRO

Tom ofreció llevarme a casa, y en el camino, nos detuvimos a revisar a Banshee. Sedado y durmiendo cómodamente para pasar la noche, estaba tan bien como podíamos esperar. Sin complicaciones, se recuperaría por completo.

Nos acomodamos de nuevo en su camioneta, y lo convencí de hacer una parada en IHOP. ¿Quién sabía que disparar a tipos malos y responder preguntas podía darme tanta hambre?

Entramos, y Little D me saludó desde la parrilla.

—Buenas noches, Doc. ¿O debería decir, Doc Holliday? —se rió con una carcajada profunda y sincera.

Nos sentamos en una mesa, y Tom comentó: —Sabes, ese apodo podría quedarte. Doc Holliday —se rió a carcajadas.

Gladys se acercó.

—A ver, a ver, a ver. ¿Si no es nuestro héroe? Y viene con un amigo policía guapo. ¿Está soltero?

—Está soltero por decisión de sus primeras dos esposas. Está fuera de tu liga, Gladys. Tú te mereces algo mejor que un policía de centro comercial.

Tom torció los ojos y pidió dos huevos fritos, pan tostado y tocino.

Gladys sonrió y se fue.

—No tomó tu pedido —señaló Tom.

—Está bien. Ya sabe lo que pido siempre aquí. Ahora, ¿qué chingados vamos a hacer con este desmadre?

—Hablé con Jane y el jefe. Están dispuestos a hacerse de la vista gorda a nuestras actividades anteriores investigando el asesinato de manera no oficial, pero no quieren más interferencias. Nos mantenemos al margen y dejamos que Skinny Jeans se encarguen.

Tom presentó la idea con cautela, esperando una reacción negativa. El impacto emocional de la noche me alcanzó, golpeé la mesa y lo miré con furia.

—Eso no va a pasar. No después de lo que le hicieron a Jenny y luego venir por mí en mi propia calle.

Tom parecía haber estado esperando esa reacción y coincidió con mi intensidad.

—Alguien mandó a esos dos cabrones que dispararon a mi perro. Todos los involucrados van a pagar por eso.

—Bueno, pues, estamos de acuerdo. Seguimos con el caso.

—Bien. ¿Cuál es el siguiente paso?

—El siguiente paso es terminar esta deliciosa comida, ir a casa, bañarme y dormir unas doce horas. Después de eso, no tengo ni puta idea, pero mañana me voy a tomar el día libre.

—Yo también.

•   •   •

Dyyavola habló en voz baja, lo que auguraba una ira contenida.

—¿Este doctor dispara Bohdan y Yakiv? ¿No matan doctor y solo disparan perro? ¿Ni siquiera matan perro?

Soltó una prolongada y vil maldición en ucraniano.

—Hay que limpiar club. La policía estará aquí pronto y destrozará este lugar. Mueve todo al almacén. Nadie sabe de ese lugar. Asegúrense que no haya drogas ni armas aquí. Pongan algunas drogas y pistola en el departamento de Bohdan para que las encuentren. Y adviertan chicas que quien hable será hecho pedazos. Quien mencione mi nombre será hecho pedazos aún más pequeños. Ahora tú estás a cargo, Fedir. No la cagues.

Fedir asintió y salió para cumplir las instrucciones antes de que llegara la policía.

• • •

Jane y Lenny iban con las luces encendidas a recoger la orden judicial.

—Doc tiene suerte de seguir caminando y hablando. Enfrentarse a dos tipos con ametralladoras nada más con una pistola y un perro no es una pelea justa —observó Lenny.

—No fue suerte. Estaba preparado. Iba a correr con su arma, porque sabía que podría venir un problema y mantenía consciencia situacional.

—¿Y qué hay del tiroteo? Yo no podría haber acertado cuatro de cuatro a esa distancia con disparos viniendo hacia mí.

—De nuevo, es la preparación. Practicó ese movimiento en el campo de tiro una y otra vez. Sabía en su mente lo que haría en esa situación. Entonces, cuando sucedió, no necesitaba pensar, solo reaccionar. Tal vez sea más listo de lo que pensábamos.

Lenny cerró su libreta.

—Los dos tiradores vivían juntos, y tenemos una orden de cateo para su departamento y para La U. ¿Quieres ir esta noche o esperar hasta la mañana?

Jane lo pensó un momento.

—Vamos a registrar su departamento esta noche. Dudo que encontremos algo importante, pero nunca se sabe hasta que se busca. El club tiene que esperar hasta mañana cuando tengamos a todo el equipo. Estoy demasiado cansada para lidiar con todo esto durante la noche, y de todos modos necesitamos más información antes de irrumpir en La U.

—La orden está lista, así que hagámoslo.

Jane y Lenny llegaron al departamento de los ucranianos 30 minutos después con un equipo forense y algo de refuerzo. No esperaban problemas, pero necesitaban estar preparados después del tiroteo.

El propietario una vez más los dejó entrar, y lo primero que notaron fue el desorden abrumador.

—Supongo que este lugar no incluye servicio de limpieza —dijo Lenny mientras se levantaba la camisa sobre la nariz. El lugar apestaba. Ropa sucia y hedionda cubría el suelo, y platos sucios junto con recipientes a medio comer llenos de comida podrida crecían moho—. Quizás los baños estén más limpios.

Jane no quiso pensarlo mucho.

—Ándale, equipo, a trabajar.

Solo les tomó unos 30 minutos revisar el lugar.

—Encontramos dos pistolas y un poco de coca. No pude encontrar sus diplomas universitarios. Sin teléfonos, sin computadoras, y sin agendas. Si me preguntas, alguien ya limpió las cosas buenas y nos dejó la coca y las armas. No creo que esto haya terminado aún —suspiró Lenny.

Jane asintió.

—Definitivamente hay más en esto. Cierren todo. Tenemos una parada más esta noche, y mañana vamos a visitar La U.

CAPÍTULO VEINTICINCO

Llegué a casa alrededor de la medianoche a una calle maravillosamente tranquila. Los reporteros y la mayor parte de la cinta amarilla habían desaparecido. La cálida iluminación interior de la sala de estar de Carl iluminaba brillantemente con las persianas abiertas, mientras caminaba de un lado a otro alrededor de su sofá. Toqué suavemente en su puerta, consciente de no molestar demasiado la quietud.

—Carl, soy Doc.

No quería que me disparara a través de la puerta, un pensamiento involuntario que cruzó por mi mente. Carl sonrió al abrir la puerta, luciendo más tranquilo de lo habitual.

—Buenas noches, Doc.

—Buenas noches, Carl. ¿Tienes un minuto para hablar?

—Claro, pásale. ¿Te ofrezco algo de tomar?

—Agua, por favor —dije mientras paseaba por la casa de Carl con curiosidad. Habíamos sido vecinos durante dos años, y lo veía afuera unas cuatro o cinco veces por semana, pero nunca había estado dentro de su casa. No estaba seguro de qué esperaba, pero la casa estaba meticulosamente ordenada y más limpia de lo que hubiera imaginado. Mis ojos se posaron en una foto de Carl en uniforme militar junto a una serie de medallas, incluyendo una Medalla de Honor del Congreso. Las sorpresas seguían acumulándose esta noche.

—Sentémonos afuera. Los mosquitos ya deben estar dormidos —sugirió Carl.

Nos acomodamos en sillas reclinables junto a la piscina. Carl encendió las cascadas, lo que proporcionó un ruido de fondo tranquilo que bloqueaba el ruido de la ciudad. El silencio cómodo duró un minuto completo.

—Un día interesante hoy. Debería comenzar por darte las gracias por haberme salvado la vida —dije.

Carl parecía avergonzado.

—No fue nada. Tú hubieras hecho lo mismo por mí. Eso es lo que hacen los vecinos. Se ayudan entre sí.

—Cierto, pero generalmente la ayuda es algo como prestar una herramienta o sostener una escalera. Disparar a un delincuente con una ametralladora es algo que pasa solo en ciencia ficción.

—Bueno, para ser honestos, el arma estaba apuntándote a ti, y le disparé en la espalda. Estaba más preocupado por fallar y dispararte accidentalmente.

Por primera vez, pensé en la geometría y me di cuenta de que tenía razón. Si hubiera fallado al ucraniano, yo estaba justo enfrente de su arma. Al darme cuenta de eso, no pude evitar sentir escalofríos. Él lo notó y soltó una breve risa.

—No te preocupes. No fallo a menos de 25 metros. Jamás.

—Vi las medallas. ¿Estuviste en el ejército?

—Sí, señor. Serví 21 años. La mayor parte en misiones en Afganistán. Me retiré como Sargento de Primera Clase E7. Comandé un pelotón de 50 soldados y me aseguré de que los tenientes no mataran a todos.

—¿Por qué nunca has mencionado tu experiencia militar?

Carl lo pensó por un momento.

—Pasaron muchas cosas malas a personas buenas allá, y perdí a muchos amigos en el camino. Es más fácil seguir adelante con mi nueva vida sin mirar atrás. Ahora trabajo desde casa en mi computadora, y la vida es más simple.

—No quiero ser metiche, pero estoy bastante seguro de que una de esas medallas que vi es una Medalla de Honor del Congreso. Asumo que hay una historia detrás de eso.

Carl permaneció quieto y su mirada se perdió en el horizonte.

—Hay una historia, sin duda. Estábamos en Afganistán en una patrulla de rutina. Éramos seis en total. Yo lideraba al grupo hacia una aldea que habíamos visitado unas veinte veces antes, una aldea amiga que informaba de movimientos talibanes y nosotros les proporcionábamos protección. No era un lugar donde esperáramos problemas.

Sacudió la cabeza mientras los recuerdos volvían a inundarlo.

—La bomba casera explotó cuando estábamos a unos 70 metros de la aldea. Si hubieran esperado hasta que estuviéramos dentro, nos hubieran rodeado. Pero nos atacaron antes, mientras aún se escondían en la aldea, así que nuestros flancos y la retaguardia estaban despejados. La explosión inicial acabó con dos de nuestros muchachos. Scooter y T-bo no pudieron escapar. El resto de nosotros no estábamos en buena condición. Dos chicos estaban inconscientes. Slick Willy tenía metralla en ambos brazos y no podía moverse. Yo estaba en mejor forma, con un fémur roto y algunos cortes menores.

»La situación era grave. Los talibanes comenzaron a disparar sus AK-47 hacia nosotros, y no teníamos a dónde ir. Afortunadamente, la mayoría de ellos no podían acertarle al mar desde un barco, pero tenían mucha munición. Todos estaban disparando en automático, y había plomo volando por todos lados. Willy agarró a un compañero, yo agarré al otro, y nos refugiamos detrás de nuestro vehículo. Willy usó la radio para pedir ayuda, pero los helicópteros estaban a 14 minutos de distancia.

»Catorce minutos no suena mucho. Son solo 840 segundos, pero fueron los 840 segundos más largos de mi vida. Respondí a los disparos en ráfagas controladas y derribé a algunos yihadistas. Pero cada vez que uno caía, otro aparecía. Willy ayudaba lo mejor que podía, pero apenas podía sostener un arma con sus heridas. Disparé cada bala de mis seis cargadores, y los helicópteros seguían a once minutos de distancia.

»Willy empezó a pasarme sus cargadores y los cargadores de los otros dos muchachos. Tenía 720 balas en total, y las disparé todas contra esos hijos de puta. Los talibanes hicieron algunos avances, pero cada vez los detuve. Con los helicópteros aún a dos minutos de distancia, agoté el último de los cargadores que teníamos encima. Todavía quedaban algunos en el vehículo y en Scooter y T-bo, pero ir a buscarlos sería un proceso lento con mi pierna rota y me expondría al fuego mortal. Pero no había otra opción. Si me quedaba quieto, moríamos.

»Así que me levanté y me lancé al vehículo. Todavía recuerdo la sensación y el sonido de esos dos bordes del hueso rechinando juntos. Mis venas se llenaban de adrenalina. Y me hacía falta, ya que me dieron dos veces con fuego enemigo, uno en el hombro y otro en el brazo. Me quedé con un solo brazo bueno, pero fue suficiente para recargar y seguir disparando hasta que llegaron los helicópteros. El conteo final fue de más de mil rondas disparadas y 18 talibanes muertos. Perdimos a Scooter y T-bo ese día, pero el resto de nosotros salimos con algunas cicatrices y una gran historia.

Esto era surrealista. Nunca había conocido este lado de Carl.

—Eso es increíble. Deberían hacer una película de tu historia. Eres un verdadero héroe en la vida real.

Carl se rió y rellenó su bebida.

—Nada de películas. Y no soy un héroe. Era un imbécil asustado con mucho entrenamiento y muchas armas. Cuando la decisión es pelear o morir, es fácil pelear. Y preferiría mantener esto en silencio. Te lo compartí porque hoy luchamos juntos, y ahora somos hermanos. Entiendes el costo que la violencia y la muerte le cobran a las personas, pero el ciudadano común no puede comprender la carga que llevo.

Ciertamente respetaba esos sentimientos.

—Tienes mi palabra. Esto se queda entre nosotros —dije levantando mi vaso de agua hacia él—. Supongo que siempre llevas un arma contigo estos días.

Carl alcanzó su espalda y sacó otra pistola.

—Una cosa que aprendí en Afganistán: siempre lleva un arma

contigo. La llevo desde la mañana hasta la hora de dormir. Es mejor tener una y no necesitarla que necesitar una y no tenerla.

—Bueno, estoy muy contento de que estuvieras aquí hoy. Las cosas hubieran sido diferentes sin tu ayuda. ¿Estás bien con lo que pasó hoy?

Carl se rió.

—¿Dispararle a ese pedazo de mierda? No te preocupes por mí. Me siento peor al pisar un insecto. Desde el momento en que bajaron de la camioneta, estaba claro que buscaban problemas. Se equivocaron de calle. Con suerte, sus amigos tendrán el buen juicio de mantenerse alejados, pero lo dudo.

—No quiero ser grosero, pero este es un lado completamente diferente de ti al que veo normalmente. Quiero decir, generalmente pareces un poco tonto allá afuera en tu jardín.

Carl se rió generosamente.

—Me atrapaste, Doc. Todo ese tiempo que me estaba haciendo el tonto afuera, en realidad estoy observando a la gente y buscando patrones. Estar en tierras arenosas te vuelve un poco paranoico. Me ayuda a dormir por la noche si he hecho algunas patrullas regulares de la zona cada día. Y la parte de hacerme el tonto es un acto para que la gente se relaje. Cuando te subestiman, te da una ventaja.

Definitivamente no cometería el error de subestimar a Carl de nuevo.

—Supongo que estarás bien si regresan, ¿no?

—Mi mayor problema si regresan será tener que limpiarlos de la banqueta cuando termine. A menos que vengan con fuego de artillería o traigan un tanque, estoy bastante seguro de que tengo la ventaja.

—Que bueno saberlo. Buenas noches, Carl, y gracias de nuevo. Hazme saber si puedo hacer algo por ti.

—Por favor, guarda todo esto en secreto, y estamos a mano. Buenas noches, Doc.

CAPÍTULO VEINTISÉIS

Al llegar a casa, me senté en el sofá y puse música en el estéreo, dejándolo en reproducción aleatoria. Quería ver qué era lo que el universo quería que escuchara, y aparentemente era «The Gambler» de Kenny Rogers. «Tienes que saber cuándo aguantar, saber cuándo soltar, saber cuándo alejarte, y saber cuándo escapar». La letra parecía adecuada para mi estado de ánimo.

Por primera vez desde el tiroteo, procesé cuidadosamente lo que había sucedido. En mi trabajo veo demasiada muerte, pero ellos mueren por enfermedades o lesiones que ocurrieron antes de llegar a urgencias. No mueren por mi culpa.

Toda mi vida adulta ha girado en torno a aprender a salvar vidas, no a quitarlas. Aunque mi práctica en el campo de tiro me preparó para quitarle la vida a alguien, y en algún nivel debía saber que era una posibilidad, nunca esperé que sucediera. El tiroteo no me hizo sentir bien, pero me sorprendió que tampoco me hiciera sentir mal. Entre más lo pensaba, más confundido me sentía. Al final, lo mejor que pude concluir fue que estaba bien con lo que pasó, tuve que aceptarlo. No pedí que sucediera, e hice lo necesario para sobrevivir. Estar aquí en mi casa y no en la morgue me parecía justo.

Apagué las luces y me desplomé en la cama. Lo de bañarme podía esperar hasta la mañana.

• • •

De vuelta en urgencias, Skinny Jeans se reunieron con Jean. Como de costumbre, Jane interrogaba y Lenny tomaba notas.

—Quiero dejar en claro que no se le va a acusar de nada a Doc. Queremos algo de información de fondo sobre él, y todos dicen que tú lo conoces mejor. ¿Qué nos puedes contar de él? —preguntó Jane.

—Te puedo contar muchas cosas. La pregunta es, ¿qué te voy a contar? Doc es una persona muy reservada y no le gusta que sus asuntos personales estén a la vista de todos —respondió Jean.

—De acuerdo. Tienes mi palabra. Nada de esto va a aparecer en el informe. Queremos entender con quién estamos lidiando —dijo Jane, mirando a Lenny, quien cerró su cuaderno y lo guardó.

Jean suspiró.

—Está bien, pero esto queda entre nosotros. Doc es un personaje complicado. Creció con una mamá que siempre estaba borracha, y aprendió a valerse por sí mismo desde joven. Por eso, no confía en muchas personas y se apoya a sí mismo para seguir adelante. Es listo, como la mayoría de los doctores, pero también tiene calle. Doc se da cuenta de todo y no se le escapa nada de lo que sucede a su alrededor. Procesa la información más rápido que la mayoría y toma decisiones de prisa, como si ya hubiera trabajado todos los escenarios en su cabeza y pudiera reaccionar por instinto cuando ocurre algo. Eso lo hace un excelente doctor de urgencias.

—Dijiste que su mamá era una borracha. ¿Alguna preocupación de que él lo sea también? —preguntó Lenny.

Jean se rió.

—Doc no ha probado una gota en toda su vida adulta. Dejó de beber en la prepa. Vio lo que le hizo a su mamá y no quiso eso para él.

—Háblame de esta chica. ¿Por qué está haciendo todo esto por una chica que ni siquiera conocía? —preguntó Jane.

—Doc es un defensor de los vulnerables. Siempre hace un esfuerzo adicional por alguien de quien se están aprovechando. Si tiene un caso donde un niño o un paciente de salud mental es tratado injustamente, no lo deja hasta que la situación se resuelve.

»Hace muchos años, llegó un papá con su hijo, que solo tenía un brazo roto por una caída. Nada grave, pero el papá estaba destrozado. Doc se enteró de que el papá había sido despedido recientemente y estaban sin hogar, viviendo en su carro. El papá era de Pakistán, donde dirigía un laboratorio médico, pero la familia tuvo que huir debido a la violencia creciente en la zona. No sabía mucho inglés y no podía conseguir un trabajo decente en Houston.

»Doc llevó a la familia a su casa y organizó para que el papá recibiera clases de inglés y el hijo pudiera inscribirse en la escuela. Hizo algunas llamadas y consiguió que al papá le dieran chamba en el departamento de laboratorio del hospital. Hoy en día, el Sr. Bukhari dirige el laboratorio del hospital y ese joven está en su segundo año de la facultad de medicina.

—Me imagino que el Sr. Bukhari está agradecido —observó Lenny.

—Por supuesto que lo está. Urgencias tiene prioridad para los resultados del laboratorio todos los días desde que él está a cargo. Eso enoja al resto del hospital, pero no hay nada que puedan hacer al respecto. Doc va discretamente más allá para ayudar a las personas y no pide nada a cambio. Pero lo que recibe es lealtad. Un montón de personas aquí son leales a Doc por todas las cosas amables que ha hecho.

—No tiene familia, así que considera a estos pacientes como sus sobrinos y sobrinas, de los que tiene que cuidar. Sería un excelente padre si algún día se estableciera —añadió Jean.

—Entonces, ¿ninguna novia recurrente a su lado? —preguntó Jane.

Jean se rió durante diez segundos completos antes de poder responder.

—Dime qué día de la semana es y te diré quién es la afortunada. Sale para divertirse, pero nunca ha tenido una relación seria. Y antes de que lo preguntes, todas lo saben, y todas lo adoran.

—¿Cómo crees que se tomará lo del tiroteo? ¿Lo afectará o no? —preguntó Lenny.

—Doc estará bien —Jean sonrió mientras pensaba en él.

Jane la miró de cerca.

—De verdad lo admiras, ¿eh?

—Llevo 26 años aquí y he visto pasar a muchos doctores. A la mayoría de ellos, el trabajo los consume. Día tras día de violencia, sangre y sufrimiento afecta a la mayoría. Los cambia. Se vuelven amargados, enojados o egoístas. Pero Doc, no. Él sigue igual sin importar lo que este lugar le arroje. Nos mantiene a todos sanos y salvos cuando deberíamos estar en el manicomio. En una sala llena de médicos chingones, él es el más chingón de todos. Es un buen hombre, y lo necesitamos aquí. Ustedes tienen que atrapar a esos cabrones que vienen por él. Me lo tomo personal si le pasa algo malo.

—Gracias por tu tiempo. Te aseguro que vamos a atrapar a esos hijos de puta —respondió Lenny, y él y Jane se dirigieron hacia la puerta.

CAPÍTULO VEINTISIETE

Después de once horas raras de sueño, me desperté sintiéndome renovado por la mañana. Me bañé y me vestí, desayuné y luego hice algunos planes. Esos tipos no se iban a ir, y todavía no había descubierto qué le había pasado a Jenny. Tenía el día libre, así que me dirigí al campo de golf para hacer unos tiros y aclarar mis pensamientos. Para mi sorpresa total, Carl estaba deambulando afuera cuando fui al carro.

—¿Vas a jugar golf? —preguntó Carl. Supongo que estábamos de vuelta a nuestro personaje bobo de Carl patrullando. Aunque nadie estaba allí para ver nuestro acto, seguí el juego.

—No. Solo pensé que sería bueno tener estos en mi carro en caso de que esos tipos regresen y me quede sin balas —dije mientras metía mis palos en la cajuela.

—Va. ¿Cómo está el perro?

—No le va tan mal. Tenía un pulmón colapsado y un riñón lacerado, pero se va a recuperar. Gracias de nuevo por tu ayuda ayer, Carl. No hubiera sobrevivido sin los suministros que tomaste de mi casa.

Carl se infló de orgullo.

—Hacemos un buen equipo, ¿a poco no, Doc?

—Sin duda que sí, Carl. Sin duda. Que tengas un buen día y cuídate.

—Igualmente, Doc. Oye, ¿qué opinas de los árboles? Se ven geniales, ¿no? —dijo, señalando sus monstruosidades cúbicas—. Puedo podar tus árboles también si quieres.

—No toques mis árboles, por favor, Carl. Sería una lástima tener que dispararle a otra persona esta semana. Que tengas un buen día.

·   ·   ·

El campo de prácticas de golf del parque Hermann, un gran parque justo al lado del Medical Center y del hospital Ben Taub, un oasis en la ciudad, ofrecía hermosos espacios verdes y rondas baratas de golf. Por la noche, se transformaba en un buen lugar para comprar drogas o ser asaltado.

Compré un cubo de pelotas y me dirigí al campo. Empecé con mi hierro 8, apuntando a una bandera a 143 metros de distancia. Mi swing entró en modo automático mientras repasaba los eventos de los últimos días. Recordé la primera visita de Jenny para arreglarse el brazo, cuando se veía tan triste pero a la vez tan esperanzada. Luego, unas horas más tarde, la dejaron en nuestra entrada, golpeada hasta la muerte. No, no golpeada hasta la muerte, golpeada y torturada, pero fue la MAV lo que la mató.

Así que su muerte fue inesperada y ocurrió antes de que pudiera decirles la información que querían. ¿Pero qué información? ¿Y quiénes eran «ellos»? Alguien tenía que estar detrás de todo esto. Bohdan y el otro tirador eran solo peones enviados a hacer un trabajo, ciertamente no estaban al mando. Alguien daba órdenes, alguien lo suficientemente poderoso como para controlar y ordenar a hombres como Bohdan que mataran, lo suficientemente cruel para torturar a alguien como Jenny por información, y lo suficientemente desesperado como para que la dejaran en la entrada de urgencias después de su muerte inesperada. ¿Era este tal Dyyavola esa persona tan poderosa? La clave estaba en La U, pero no podía acercarme ni a 30 metros de la puerta principal.

Una voz que reconocí interrumpió mi estado pensativo.

—Oye, señor, ¿necesitas algo para relajarte un poco?

Me encontré cara a cara con Ardilla —no su verdadero nombre— pero una elección obvia con su figura delgada, constantes espasmos y ojos penetrantes. Un conocido distribuidor y consumidor de metanfetaminas, el hecho de que siguiera vivo desafiaba las probabilidades. Vender meta en las calles de Houston era un estilo de vida tan violento como se podía elegir. En cualquier día, podríamos atender a Ardilla por una sobredosis o porque le dieron una paliza en una pelea, muchas de las cuales él mismo provocaba, y ninguna de las cuales ganaba. La mayoría involucraba solo puños y patadas, pero de vez en cuando: botellas, bates y otros objetos sólidos causaban más daño. Lo habían apuñalado un par de veces y le habían disparado una vez en el brazo. No le interesaba ni la rehabilitación ni cambiar su estilo de vida. Necesitaba un milagro para sobrevivir otro año en las calles.

—Oye, Doc, ¿eres tú?

Una ventaja de trabajar en la sala de urgencias era que los adictos al crack y los sociópatas sabían tu nombre y te reconocían en la calle. Me recargué casualmente en mi palo de golf.

—Ardilla, mi hermano, te ves bien. Hace rato que no te veo.

—Sí, he tenido una buena racha. No he perdido una pelea en semanas.

—¿No te cansas de tanta pelea?

—Es parte del trabajo, güey. Lo importante es no rendirse cada vez que fallas. Seguir haciendo los negocios y avanzando. Ignorar las golpizas y disfrutar de la meta.

—Cuídate mucho. No quiero verte pronto en urgencias por peleas o sobredosis. Y no me interesa la meta por hoy. ¿De verdad vendes mucho de eso en el campo de golf? No pensaría que la meta y el golf sean una combinación probable.

Ardilla sonrió y mostró sus tres dientes restantes. El pobre tipo podría usar una cuerda como hilo dental si así lo quisiera.

—Te sorprenderías de lo lejos que puede mandar la pelota de golf un cabrón cuando está drogado. Claro, no pueden hacer un putt por nada, pero no les importa cuando están tan volados. Bueno, Doc, tú también cuídate. Escuché que unos pinches locos extranjeros estaban disparando en una calle tranquila tratando de cargarse a un pinche doctor idiota ayer.

—Gracias, Ardilla. Voy a tener cuidado.

Ardilla se alejó con paso despreocupado, buscando a su próximo cliente, mientras yo reflexionaba sobre la ironía de recibir consejos de vida de un adicto a la metanfetamina llamado Ardilla en un campo de golf. Debía admitir que era un buen consejo: seguir adelante y no rendirse.

Cuando terminé mi cubeta de pelotas, ya tenía un plan.

·   ·   ·

Lenny se sentó en la oficina de Jane y la miró al otro lado de su escritorio. Una foto de su familia de la última Navidad irradiaba alegría de un recuerdo distante. Trabajar con ella todos los días para resolver crímenes violentos hacía que Lenny olvidara a menudo que ella era madre de dos hijas pequeñas. Volviendo a la sombría realidad, Lenny resumió sus hallazgos.

—Hasta ahora no tenemos nada sobre la propiedad. El lugar fue comprado hace años, pagado completamente en efectivo. El dueño es una sociedad con propietarios en el extranjero. Nuestro equipo de tecnología la está investigando, pero dijeron que no contáramos con que encontraran algo. Termina en cuentas en paraísos fiscales y desaparece en una maraña de diferentes empresas. En resumen, no tenemos idea de quién es el dueño del lugar.

Jane suspiró.

—¿Están al día con los impuestos?

—Los pagan como relojito cada año. Viene de un cheque a nombre de la sociedad, pero esa cuenta también es un callejón sin salida.

—Entonces, tenemos un bar de mala muerte con propiedad desconocida, con una empleada femenina y dos empleados masculinos muertos en los últimos días. Parece un lugar peligroso para trabajar. ¿Cómo quieres manejar la situación? —preguntó Jane.

—Yo propongo que entremos con todo. Tenemos diez policías

listos para registrar el lugar de arriba abajo y hablar con todos los que estén allí. Dividimos a todos los empleados y los presionamos uno por uno hasta que alguien se quiebre. Amenazamos con regresar todos los días hasta que consigamos lo que necesitamos. Alguien tiene que ceder eventualmente. Tenemos la orden judicial. Vamos a hacerlo.

—De acuerdo, vamos esta tarde cuando haya más gente. ¿Crees que saquemos algo de esto?

—Esperemos que al menos una pista útil. Capaz que solo salimos con una infección, pero con suerte encontramos una pista.

·   ·   ·

Me encontré con Tom en el hospital veterinario esa tarde para pasar un rato con Banshee, que lucía patético con el tubo en el pecho, la intravenosa y las vendas. Aún le gustaba que le rascaran las orejas y la panza.

—Qué lástima que tuvieron que rasurar a tu perro. Tal vez puedes usar algo de sus pelitos para rellenar ese bigote. Se ve un poco irregular —comenté.

—A las mujeres les gusta este bigote —dijo Tom mientras se acariciaba el bigote.

—Sí, pero a los hombres les gusta más —le enseñó el dedo de en medio—. ¿Has oído algo sobre quién está detrás de todo esto? —preguntó Doc.

—Ni una maldita cosa. El equipo de finanzas está tratando de averiguar quién es el dueño del lugar, pero siguen encontrándose con callejones sin salida. Nadie quiere hablar. No tenemos nada.

—Es un poco difícil resolver el problema cuando no sabemos quién lo está causando.

—Quizá hubiéramos tenido una pista si no hubieras matado a todos los testigos.

—Es cierto. En verdad, solo maté a un testigo, pero eso te mantuvo fuera de la cárcel. Odio pensar lo que hubieras hecho al tipo que le disparó a Banshee si todavía estuviera vivo.

—Tienes razón. Ese tipo podría haber tenido un muy mal accidente en la cárcel.

—¿Qué tenemos planeado para los próximos pasos?

—Skinny Jeans van a hacer una redada en el lugar esta tarde. Necesitamos ver si podemos averiguar quién está a cargo. Hasta que atrapemos a ese tipo, nadie está a salvo.

—Necesitamos que Banshee se recupere. Entonces, ninguno de ellos está a salvo.

Banshee movió la cola en señal de acuerdo.

CAPÍTULO VEINTIOCHO

Lenny y Jane se estacionaron afuera de La U a las 5 de la tarde con una orden de cateo y diez oficiales. Fedir los recibió en la puerta, llevando jeans y una playera manchada sin mangas. Sus ojos se iluminaron al ver a Jane con su traje azul oscuro.

—Bienvenidos a La U. ¿Quieren una mesa para disfrutar la noche? O tal vez quieran bailar para todos sus compañeros de trabajo. La noche para novatos es el martes, pero los dejamos subirse al escenario si quieren ganar algo de dinero.

Los oficiales se pusieron tensos, pero Jane levantó una mano para calmarlos. Acostumbrada a idiotas ignorantes como Fedir, estaba más que preparada para manejar la situación.

—¿Sabes? Iba a hacer esto rápido y fácil, sobre todo porque no quiero pasar tanto tiempo aquí, pero ya que decides actuar como un imbécil, creo que vamos a tomarnos nuestro tiempo.

Se dirigió a los oficiales.

—Nadie sale hasta que todos sean entrevistados. Los empleados pueden entrar, pero no habrá clientes hasta que yo lo diga.

Se volvió hacia Fedir.

—Voy a empezar contigo, ya que pareces estar a cargo y, por lo tanto, tal vez seas el menos estúpido aquí. Va a ser una larga noche. ¿Dónde está tu oficina?

Jane tomó a un oficial con ella para seguir a Fedir hasta una oficina que tenía un escritorio con algunos cajones, una estantería con papeles dispersos y un montón de basura encima, y un sofá tapizado que alguna vez fue de un sólido beige, pero ahora mostraba un patrón de manchas que era mejor no analizar. Por un momento, se preguntó si un solo par de guantes sería suficiente para protegerla de lo que ese sofá pudiera albergar.

Jane se sentó en el escritorio y revisó los cajones.

—Supongo que no tendrás archivos de empleados o registros corporativos por aquí para que los revise, ¿verdad? —preguntó Jane, sarcástica. Fedir respondió justo cuando Jane lo interrumpió.

—Era una pregunta retórica, imbécil. Ve y siéntate en el sofá, no toques nada, y no digas ni una sola palabra hasta que yo te haga una pregunta.

Jane tenía la intención de que sentarse en el sofá fuera un castigo, pero Fedir, ajeno a las manchas, se dejó caer cómodamente en él.

—Qué asco, cabrón —observó Jane.

El escritorio y la estantería no contenían nada interesante. Varias facturas y recibos, algunos recientes y otros de años anteriores, con notas y garabatos esparcidos por todas partes junto con la habitual colección de plumas, clips y una engrapadora común en cualquier oficina. Nada útil.

—¿Dónde está tu computadora? —preguntó Jane a Fedir. Él la miró confundido—. Tu computadora. ¿Dónde está la pinche computadora que usas?

—Fedir no tiene computadora. Fedir no necesita computadora. Fedir es listo y usa su cerebro para manejar negocio —se tocó la cabeza redonda para aclararlo.

—Te voy a pegar con la macana si sigues diciendo pendejadas —dijo, levantando el extremo del cable que estaba enchufado a la pared—. Si no tienes una computadora, entonces ¿para qué chingados tienes una conexión de internet en esta oficina?

Fedir se encogió de hombros.

—Cable estaba aquí cuando tomé trabajo. Yo no uso cable. Tal vez algún día limpie la oficina y tire cable. Hasta entonces, cable se queda en pared.

Jane dudaba que el día de limpieza llegara pronto.

—¿Quién es Dyyavola? —le preguntó.

Él se encogió de hombros de nuevo.

—No conozco a ningún diablo.

—No es un diablo real. Dyyavola. El tipo que está a cargo aquí.

—Fedir está a cargo aquí, no diablo.

Jane le lanzó varias preguntas, pero él no soltó nada útil.

A Lenny no le fue mejor en la planta baja. Los hombres se callaron y fingieron no saber nada, al igual que Fedir. Ninguno de ellos sabía nada y solo trabajaban ahí. Las chicas compartieron sus nombres y credenciales, pero todas se mantuvieron en la historia de que Fedir estaba a cargo. Claramente estaban aterradas y se negaron a decir algo más allá de confirmar que Fedir era el encargado. A todas se les ofreció la oportunidad de salir con protección, y algunas lo pensaron seriamente, pero al final, nadie estaba dispuesto a hablar.

Finalmente, Lenny le susurró a Jane: —No tenemos nada. Todos conocen a los tiradores, pero nadie tiene idea de por qué estaban buscando a un doctor anoche. Todos dicen que Fedir está a cargo y que nunca han conocido a otros jefes. Nadie conoce al tal Dyyavola. Y todos están asustados.

—Parece que alguien ha estado terapeando a los testigos. Probablemente les dijeron que se apegaran al guion o acabarían como Jenny. No saqué nada de Fedir. Se hizo el tonto todo el tiempo, aunque quizá no estaba actuando del todo. La búsqueda no reveló nada ilegal, a menos que la suciedad cuente como un delito. Lo único de interés que encontramos fue un certificado del departamento de salud de hace siete años que los autorizaba a abrir. Se me hace difícil creer que este lugar alguna vez pasara una inspección sanitaria. Tienes razón, no tenemos nada.

—¿Crees que este tal Fedir realmente podría estar a cargo?

—Jamás. Fedir apenas puede vestirse solo en las mañanas. Es un pinche idiota al que le han dicho qué decir. Aún no hemos conocido al verdadero jefe.

—¿Los mantenemos bajo vigilancia? Agitamos el avispero. Vamos a ver si eso los hace cometer algún error.

—Hagámoslo, pues. Los vigilamos las 24 horas aquí hasta que yo diga. Quiero ojos en todas las entradas y fotos de todos los que entren y salgan. Algo tiene que salir.

Se dirigieron a la puerta principal, donde los esperaba un Fedir sonriente.

—Gracias por visitarnos. Oferta sigue en pie si quieres sacudir tetitas de policía en escenario. Sería muy popular con clientes.

Jane sonrió mientras se acercaba a Fedir.

—Lo tendré en cuenta. Pero la única forma en que estas tetitas se sacuden en el escenario es si subo para darte una paliza que te deje peor que un trapo. Rebotarían con cada patada que te dé en esos huevitos tuyos hasta que te los empuje un par de centímetros más por dentro. De hecho, podemos hacerlo ahora mismo si quieres.

Lo miró a unos centímetros de distancia mientras él procesaba el desafío.

—Vete a la mierda, estúpida zorra. Lárgate —dijo un Fedir furioso mientras cerraba la puerta de un golpe.

—El último tipo que te llamó zorra estaba muerto en menos de 24 horas —comentó Lenny.

—Con suerte, esa racha continúa —dijo Jane. Mientras caminaban hacia el carro, Jane preguntó—. ¿Cuánto crees que ganaría sacudiendo mis tetitas de policía en el escenario?

Lenny siguió caminando.

—Sin comentario.

•   •   •

Más tarde esa noche, Fedir informó a Dyyavola.

—Policía vino, pero no encontraron nada. Nadie habla. Todo bien por ahora, pero probablemente nos están vigilando.

—Que nos vigilen. No les damos nada para ver. ¿Qué has averiguado? ¿Cómo vamos a matar a esa rata?

—Va a ser difícil, jefe. Todos en la calle están muy atentos después de lo que pasó. No hay forma de que podamos estacionarnos o caminar en la zona en la que vive. Demasiado peligroso. Y policía estará vigilándonos.

—Entonces lo agarramos en trabajo.

—Imposible, jefe. Detectores de metales en puerta y policías por todos lados.

—¿Entonces, cuál es plan?

—Lo atropellamos y le disparamos en su carro. Oleksander y Mykta pueden manejar, disparar y escapar rápido.

El jefe casi sonrió.

—Esto puede funcionar. Diles que no más errores. Gran bono para cada uno si lo matan. Si fallan, quemo sus carros. Y ellos van a estar en cajuela cuando lo haga.

Fedir se fue para dar la noticia.

CAPÍTULO VEINTINUEVE

Después de un día de descanso, llegué a la sala de urgencias y fui recibido con aplausos a medias por parte del personal, probablemente porque esos dos matones no llegaron a la sala; dos heridas de bala implican mucho trabajo.

Un estudiante de medicina de cuarto año de turno en urgencias me presentó a mi primer paciente.

—¿Qué tenemos esta mañana, Dr. Jones?

—Este es un joven de 17 años, sano hasta la fecha. Al parecer, su hermano estaba jugando y le disparó accidentalmente con una munición de aire comprimido en el pecho. El arma de aire se disparó y lo golpeó en el lado izquierdo del pecho. No muestra signos de angustia, sus signos vitales son estables y respira normalmente. Tiene una pequeña herida punzante en la pared izquierda del pecho, pero no hay sangrado activo. Le hicieron una radiografía de tórax que salió normal, así que quiero darlo de alta.

—Suena razonable, excepto ¿dónde está la munición?

El estudiante me miró con confusión.

—No lo sé. Pero no aparece en la radiografía de tórax, así que debería irse a casa.

Revisé la radiografía. Las municiones de aire comprimido son de metal y se ven claramente en una radiografía.

—Me has dicho dónde no está la munición, pero no dónde está. Vamos a hablar con este joven y resolver el caso de la munición perdida.

Entramos a la habitación y, antes de que pudiera decir una palabra, el padre empezó a hablar.

—Doctor, yo no soy ningún genio médico. Pero mi hijo recibió un balazo con una munición de alto poder y tiene un agujero en el pecho. Lo revisé de pies a cabeza y no tiene ningún otro agujero. Así que esa munición entró y no salió. Sé que su radiografía sofisticada dice que no está ahí, ¡pero sí está!

Me cayó bien de inmediato.

—Bueno, señor, tengo que estar de acuerdo con usted, excepto en un punto. Mi radiografía sofisticada dice que no está en el pecho, así que estoy seguro de que no está en el pecho. Pero, como usted, también estoy seguro de que está en alguna parte de su cuerpo, y se va a sorprender cuando descubramos dónde está. —Me volví hacia el estudiante—. Pide radiografías del abdomen y la pelvis, y apuesto a que ahí encontramos una respuesta.

Quince minutos después, el estudiante apareció con una radiografía que mostraba una pequeña esfera blanca brillante en la pelvis baja derecha.

—Supongo que esa es la munición, pero no puedo explicar cómo llegó a su pelvis.

Sonreí y le pedí que se pusiera de pie.

—Entonces, a nuestro paciente le dispararon más o menos aquí —le toqué el lado izquierdo del pecho—. ¿Qué hay debajo de la piel justo aquí?

—La pared torácica, las costillas, los pulmones y el corazón.

—Bien, ¿qué parte del corazón es anterior?

—El ventrículo izquierdo.

—¿Qué pasaría con una pequeña munición de aire comprimido que penetrara en el ventrículo izquierdo? ¿Sería empujada por la sangre, hacia la aorta y continuaría por el torrente sanguíneo hasta finalmente quedar atrapada en un vaso más pequeño, como la arteria femoral?

El estudiante parecía asombrado.

—¿Tiene un agujero en el corazón?

—Apuesto a que sí —dije—. Pero un agujerito que se cerró solo después de que pasó la munición. Probablemente tiene un poco de sangrado alrededor del corazón que sanará por sí solo. Necesitamos que lo vea un cardiólogo y que cirugía vascular se encargue de sacar la munición. Un excelente caso.

—Perdón, cometí un error. Estaba listo para darlo de alta.

—Por eso le llaman el turno de enseñanza. Pero aquí tienes algo que debes recordar: cuando algo no tiene sentido, sigue buscando la respuesta. Es una posibilidad entre un millón que la munición terminara en su arteria femoral sin otros síntomas. Nunca había visto algo así antes y probablemente nunca vuelva a ver un caso así. Pero el punto de enseñanza es: no dejes de buscar hasta que encuentres la respuesta. Eso es lo que hace a un buen médico. Ahora ve a encontrarle una cama y empieza el papeleo.

•   •   •

—Alerta de aguafiestas, viene por el pasillo —anunció Jean.

—Muy bien, todos hagan como si tuvieran calor y quéjense del calor —dije.

—¿Cómo se supone que debo parecer que tengo calor? —preguntó Deb.

—Es difícil hacerlo con el uniforme, pero tú puedes lograrlo, Deb. Es el momento, equipo.

—COLA, Doc —dijo Lou mientras entraba.

—COLA, vicepresidente Lou. ¿Cómo podemos ayudar hoy los humildes practicantes de la medicina?

—Disculpen, muchachos, estoy sobrecalentada. Necesito refrescarme —dijo Deb, imitando a Scarlett O'Hara. Reina del drama.

—Vine a revisar el termostato y ver cómo van las cosas aquí abajo.

Los volúmenes siguen siendo bajos, menos de lo que deberían estar —dijo Lou mientras inspeccionaba el termostato.

—Los volúmenes están bajos y las temperaturas están altas. Parece que nadie está contento en urgencias. ¿Alguna posibilidad de bajar la temperatura? Setenta y cuatro grados es demasiado caliente.

—A mí no me parece nada mal. Setenta y cuatro está perfecto. ¿Qué vamos a hacer con los volúmenes bajos?

—He estado pensando en eso. Una de nuestras enfermeras tiene gripa. Pensaba enviarla al buffet chino de «todo lo que puedas comer» un par de veces al día para que estornude en todos los platos posibles. Con la cantidad de clientes que tienen, deberíamos ver un aumento en los casos de gripa en las próximas dos semanas.

Lou lo miró incrédulo.

—¿No hablas en serio, verdad?

—Ya he comenzado. Yo evitaría la comida china en el futuro cercano. Ahora, ¿hay algo más en lo que pueda ayudarle?

—No, parece que todo lo demás está tranquilo en este momento. Espero que todo siga en calma.

—No, no, no. Nunca diga esa palabra aquí abajo. ¿Tranquilo? Algo malo siempre pasa cuando se dice esa palabra. El próximo desastre será culpa suya, Lou.

—Soy un hombre de razón. No tengo mucha fe en supersticiones tontas. Seguramente tú no crees en estas tonterías.

—Soy un hombre de razón y vivo de la ciencia. Pero una de las fuerzas negativas más poderosas en el mundo ocurre cuando alguien dice esa palabra en la sala de urgencias. Algo malo va a pasar. Nunca falla.

Jean llegó a la estación de enfermería.

—¿Escuché que alguien dijo esa palabra? —le señaló con un dedo a Lou—. Se las verá conmigo si algo malo pasa hoy. Ahora necesito encontrar al Sr. Ramírez. Desapareció de su habitación hace diez minutos, y nadie lo vio salir.

De repente, un hombre vestido con una bata de paciente cayó a través del techo, gritando hasta que golpeó el suelo duro. Aterrizó cerca de la estación de enfermería en un montón de cables, azulejos de techo y polvo que continuaron flotando hacia abajo como si fueran copos de nieve desde el enrejado destrozado del techo.

Todos quedaron en silencio, excepto Jean, quien manejó toda la situación como si sucediera todos los días. Se acercó al paciente y lo ayudó a ponerse de pie. Lo sacudió para quitarle el polvo y lo giró hacia nosotros.

—Quisiera presentarles al Sr. Ramírez. Llegó aquí esta mañana borracho, con una lesión en el brazo. Desapareció de su habitación hace diez minutos y, al parecer, lo hizo subiendo al techo como si fuera un ninja de Misión Imposible. Desafortunadamente, está demasiado borracho para ir en contra de la gravedad, y ahora ha hecho un desastre en mi sala.

Jean lo entregó a otra enfermera.

—Llévalo de vuelta a su habitación y revisa si tiene alguna lesión nueva. Y dile a la policía lo que pasó.

Luego se dirigió hacia un técnico.

—Llama a soporte técnico para que vengan a ordenar estos cables y que el equipo de limpieza venga a recoger este desastre.

Por último, enfocó su atención en Lou, quien estaba sin palabras. Jean le puso el dedo de nuevo en la cara.

—Y en cuanto a usted, Sr. Vicepresidente, ni se le ocurra volver a decir esa palabra en mi sala de urgencias. ¿Estamos?

Se dio la vuelta y dejó a Lou mirándola estupefacto. Le puse un brazo sobre el hombro.

—Usted ya es parte de la familia, Lou. Jean hace eso con todos.

Lou recuperó la compostura.

—No estoy seguro de que algún empleado deba hablarme de esa forma.

—Un consejo gratis, Lou. Aléjese y déjelo pasar.

Parecía que lo iba a discutir, pero Jean empezó a gritar órdenes mientras regresaba a la recepción.

—Creo que es momento de regresar a mi oficina. COLA, Doc.

—COLA, Lou.

•   •   •

Tom pasó más tarde en el turno para ponerme al día.

—Banshee está mucho mejor. Ya le sacaron el drenaje, y le están reduciendo los analgésicos. Está recuperando esa chispa en sus ojos. Puede irse a casa en una semana más o menos.

—Son excelentes noticias —extendí mi mano, y Finn puso un billete en ella.

Tom explotó desde su silla.

—¿Apostaste en contra de que mi perro sobreviviría?

Finn levantó las manos mientras explicaba.

—Finn apostó a que Banshee estaría en casa para el fin de semana. Yo tomé la apuesta contraria.

Tom se disculpó.

—Perdón. ¿Alguna vez ganas una pinche apuesta aquí?

Finn se rió.

—Creo que gané una la primavera pasada cuando aposté que la bola de billar atascada en el recto de ese tipo sería un número impar. Fue la bola siete, si recuerdo correctamente.

—¿Y si hubiera sido una bola blanca? —preguntó Tom.

—Entonces hubiera sido empate —respondió Deb. Deb era la jueza final en todas las controversias de apuestas. Llamé a Despistado para entrar a una sala de exámenes y cerré la puerta.

—¿Encontraron algo en la casa de Jenny o en La U?

—No. Alguien destrozó el lugar. No fue registrado, fue destrozado. Paredes abiertas, suelo arrancado. Alguien estaba buscando algo y aparentemente no lo encontró. O eso, o estaban muy enojados. Skinny Jeans no encontraron nada.

—¿Y su familia? ¿Algo ahí?

—No. Era hija única, se fue de Arkansas cuando tenía dieciocho años. Su papá se fue hace mucho, y su mamá murió el año pasado. No tenía hermanos ni otros parientes que pudiéramos encontrar. Estaba sola en el mundo.

—Híjole. Pobre chica. Supongo que el forense se va a quedar con su cuerpo, ¿no?

—Sí. Hasta que podamos confirmar que no tiene familiares, se la quedan.

—¿Y Skinny Jeans no tienen idea de quién hizo esto?

—Ni una idea. Todos en La U tienen demasiado miedo de hablar con nosotros. Pero esto no ha terminado. Esos imbéciles le dispararon a mi perro. No voy a descansar hasta que todos caigan por esto.

—Por una vez, lo que dices tiene sentido.

CAPÍTULO TREINTA

—Vamos, Deb, tenemos que subir para la reunión.

—Tranquilo. Empieza en quince minutos.

—Tenemos cosas que hacer antes de que empiece. Deja tu abrigo. Tengo el presentimiento de que está caluroso allá arriba. Y lleva un refresco. Vámonos.

Nos apresuramos hacia la sala de conferencias en el piso 14, una hermosa habitación con una gran mesa de caoba y sillas acolchonadas valoradas en 20,000 dólares, donde los peces gordos tenían sus reuniones. Se sentía incómodamente acalorado.

—¿Es en serio? ¿No tienen aire acondicionado aquí arriba? —se quejó Deb.

—Sí tienen, y está a 68 grados. Pero no saben que soborné a Mike de ingeniería para que conectara el control de este termostato con el de urgencias. Así que, cada vez que él baja esto, se refresca en urgencias.

—Y cada vez que lo suben en urgencias, este cuarto se calienta más. Sabía que había una razón por la que te mantenemos aquí.

—Apúrate y agarra un par de refrescos bien fríos del refrigerador, esconde el resto de los fríos y pon uno caliente de urgencias en el refrigerador. Pero agítalo bien antes.

—¿Y por qué estoy haciendo esto?

—Porque a Lou siempre le gusta un refresco bien frío en su reunión —expliqué, mientras me dirigía al control remoto que manejaba las persianas. Levanté dos juegos de persianas, permitiendo que el sol iluminara la mesa y las sillas del otro lado. Luego, abrí el control remoto, saqué las baterías y lo puse de nuevo en el centro de la mesa. Deb y yo tomamos asiento en la sombra, abrimos nuestros refrescos helados y esperamos a que llegaran los demás.

La gente fue entrando poco a poco, con Lou siendo el último en llegar, creyendo que su tiempo era más importante que el de los demás. Dio un paso en la habitación, notó el calor, y de inmediato se dirigió al termostato para bajarlo un grado más. Deb me dio un codazo y susurró:

—Va a ser un día fresco en urgencias.

Lou se dirigió al refrigerador para tomar su refresco antes de ocupar su lugar en el centro de la mesa, justo en medio del rayo de sol. Un hombre sensato se hubiera quitado el saco, pero Lou probablemente se bañaba con el traje puesto. Ya tenía gotas de sudor en la frente mientras buscaba el control remoto para bajar las persianas. Después de quince segundos de un intento tan divertido como inútil de bajarlas, le sugerí que tal vez funcionaría mejor si estuviera más cerca. Esto provocó un gruñido de Lou y una patada de Deb desde abajo de la mesa. Lou rodeó la mesa y pasó otros treinta segundos tratando de convencer a las persianas de que bajaran antes de rendirse y regresar a su asiento. Todas las miradas estaban sobre él cuando abrió su refresco y roció toda la mesa, empapando sus papeles. Ahora sí, la reunión estaba lista para empezar.

La reunión de revisión de la sala de urgencias, una reunión mensual multidisciplinaria que incluía informes de varios departamentos, solía ser una pérdida de tiempo somnolienta, y esta no fue la excepción hasta que Lou puso una diapositiva sobre las finanzas. Por supuesto, no cargó de inmediato, porque Lou era un gran fanático de PowerPoint y le agregaba muchas gráficas innecesarias a sus presentaciones. No iba a permitir que apareciera una diapositiva con números claros y disponibles para un análisis inmediato. Prefería efectos giratorios y desperdiciadores de tiempo, con números aleatorios que aparecían en varios momentos hasta que finalmente la hoja de cálculo se materializaba. Lou hizo una pausa por si alguien quería felicitar sus habilidades en PowerPoint. Nadie lo hizo. Cualquiera que dedicara tanto tiempo a una diapositiva de PowerPoint necesitaba un pinche hobby.

—Tengo algunas buenas noticias financieras —comenzó Lou—. Nuestras cifras de volumen interanual se han estancado, lo cual refleja el trabajo mediocre del departamento de marketing.

La vicepresidenta de marketing se retorció incómoda, pero se contuvo.

—Sin embargo, desde que he tomado el control de la gestión del ciclo de ingresos, nuestra facturación y cobros han mostrado un aumento constante en el último año y ahora están un 21.3% por encima del año anterior.

Me enderecé un poco y de hecho puse atención. Deb me miró desconcertada, pero me encogí de hombros y esperé a que el vicepresidente continuara.

—Estos cambios reflejan una mejora en la revisión de expedientes, eficiencia en la generación de facturas y esfuerzos de cobro más agresivos hacia las compañías de seguro. Nuestro valor promedio por visita ha aumentado de 2.82 a 3.65. En total, esto llevará a un incremento de $8.3 millones en la rentabilidad de la sala de urgencias este año.

Lou continuó, pero mi mente luchaba con estos números incongruentes. El valor se refería al valor relativo, un intento por parte de las compañías de seguro para diferenciar el valor de distintos procedimientos y exámenes médicos. Se suponía que se basaba en la complejidad y el tiempo requerido, de modo que el tratamiento de un infarto valía más puntos que el tratamiento de una infección de oído. Las compañías de seguro pagaban por los servicios según el número de puntos. Funcionaba bien en teoría, pero en realidad, el sistema era corrupto, con grupos de interés especial pagando millones a intermediarios para que sus servicios fueran valorados más alto. Lo importante de los puntos de valor era que el promedio por paciente se mantenía increíblemente estable a lo largo del tiempo en urgencias. A menos que agregáramos nuevos servicios, el número debía permanecer relativamente constante. El número de puntos que obtuvimos había sido muy consistente en los últimos años, y ningún servicio nuevo explicaba los cambios.

Me incliné hacia Deb y le susurré: —Tenemos que investigar un poco.

•   •   •

Salimos de la reunión al final de una hora aburrida y sudorosa.

—¿A quién conocemos en el departamento de facturación? —le pregunté a Deb—. Necesitamos revisar algunos datos.

—Estoy casi segura de que has salido con alguien de cada departamento en este hospital.

—¡Híjole! Todavía no he conocido a nadie de patología. Para ser honesto, no suelen salir del sótano. Tiene que haber alguien en facturación que conozcamos.

—Bueno, si la conoces, debe ser una rubia alta.

Chasqueé los dedos.

—Eres un genio, Deb. Lana está en facturación.

—Pensé que ya estaba cansada de tus tonterías.

—Estaba molesta, pero la ausencia hace que el corazón se vuelva más tierno.

—Bueno, voy de regreso a urgencias y tú te puedes encargar de conseguir los reportes de Lana. Te reservo una habitación para pacientes en caso de que te dé una patada en los huevos.

Ella rodó los ojos y se alejó caminando.

—No te preocupes. Mis huevos y yo encontraremos la forma de conseguir los datos.

CAPÍTULO TREINTA Y UNO

El departamento de facturación consistía en cubículos pequeños y cuadrados, grises y de un metro y medio de altura, lo suficientemente altos como para ver solo la cabeza de una persona cuando se ponía de pie. La sala parecía un juego organizado de «golpea al topo» mientras la gente se levantaba y volvía a sentarse. Todos lucían con una tonalidad amarillenta bajo las luces fluorescentes, en ausencia de ventanas y luz natural. Qué lugar tan deprimente para trabajar.

Después de unos minutos buscando el cubículo de Lana, la encontré absorta en la pantalla de su computadora. Me dejé caer en la única silla de invitados frente a su pequeño escritorio. Al girarse hacia la intrusión, su expresión de sorpresa me tomó por sorpresa. La gente de facturación no recibe muchas visitas. Sus ojos verdes se iluminaron al verme, pero luego ardieron de enojo.

—¿Dónde demonios has estado?

No fue el mejor comienzo, pero era de esperarse.

—He estado ocupado en urgencias, tomé una semana para esquiar y luego unos ucranianos locos intentaron matarme.

Sus ojos se abrieron con sorpresa.

—¿Eso fuiste tú? Escuché algunas partes en las noticias, pero no sabía que eras tú.

Salvado por el peligro, conté mi historia por milésima vez, una versión abreviada que se enfocaba en las partes más aterradoras. Ella suspiró.

—Doc, me alegra mucho que estés bien después de enfrentar a esos horribles hombres para averiguar qué le pasó a esa pobre chica.

Estaba a punto de llorar. Era momento de enfocarse.

—Definitivamente ha sido una semana aventurera, pero escucha, tengo un problema con los números de urgencias y quería ver si podrías conseguirme algunos reportes que tal vez aclaren la discrepancia.

De repente, se mostró cautelosa, cambiando su actitud emocional rápidamente.

—¿De qué tipo de reportes estamos hablando?

—Nada fuera de lo normal. Necesito resúmenes de facturación de la sala de urgencias por mes, incluyendo visitas, puntos de valor, códigos de diagnóstico y pagos de los últimos tres años. Necesito entender las tendencias.

—Normalmente, eso no sería un problema, pero alguien en la administración ha dicho que la facturación de urgencias está fuera del alcance de todos, excepto de dos chicas nuevas que manejan las cuentas. Se supone que no debemos tocar esos registros de urgencias.

—No te estoy pidiendo que te metas con las cuentas. Solo necesito algo de información, y prefiero que en administración no se enteren de que estoy revisando sus números. ¿Precio?

Una sonrisa brilló en sus ojos.

—Déjame ver qué puedo hacer cuando nadie se dé cuenta. No quiero dejar un registro electrónico de lo que estoy enviando, y eso será una montaña de papel que imprimir. Dame unos días. Te aviso cuando lo tenga y te digo cuánto te va a costar. Ahora sal de aquí. Tengo trabajo que hacer.

De vuelta en urgencias, Deb revisaba el historial de un nuevo paciente.

—¿Lo va a hacer?

—Por supuesto —le aseguré.

Deb extendió la mano, y Finn puso un dólar en ella. Lo miré fijamente.

—¿Qué? Algún día el encanto te va a fallar y una de estas mujeres te va a mandar a la chingada.

—Cierto, pero hoy no —respondí mientras tomaba un nuevo expediente y le echaba un vistazo. El paciente se quejaba de dolor de espalda, y una rápida revisión de su historial reveló nueve visitas por dolor de espalda en el último año, pero sin haber seguido con ningún especialista recomendado. Esto significaba que probablemente estaba buscando drogas. Aunque las drogas ilegales seguían siendo un problema enorme, los narcóticos legales presentaban uno aún mayor en urgencias. Altamente adictivos, adormecían las emociones negativas, con el beneficio adicional de que nadie iba a la cárcel por posesión de unos cuantos Vicodin o Norco.

La búsqueda de drogas en urgencias se había convertido en un arte. Una receta para narcóticos se traducía en $25 por pastilla en la calle, y mezclada con otras drogas, generaba aún mayores ganancias. Mientras estos buscadores de drogas parecían tener una maestría en decir tonterías, los doctores de urgencias habían obtenido un doctorado en detectarlas. Entré a la sala y me presenté.

—A ver, cuéntame sobre este dolor de espalda.

Gimió de dolor mientras ajustaba su posición en la cama.

—Doctor, esto me está matando. Era un día bonito, y saqué la escalera para limpiar las canaletas. Siempre limpio las canaletas en esta época del año. La tenía bien apoyada en el suelo y asegurada contra la pared. Estaba a la mitad de la altura, como a tres metros del suelo, y la escalera empezó a deslizarse hacia un lado. Creo que una pata se hundió en el suelo, porque hace una semana se rompió un aspersor ahí, y el terreno estaba muy blando. Y cuando me caí, traté de agarrarme del borde del techo inferior, pero eso me torció la espalda, y escuché un crujido y no pude caminar durante diez minutos. Tuve que arrastrarme dentro de mi casa y descansar antes de que un amigo me trajera aquí —gimió lastimosamente de nuevo mientras se acomodaba en la cama.

Mi detector de mentiras chilló por la complejidad de la historia. Los que buscaban drogas practicaban sus historias y agregaban demasiados detalles. Un tipo que realmente se cayó de una escalera lo diría de manera sencilla y directa.

—Parece que eres alérgico a algunos medicamentos —observé.

—Sí, doctor. Tengo alergias muy fuertes al Tylenol, al Motrin y a todos esos medicamentos antiinflamatorios no esteroides. No debo tomar ninguno de ellos. Normalmente tomo Vicodin o Norco.

Cuando alguien es «alérgico» a todo lo que no sea narcótico, esperan que se les dé narcóticos.

—Señor, tanto el Vicodin como el Norco contienen Tylenol, así que los pacientes alérgicos al Tylenol no pueden tomar esos medicamentos. Déjame examinarte.

Al examinarlo, apenas podía moverse, e incluso el toque más ligero parecía causarle un dolor insoportable. Mi detector de mentiras se disparó.

—Señor, quédate aquí un momento, voy a buscar algo para el dolor —dije, y él sonrió al imaginar la morfina entrando pronto en su sistema. Pero no iba a dirigirme a la estación de enfermería para pedir medicamentos; iba camino a la oficina de seguridad.

—Ron, revisa las cámaras de seguridad del estacionamiento y la entrada principal, y retrocede unos cuarenta y cinco minutos.

Ron puso los videos y los adelantó hasta que vi a mi paciente bajando de su carro y caminando hacia la entrada, bromeando con su amigo. Al llegar a la puerta, comenzó a caminar lento y a cojear, como si le doliera de verdad, con su amigo pidiendo una silla de ruedas para ayudarlo. Lo caché.

—Ron, hazme una copia de eso y envíamela por correo, por favor.

Regresé a la habitación del paciente.

—Señor, quiero confirmar qué tan fuerte es el dolor en su espalda. ¿Puede caminar en absoluto?

—Apenas. Necesito ayuda para moverme a cualquier lado.

—Ya veo. ¿Y este dolor ha estado presente desde hace un par de días?

—Sí, doctor.

Saqué mi teléfono, abrí el enlace de Ron y presioné reproducir.

—Entonces, parece que su dolor no empezó hasta que llegó a nuestra puerta. Se ve bastante bien bajándose del claro. Te voy a hablar claro. No hay narcóticos para ti hoy. Puedo ponerte en contacto con alguien que te ayude con la rehabilitación si estás interesado, pero nada de medicamentos para el dolor.

—Chinga tu madre, cabrón. Ya me voy —saltó de la cama y salió de la habitación furioso. En el pasillo, se giró y gritó—: ¡Eres un hijo de puta, y este es un hospital de mierda!

Su arrebato no impresionó a Jean.

—Parece otra mala puntuación en la encuesta de satisfacción al cliente para ti.

—Tal vez no. De hecho, le solucioné el dolor de espalda. El tipo llegó aquí en silla de ruedas, y ahora se va sin dolor.

Jean negó con la cabeza.

—¿Cuándo van a aprender estos payasos?

—Probablemente nunca. Llama a las otras salas de urgencias locales y avísales que va para allá a pedir medicamentos para el dolor.

Jean sonrió.

—Al menos no le disparaste —me dijo.

—Hoy no.

CAPÍTULO TREINTA Y DOS

Oleksander y Mykta, los miembros más jóvenes del equipo ucraniano, con poco más de 20 años, eran fanáticos de los carros de carreras, y tan pronto como juntaron suficiente dinero, compraron cada uno un Charger Hellcat negro. Con un precio de $72,000, el Hellcat generaba casi 800 caballos de fuerza, uno de los carros más rápidos por debajo de los $100,000. No conformes con solo 800, inmediatamente los modificaron para agregarles otros 110 caballos de fuerza. Solo con pisar ligeramente el acelerador, se escuchaban las llantas quemándose, el humo, y el rugido del motor. Destruían un juego de llantas casi cada mes. También modificaron el sistema de escape para que sonara como un jet cuando aceleraban. Todos a una cuadra a la redonda podían escuchar su llegada.

Después de que Fedir les dio las órdenes, ambos hombres aceptaron entusiasmados. Perseguir gente en sus carros y disparar sus armas eran dos de sus actividades favoritas. Ambos llenaron sus tanques y compraron llantas nuevas. El plan era matarlo esa noche cuando saliera de trabajar —ya fantaseaban con las nuevas mejoras que comprarían con el dinero de este trabajo.

Terminé de revisar a mi paciente a eso de las 11 de la noche y justo entonces le tocó el turno al equipo de noche. Consciente de lo cansadísimo que estaba, mi última decisión del día fue entre ir a IHOP o irme directo a casa. Realmente no había mucho que pensar. «Voy a IHOP», pensé, mientras me imaginaba unas papas fritas calientes.

Me subí al carro, giré a la izquierda saliendo del estacionamiento de empleados y me dirigí por la calle Fannin en busca de un delicioso sándwich de queso a la parrilla con papas a la francesa. Probablemente no hubiera notado los dos carros deportivos detrás de mí, pero sus motores arreglados me llamaron la atención. La adrenalina corrió por mi cuerpo mientras los veía separarse, uno tomando el carril izquierdo y el otro el derecho. Apreté el volante con más fuerza, apoyé mi pie izquierdo en el suelo y me acomodé firmemente en mi asiento. Cuando bajaron sus ventanas y se colocaron a cada lado de mí, pisé el acelerador hasta el fondo. Inmediatamente, comenzaron a disparar sus armas automáticas desde ambos carros, sin posibilidad de alcanzarme a medida que mis luces traseras se alejaban, y esperando no haber alcanzado a ningún peatón inocente.

Mi Mercedes se lanzó hacia adelante con las cuatro llantas agarrando tracción. En un parpadeo, aceleró de 75 a 140 kilómetros por hora. Normalmente, una aceleración así era suficiente para perder a cualquiera, pero, evidentemente, estos tipos también tenían potencia en sus carros. Los faros se elevaron en mi espejo retrovisor mientras pisaban el acelerador y sus motores rugían al acelerar hacia mí. Al parecer, sus carros eran igualmente rápidos. Era momento de averiguar si sabían cómo manejar carros deportivos.

Me aproximé a Braeswood a unos 150 kilómetros por hora, y los semáforos estaban a mi favor. Presioné fuerte los frenos al acercarme a la curva, aflojando suavemente mientras giraba, y luego soltando por completo y de golpe al llegar a la curva. Combinado con la aceleración, esto tuvo el efecto de rotar mi carro hacia la izquierda y hacer que volviera a una línea recta más rápidamente, lo que significaba que volvía a acelerar antes. No había forma más rápida de tomar una curva en un carro.

Mis perseguidores tomaron un enfoque diferente. Cruzaron la intersección de lado mientras salía humo de sus llantas. Cada segundo que patinaban era otro momento en que me alejaba de ellos, pero una vez que enderezaron y tuvieron tracción, me alcanzaron.

Había elegido Braeswood porque era una calle con curvas y bordeaba un pantano actualmente vacío. Mi carro debía tener ventaja en las curvas, pensé, mientras aceleraba de nuevo a 180 kilómetros por hora. Afortunadamente, mi Mercedes tenía tanto poder de freno como de motor, y estaba dispuesto a apostar que estos tipos no querrían rayar la pintura de sus preciados carros.

Reduje la velocidad para que se acercaran a unos 50 metros. Avanzamos juntos por una larga curva hacia la derecha, luchando por mantener el agarre. Alcancé el final de la curva primero, y en un tramo recto de la carretera con el carro equilibrado, pisé el freno con fuerza.

Los frenos de cerámica del Mercedes se calentaron a más de mil grados cuando lo hice. La computadora del carro evitó cualquier deslizamiento durante la frenada, y la rápida desaceleración me lanzó hacia adelante. Luego miré en el espejo retrovisor mientras la física seguía su curso inevitablemente.

El conductor en el lado izquierdo, el más cercano al pantano, bloqueó sus frenos durante su giro a la derecha. Aunque había gastado una fortuna en mejorar la aceleración, aparentemente no había invertido nada en mejorar sus frenos, y no tenía una computadora que ayudara a modulárselos. El resultado espectacular de bloquear los frenos a 160 kilómetros por hora en una curva amplia resultó en la pérdida total de control del auto. Derrapó rápidamente y con fuerza, golpeando el borde de la banqueta a 160 kilómetros por hora y luego pasando por encima de la barandilla, volcando hacia el pantano.

El pantano Braes, un canal de hormigón de unos 10 metros de profundidad, desvía agua de inundación fuera de Houston. En ese momento, estaba seco por la falta de lluvias recientes. Su carro ya estaba volcando cuando golpeó la pendiente, comenzó a girar cuesta abajo, y dio siete vueltas antes de estrellarse en el suelo de concreto. La explosión anuló cualquier posibilidad de rescatarlo.

El segundo carro tuvo mejor suerte. Frenó más suavemente, manteniendo el control de su vehículo, luego pisó con fuerza los frenos, deteniéndose con seguridad, pero ahora posicionado frente a mi Mercedes. Se dio la vuelta, así que decidí imitarlo y giré mi auto; ahora ambos acelerábamos en sentido contrario por Braeswood.

Sabiendo que ya era hora de pedir ayuda, presioné el botón del teléfono en el volante y ordené: «Llama al 911», y el carro me hizo caso. Antes de que pudieran decir una palabra, informé: «Disparos, disparos. Persecución a alta velocidad. Estoy en el área del centro médico siendo perseguido por un Charger negro y me han disparado. El segundo carro se ha estrellado en el pantano Braes y está en llamas. Me dirijo a la estación de policía en Elgin. Alerten a todas las unidades. El Mercedes es amistoso, y el Charger está armado y es peligroso».

La operadora del 911 hizo preguntas, pero me concentré en manejar y no respondí. Quería llegar a la estación en menos de dos minutos sin chocar ni recibir un disparo. Detrás de mí, el Charger seguía cada uno de mis movimientos. Pasamos el hospital y llegamos a Main Street, donde tomé una curva cerrada a la derecha. Él me alcanzaba en las rectas, pero yo me adelantaba en las curvas. A menos de un minuto de la estación, esperaba que se hubieran preparado para mi llegada.

Me quedé en la línea de emergencia para que supieran mi ubicación mientras nos acercábamos a la estación. Finalmente, me pasaron con el oficial a cargo en la estación de Elgin. Rápidamente le expliqué la situación y le dije que estábamos a 30 segundos de distancia. Me dijo que entrara al estacionamiento, me detuviera y me mantuviera agachado.

Hice lo que me indicó.

CAPÍTULO TREINTA Y TRES

Enfurecido, Mykta se concentró únicamente en el Mercedes que había matado a su amigo. A través de su visión de túnel causada por la rabia, lo había seguido a toda velocidad hasta el estacionamiento sin siquiera darse cuenta de que era una estación de policía. Siete patrullas encendieron sus luces y dos más bloquearon la salida, atrapando a Mykta.

—Estás rodeado. Apaga el carro y coloca las manos sobre el volante —ordenó un oficial a través del altavoz.

Mykta miró alrededor para confirmar un círculo de policías con armas apuntándole y la única salida bloqueada. Apagó el carro, pero dejó las manos en su regazo. Tenía una elección simple: morir a manos de la policía o morir a manos de Dyyavola, quien no toleraría este fallo y prolongaría su muerte de la manera más dolorosa. Eligió la salida más rápida y sencilla.

Tras 30 segundos de reflexión y otra advertencia de la policía, Mykta levantó su Mac 10 y disparó hacia el Mercedes, el origen de su desgracia, con un resultado inmediato. No menos de 20 oficiales abrieron fuego contra el conductor del Charger. Más tarde, un equipo de forenses determinó que se dispararon más de 130 tiros y 42 alcanzaron a Mykta. Ni siquiera Morquist pudo determinar cuál bala lo mató.

Agachado en mi carro, no vi nada de esto, pero los disparos rompieron mi parabrisas trasero, y la inmediata ráfaga de balas resonó en mi cabeza por semanas. La avalancha de disparos de respuesta abrumó mis sentidos y terminó tan repentinamente como había comenzado. Con alivio silencioso, confirmé que no me habían alcanzado.

—Tú, en el Mercedes. Déjame ver las manos.

Lentamente levanté las manos, dándome cuenta de que aún no estaba fuera de peligro. Un montón de policías exaltados allá afuera no podían saber que yo era un amigo. Un oficial habló a través de su altavoz.

—Necesito que apagues el carro, saques ambas manos por la ventana y abras la puerta desde afuera con una mano.

Puse ambas manos fuera de la ventana y extendí la mano hacia la manija cuando me di cuenta de un problema.

—Tengo el cinturón puesto y no puedo salir del carro —grité nervioso.

Los policías se consultaron entre ellos por un momento.

—Mantén la mano izquierda fuera de la ventana, mueve la mano derecha lentamente para desabrochar el cinturón y luego sácala de nuevo. Sin movimientos bruscos o abriremos fuego.

Me pareció que me llevó una hora bajar la mano sudada para desabrochar el cinturón, y otra hora más para volver a sacarla por la ventana. El aire escapó de mis pulmones con alivio al fin de abrir la puerta y poder ponerme en el suelo para que los policías me esposaran; era la primera vez que llevaba esposas policiales. Mis experiencias anteriores con esposas habían sido voluntarias y mucho más placenteras.

Una vez más, les pedí que llamaran a Skinny Jeans. El oficial a cargo contactó a Jane por radio, y aunque no pude escuchar toda la conversación, el volumen y la rapidez de sus palabras indicaban que estaba furiosa. El oficial colgó y me quitó las esposas. Libre, por el momento, Jane sonaba tan enojada que la probabilidad de que me volvieran a esposar parecía alta.

Los oficiales me llevaron a otra sala de interrogatorio y me dieron un refresco, dejándome solo en otra habitación cuadrada con el mismo escritorio atornillado al piso, igual que en mi interrogatorio anterior. Usé la tapa de mi lata para raspar mis iniciales en la mesa junto a todas las otras marcas de los delincuentes. Estaba terminando cuando Jane irrumpió en la sala, vestida con jeans, una sudadera de la Universidad de Houston y unos clásicos Chuck Taylor de lona.

—Añadiría destrucción de propiedad policial a los cargos si pensara que serviría de algo —refunfuñó, notando mis raspones—. Esto ya se está volviendo algo habitual entre nosotros. Intento irme a dormir, y luego recibo una llamada diciendo que tú te cargaste a otros dos ucranianos.

—Técnicamente, solo maté a uno. Los policías mataron al otro, y también solo maté a uno el otro día.

—Bájale, cabrón. Mi pistola está cargada y estamos en un cuarto insonorizado. Cuéntame lo que pasó desde el principio.

Le relaté la noche desde el momento en que salí del trabajo hasta que llegué al estacionamiento.

—Así que, tuvimos una persecución a alta velocidad por el distrito médico, un choque mortal en el pantano y un tiroteo en una estación de policía. Qué noche tuviste.

—Y la noche apenas comienza —señalé.

—Si no implicara tanto papeleo, te entregaría a los ucranianos yo misma. Deberías haber llamado a la policía tan pronto como los notaste —dijo mientras se recargaba en la silla—. Lenny, apaga las cámaras y entra aquí.

Lenny se sentó frente a mí mientras Jane decía: —La entrevista oficial ha terminado. Ahora necesito saber si sabes algo más, y necesitamos hacer un plan para mantenerte a salvo.

—Honestamente, no sé nada más. Probablemente estaban molestos conmigo porque estuve hurgando sobre Jenny, y luego se enojaron más cuando maté a dos de sus tipos. No creo que esta noche los ponga más felices.

—Tienes razón. Necesitas un lugar donde esconderte unos días mientras limpiamos este desastre. Esto se está saliendo de control. ¿Tienes dónde quedarte?

—Tengo una amiga que tal vez tolere mi presencia por unos días.

Jane negó con la cabeza y torció los ojos.

—Ni siquiera sé por qué me molesto en preguntar —dijo.

—¿Tienen algún plan para terminar con esto?

—Estamos vigilando La U cada hora de cada día, y eventualmente el jefe de verdad tendrá que dar la cara. Vamos a conseguir otra orden para registrar La U, y tal vez una de las chicas hable esta vez con nuestro plan de llevarlas a todas a una casa segura. Los tipos de finanzas aún están rastreando las cuentas para encontrar la fuente de todo este dinero. Vamos a seguir aplicando presión hasta que un pequeño hilo se exponga y entonces cerramos todo esto de una vez por todas. Mientras tanto, no te metas en problemas y deja de matar ucranianos —aconsejó Lenny.

—Y si tienes que matar a alguno más, hazlo durante el horario laboral. Necesito dormir más, y el jefe va a quejarse de todas estas horas extra.

—Lo juro, no me voy a meter en problemas. Esto es una locura. O sea, deben de estar quedándose sin tipos, ¿verdad?

•   •   •

En ese momento, Dyyavola acababa de deshacerse de otro matón tras terminar de golpear a Fedir hasta matarlo frente a sus seis hombres restantes. Los obligó a observar la paliza de una hora hasta que Fedir finalmente dejó de respirar. Apenas sin aliento, Dyyavola se dirigió a los seis sobrevivientes.

—Fedir me falló. Bohdan me falló. Necesito un nuevo líder. ¿Quién está listo para liderar?

Dada la reciente mala suerte de aquellos en posiciones de liderazgo, cinco de ellos se retorcieron nerviosamente y evitaron el contacto visual, pero uno dio un paso al frente con valentía.

—Estoy listo para liderar, Dyyavola.

El ucraniano asintió.

—Muy bien, Kyrylo. Eres muy valiente o muy estúpido. Quizás un poco de los dos —miró con desaprobación a los otros cinco—. Que estas niñitas limpien desastre mientras tú y yo discutimos planes. Te pago por tu valentía. No me decepciones.

Kyrylo asintió hacia sus hombres.

—Asegúrense de que nunca lo encuentren.

Los hombres se pusieron a trabajar sin cuestionamientos, aliviados de obedecer a su nuevo líder.

CAPÍTULO TREINTA Y CUATRO

Tom pasó por la sala de urgencias al día siguiente.

—En serio, amigo, ¿por qué no me llamaste? ¿Qué tal te fue?

—Bien divertido —dije sarcásticamente—. Ese imbécil destrozó mi carro antes de que la policía lo ayudara a suicidarse. Le dio a mi carro trece veces. Es como mi bebé, ¡y le disparó trece veces!

—Bueno, debería agradecer que a mi perro solo le dispararon tres veces.

—¿Cómo está Banshee?

—Mucho mejor. Debería estar en casa pronto. Aún se mueve lento, pero mejora cada día.

—Me alegra escucharlo.

—Entonces, ¿cuál es el siguiente paso, Doc?

—Bueno, le prometí a Skinny Jeans que dejaría de meterme en problemas.

Tom se rió.

—Bueno, ambos sabemos que eso no va a suceder. ¿Dónde te vas a quedar?

—Me mudé con Gina, la terapeuta respiratoria, por un par de días. Tiene una habitación extra en su casa.

Deb intervino: —¿Y esperas que creamos que te estás quedando en esa habitación extra?

—Por supuesto que no. Estoy compartiendo habitación con ella. Quería señalar que ella tiene una habitación extra. De hecho, aunque yo esté ahí, ella sigue teniendo una habitación extra.

Deb volvió al trabajo.

—Tom, no tengo nada. Van a hacer una redada en La U y sus departamentos hoy y probablemente no saquen nada. Han empezado vigilancia en La U para ver si pueden averiguar quién está a cargo. Por ahora, no me voy a meter.

Tom se quedó callado un momento antes de anunciar:

—Tengo una idea.

—Cuatro de las palabras más peligrosas que podrían salir de tu boca. Me voy a arrepentir, pero adelante, suéltala.

—¿Qué tal si buscamos a esa chica, Linda, con la que hablaste en La U la primera noche? Si podemos hablar con ella fuera del club, tal vez esté más dispuesta a compartir algo de información.

Me recosté y pensé en cómo manejar esto. En realidad, era una idea estupenda, pero no quería que Tom lo supiera.

—¿Te refieres a seguirla hasta su casa desde el trabajo y sorprenderla? Podría funcionar siempre que no viva con un grupo de ucranianos. Pues, no hay de otra, así que podría ser nuestra mejor opción —dije, tratando de no revelar lo feliz que me hizo su propuesta.

Tom sonrió.

—Es una idea de poca madre, y lo sabes. Admítelo.

—Concedo que es, de lejos, la mejor idea de una lista de una sola. Vamos esta noche. Llevo mi carro rentado, y no te preocupes, también tengo seguro. Nos vemos a la una en punto.

• • •

Skinny Jeans tenían órdenes de cateo en mano a primera hora de la mañana y fue directo al departamento de Oleksander y Mykta. Vivían en el mismo complejo que Bohdan y, al parecer, habían usado al mismo decorador de interiores. Una vez más, encontraron dos pistolas y algunas drogas, pero no había ni computadoras, ni teléfonos, ni nada de información útil.

El viaje de regreso a La U resultó un poco más interesante. Al presentar la orden, Jane exigió que alguien fuera a buscar a Fedir. Un momento después, un hombre diferente se presentó frente a ella.

—Dije que quería a Fedir. Necesito hablar con el encargado. Ahora, ve a buscarlo.

—Fedir ya no trabaja aquí. Kyrylo está a cargo ahora —respondió el hombre con calma.

Lenny miró a Jane.

—Estuvimos aquí hace dos días, y Fedir estaba a cargo. ¿Dónde demonios está?

—Fedir ya no trabaja aquí. Yo estoy a cargo.

—Sí, entendimos eso la primera vez que lo dijiste. ¿Por qué despidieron a Fedir?

Kyrylo se encogió de hombros.

—Kyrylo no lo sabe. Kyrylo está a cargo ahora.

—No mames. ¿Por qué todos estos tipos hablan de sí mismos en tercera persona? Ya es bastante molesto que no tengan nada que decir.

—Lenny no sabe. Kyrylo está a cargo ahora —respondió Lenny, imitando el tono monótono de los ucranianos, e hizo que Jane sonriera ligeramente.

—Muy bien. Ya conocen el procedimiento. Registren el lugar y entrevisten a todos —anunció Jane.

La búsqueda y las entrevistas fueron más rápidas la segunda vez, y una hora después, Jane y Lenny se reunieron para comparar notas.

—¿Sacaste algo de él? —preguntó Lenny.

Jane respondió en tono monótono ucraniano.

—Kyrylo no sabe. Kyrylo está a cargo ahora —suspiró profundamente—. Por favor, dime que encontraste algo.

Lenny levantó triunfante una bolsa de plástico con un papel dentro.

—Esta pequeña joya cayó detrás del archivador en la oficina principal. Fue un infierno moverlo, pero valió la pena. Es un estado de cuenta de un banco, de una cuenta que no habíamos visto antes. Mira el saldo.

Jane se inclinó para ver el papel mejor y silbó.

—387,000 dólares y un poco extra es un saldo impresionante para este cuchitril de mierda.

—Eso pensé. Los de finanzas deberían poder rastrear este dinero, lo que esperemos nos lleve hasta el pez gordo. Solo el jefe tendría acceso a esa cantidad de efectivo.

—Buen trabajo. ¿Algo más debajo del archivador?

—Tres condones usados y un ratón muerto.

Jane soltó una risa corta.

—Me atrevo a decir que esas cosas no nos van a resolver el caso —volvió a ponerse seria—. Odio este maldito caso. ¿Realmente crees que Fedir se fue?

Lenny lo pensó por un momento.

—Creo que se fue, pero no creo que haya sido voluntario, y sí creo que es permanente. No parece el tipo de lugar donde te despidan y te den finiquito.

—Tal vez lo enviaron de regreso a Ucrania por alguna razón.

—Apuesto a que está muerto y enterrado en algún lugar por aquí. Tipos como él no suelen irse, nunca. Y además, él tenía el mayor factor de riesgo de muerte.

Jane lo miró con curiosidad.

—¿Qué factor de riesgo? ¿Te refieres a trabajar para la mafia ucraniana?

Lenny se rió y cerró su libreta.

—No. Su factor de riesgo fue llamarte una maldita zorra el otro día.

Jane resopló y se levantó de la silla.

—Sí, verdad. Difunde el mensaje de que llamarme zorra es malo para la salud. Vámonos de este lugar.

CAPÍTULO TREINTA Y CINCO

Tom pasó a la una de la mañana, y media hora después compartíamos una vista clara de la entrada de La U desde mi carro rentado de color negro, estacionado en las sombras mirando hacia la carretera. Nos mantuvimos fuera de los límites de las cámaras de vigilancia, y ambos teníamos pistolas al alcance de la mano. Tom, pensando en todo, también había traído una escopeta en caso de que las cosas se pusieran interesantes.

Nos acomodamos para ver a los últimos clientes de la noche tambalearse hasta sus carros.

—Prácticamente hay un 100% de probabilidad de que manejen ebrios al salir de este lugar —señaló Tom.

—Puedo ver por tu indiferencia que te molesta profundamente.

—De hecho, sí me molesta. Cuando todo esto termine, le voy a pedir al Capitán que instale un retén de sobriedad en la calle y arreste a todos estos imbéciles.

—Cuando todo esto acabe, este lugar va a quedar definitivamente cerrado.

—Cierto. Quizás le pida al Capitán que pasemos a quemarlo nosotros mismos hasta los cimientos.

—¿Crees que acepte?

—Puede que sí. Al Capitán le molestan muchas cosas últimamente. Tal vez vea esto como una terapia.

—Y yo que pensaba que la sala de urgencias estaba jodida. Pon atención. Las chicas están saliendo —agregó. Exhaustas, salieron en grupos de dos y tres, probablemente por seguridad, en dirección a sus carros. Después de abrazos y despedidas, algunas se metieron en carros llenos para irse juntas, pero Linda se subió sola a un Toyota plateado usado.

—Vamos, Tom, síguela. Mantén los ojos bien abiertos por si pasa algo inesperado.

Nos incorporamos detrás de ella y la seguimos a una distancia segura. Manejaba a la velocidad límite, y después de unos quince minutos, nos llevó a otro complejo de departamentos de dudosa calidad.

—Quédate en el carro y cúbreme. Yo me le acerco solo. Con ese bigote, te pareces a sus clientes —señaló Tom, haciéndome un gesto con el dedo.

Cuando ella se estacionó, salí rápidamente del carro y me dirigí hacia ella. Necesitaba acercarme lo suficiente para hablarle, pero no tanto como para asustarla. A unos cinco metros de distancia, me notó y se sobresaltó. Metió una mano en su bolso mientras se ponía erguida y miraba alrededor en busca de otras amenazas. Claramente, tenía algo de experiencia con el peligro en la calle.

Me detuve y levanté ambas manos vacías.

—Tranquila, Linda, soy yo, Doc. El tipo que cuidó de Jenny en la sala de urgencias. Solo quiero hablar. Eso es todo, hablar.

Linda se relajó un poco, pero mantuvo la mano en su bolsa.

—¿Qué quieres?

—Solo tengo algunas preguntas sobre Jenny. Estoy trabajando con la policía para averiguar qué le pasó. Ella merece justicia, y quiero asegurarme de que quien hizo esto nunca pueda herir a nadie más. Necesito más información.

Miró a su alrededor con cautela.

—No es seguro hablar aquí. Sígueme. Y nada de tonterías, o serás tú el que visite la sala de urgencias como paciente.

Retrocedí lentamente mientras Linda volvía a su carro y salía a la carretera. La seguimos por unos diez minutos hasta que se detuvo en un IHOP, no el mío, pero lo tomé como una buena señal.

—¿Quién chingados es él? —preguntó, señalando a Tom en el estacionamiento.

—Es un amigo que me está ayudando.

No mencioné que también era policía. Nos miró de arriba a abajo, luego se dirigió hacia la puerta.

—Bonito bigote. Pareces policía con eso. Tú invitas.

Linda parecía agotada después de un largo turno en el club, con el cabello largo encrespado y enredado por la humedad del lugar. Tenía líneas de sudor seco en la cara, y el maquillaje corrido le daba un aspecto de haber llorado.

—Hiciste encabronar a mucha gente esta semana. Podría ganar mucho dinero entregándote a ellos.

—Puede que sí. O puede que termines como Jenny por hablar con el enemigo. Tus jefes no parecen ser las personas más razonables.

—Y tú, ¿qué vas a saber? Son unos monstruos. Todos.

—Entonces, ¿por qué no te vas? ¿Por qué no te subes a tu carro y te alejas? —preguntó Tom.

—Lo he pensado mil veces. Todos los días pienso en ello, pero si huimos, él lastimaría a nuestras familias y a nuestras mejores amigas entre las otras chicas, y no solo con unas cuantas cachetaditas. Cosas sádicas y locas, como en una película de terror. No puedo hacerle eso a mis amigas y a mi familia. Y si te atrapan… —sus ojos aterrados se llenaron de lágrimas.

Estos tipos no eran precisamente genios, pero su brutalidad compensaba su simplicidad. Las chicas no llevaban cadenas, pero estaban efectivamente prisioneras de todos modos.

—Linda, estamos tratando de acabar con estos tipos de una vez por todas. Mataron a Jenny y han venido por mí dos veces, pero ni siquiera sabemos quién está al mando. ¿Quién está dando las órdenes? Mencionaste a Dyyavola el otro día, pero no podemos encontrar evidencia de que siquiera exista.

Se quedó en silencio un momento, jugando nerviosamente con las manos, claramente ansiosa. Finalmente, habló.

—Dyyavola existe. Es el monstruo más grande de todos. Trabaja en la oficina de arriba, y nunca lo vemos en el resto del edificio. No sabemos si tiene alguna salida secreta ahí, pero nunca lo vemos entrar o salir por la puerta principal o trasera. El primer día de trabajo, cada chica tiene que subir a su oficina para una sesión de «capacitación». Y cuando él quiera, puede llamarte de vuelta. No es ninguna experiencia agradable.

No hacían falta más detalles.

—¿Este tipo tiene algún nombre?

—Eso es lo raro. Solo se nos permite llamarlo Dyyavola. Cualquier otra cosa resulta en un castigo. Nadie lo llama por un nombre. Hasta donde sé, nadie sabe su nombre.

Tom me miró y negó con la cabeza. La única información que realmente queríamos de esta reunión era el nombre de ese tipo.

—¿Entonces por qué mató a Jenny? —pregunté.

Esto le provocó una nueva oleada de lágrimas, y Tom y yo comimos unos bocados en silencio mientras ella se recomponía.

—No tiene sentido. Son horribles con nosotras, pero les hacemos ganar mucho dinero. Incluso cuando nos lastiman, se aseguran de que aún podamos trabajar. Y Jenny era una de las especiales que enviaban a proyectos fuera del club. Ella les era muy valiosa.

Tom se inclinó hacia adelante.

—¿Y estos proyectos fuera del club?

—Probablemente la amenazaron para que no dijera nada, pero mencionó que tenía que encontrarse con hombres de negocios, usualmente en un hotel fresa. Se sentía feliz de escapar de las mamadas del club tres o cuatro veces al mes. El resto del tiempo, trabajábamos juntas.

—¿Cuándo fue la última vez que fue a uno de esos viajes? ¿Te contó algún detalle sobre ellos?

—La última vez fue probablemente una semana antes de que muriera. Lo recuerdo porque estaba emocionada por volver al Four

Seasons. Siempre le encantaba ir al Four Seasons.

Tom se inclinó hacia adelante.

—¿Qué día de la semana pasada?

Linda pensó un momento.

—Tal vez martes o miércoles. No estoy segura.

—¿Y sobre el nombre del tipo que conoció? ¿Mencionó algún nombre?

—No, se refería a ellos como «Juan». Evitamos los nombres en nuestro negocio.

Tom se recostó frustrado mientras ella tomaba unos bocados de comida.

—Espera un momento. Sí mencionó el nombre del último tipo, porque le dio mucha risa —pensó por un momento mientras ambos conteníamos la respiración—. Giovanni, eso es. Giovanni el Amante Italiano, así lo llamaba.

—¿Alguna posibilidad de que mencionara un apellido?

—No. Solo Giovanni el Amante Italiano —rió tristemente mientras lo canturreaba para sí misma.

Tom me miró y asintió. Finalmente, una pista que serviría de algo.

—¿Algo más que puedas decirnos sobre Jenny?

—Era especial. Todas las chicas han pasado por momentos difíciles en la vida antes de acabar aquí, y a muchas ya se les fue la esperanza. Pero Jenny era diferente. Era inteligente y siempre optimista, sin importar lo horribles que estuvieran las cosas. Siempre decía que encontraría la manera de sacarnos a todas de ese lugar. Si lo hubiera dicho cualquier otra persona sonaría ridículo, pero cuando ella lo dijo era casi creíble.

—Parece que era especial para mucha gente —dije.

Linda volvió a llorar.

—Ella fue una roca para la mayoría de nosotras. Nos mantenía cuando las cosas se ponían realmente mal. Siempre estaba cuidando a las otras chicas. No estoy segura de cómo vamos a seguir adelante sin ella.

Tom y yo nos miramos.

—Linda, te prometo que vamos a atrapar a estos tipos y a sacar a cada una de ustedes de ese lugar —dijo Tom.

—Eso espero —dijo mientras se levantaba—. Pero tienen que hacerlo sin más ayuda de mi parte. Si me atrapan hablando con ustedes, voy a acabar como Jenny. Buenas noches y buena suerte. Y gracias por el desayuno.

Con eso, se apresuró hacia su carro.

Tom sonrió.

—No tenemos nada sobre el hombre del diablo, pero necesitamos encontrar a Giovanni del Four Seasons de la semana pasada. Quiero saber qué tenían de especial esas reuniones.

—¿Se lo pasamos a Skinny Jeans?

Tom negó con la cabeza enérgicamente.

—No tendrían lo suficiente como para conseguir una orden de cateo para este tipo, pero tú y yo podemos hacerlo en nuestro tiempo libre. Solo tenemos que hackear el sistema y encontrar a este sujeto.

—A menos que hayas tomado algunos cursos en línea que yo no sepa, estamos jodidos. Yo no sé cómo hackear, y tú apenas sabes escribir.

Tom sonrió.

—Conozco a un tipo, y te va a encantar.

—Esto suena especial —dije, dudoso.

—Tenemos que hacer algo pronto para ayudar a esas chicas —señaló Tom.

—Lo vamos a hacer.

Asentí al otro lado de la mesa con determinación esperanzada, pero en el fondo de mi estómago, temía por todas esas chicas.

•   •   •

De vuelta en su carro, Linda comenzó a tener dudas sobre haber hablado con Doc. Más que cualquier otra cosa en el mundo, deseaba que todos esos hombres fueran arrestados y que ella y sus amigas fueran libres de nuevo para empezar de cero. Pero estaba aterrada de lo que le pasaría si Dyyavola descubrió que había estado hablando con alguien. El castigo por romper las reglas era rápido y brutal, pero nada cambiaría a menos que alguien hablara.

Linda lloró sola en su carro al darse cuenta de lo asustada y sola que se sentía. No tenía el valor para seguir adelante sin Jenny, y no sería capaz de enfrentar a Dyyavola si la interrogaba otra vez. Todo dependía de Doc. Si él no podía detener a Dyyavola, acabaría como Jenny. Se le habían acabado las lágrimas cuando llegó de regreso a su departamento.

CAPÍTULO TREINTA Y SEIS

Tom y yo terminamos de pagar, cada uno en silencio con nuestros propios pensamientos, y nos dirigimos de regreso al carro. Tom sacó su celular y abrió su lista de contactos.

—¿A quién llamas a esta hora?

—A Brian Tarson. Es el tipo que nos va a conseguir información sobre Giovanni.

—Sabes que son casi las tres de la mañana, ¿verdad? Quizá deberías esperar a una hora decente para llamar.

—Esta es una hora decente para él —Tom se rió.

—Curiosos horarios de trabajo.

—Oye, Brian es un tipo raro. Es un hacker de 21 años que vive en un almacén remodelado con suficiente equipo informático como para iniciar una pequeña guerra. Es paranoico, tiene TDAH severo y vive de bebidas energéticas, Adderall y comida chatarra. El chico es absolutamente brillante y puede hackear cualquier cosa. El fiscal ha intentado enjuiciarlo varias veces, pero siempre sale libre porque no podemos encontrar a un experto lo suficientemente inteligente para explicar lo que hace.

—¿Y crees que este tipo nos ayude?

—Seguro.

—Debes caerle muy bien.

—No, en realidad odia a casi todos, pero tiene una debilidad por los perros, y desde que conoció a Banshee en uno de sus arrestos, está fascinado con él.

Tom empezó a marcar, pero se detuvo antes de presionar el último número.

—Algunas reglas que necesitas saber. Odia su nombre. Si dices Brian o Tarson, nos cuelga. Tienes que llamarlo «El BT». Si omites el «El», nos cuelga, y no le hagas perder el tiempo. Si le haces perder el tiempo, nos cuelga.

Tom marcó el número, y El BT contestó inmediatamente.

—¿Quién chingados es? Tienes tres segundos.

—Oficial Nocal. Necesito un favor.

—¿Cómo está Banshee?

—Mejorando cada día.

—Bien. Tráelo un día de estos. Estoy listo.

—Four Seasons la semana pasada. Un tipo llamado Giovanni se registró. Necesito su nombre completo y contacto, además de cualquier otra cosa útil que puedas encontrar.

Antes de que Tom terminara de hablar, escuchamos el tecleo rápido en el fondo. Parecía como si tuviera 37 dedos trabajando simultáneamente en cinco teclados.

—Este tipo sí que sabe escribir rápido —murmuré a Tom.

El tecleo se detuvo de inmediato.

—¿Quién está contigo? —preguntó El BT.

—Mi amigo, Doc. Es de confianza. A Banshee le cae bien.

—Está bien.

El tecleo frenético continuó. En menos de un minuto, tuvimos una respuesta.

—Giovanni Romanelli. Fecha de nacimiento: 15 de agosto 1983. ¿Algo más?

Sacudí la cabeza, impresionado por la rapidez con la que había obtenido la información.

—Necesito una foto y datos de contacto.

—Te estoy enviando una foto ahora mismo —dijo, mientras el teléfono de Tom sonaba con un mensaje entrante—. El tipo vive en Dallas, pero viene aquí cada dos semanas. Probablemente por trabajo.

Hubo una breve pausa mientras continuaba escribiendo.

—Definitivamente es por trabajo. Usa una AMEX corporativa para los cargos.

—¿Cuándo es su próxima visita?

—Tienen suerte. Se registró ayer por dos noches. Está en la habitación 528. El junior suite. Le va bien, al parecer.

Se escuchó más tecleo.

—Búscalo en el bar del hotel después de las siete. Usualmente toma unos tragos mientras está aquí. Prefiere un vodka gimlet. Guácala.

—Última cosa. ¿Tiene familia?

Quince segundos después de tecleo, respondió: —Esposa desde hace ocho años y tres hijos menores de cinco años.

Tom levantó el puño en señal de victoria.

—Gracias, El BT. ¿Te debo algo?

—Trae a Banshee. Y también unos Flamin' Hot Cheetos.

Colgó sin decir más. Me di cuenta de que había estado conteniendo la respiración durante la conversación a toda velocidad.

—Ese tipo es intensísimo.

—En realidad, para él fue bastante tranquilo. Deberías verlo cuando realmente se altera.

—¿Cómo demonios consigue toda esa información tan rápido?

—Trató de explicármelo una vez. Dijo que ahora todo está en línea y, por lo tanto, todo está conectado. Si sabes cómo navegar por los túneles virtuales que conectan estos sitios, puedes llegar a cualquier parte de internet. Afirmó que literalmente no hay información conectada a internet a la que eventualmente no pudiera acceder si quisiera. Y le creo.

—Recuérdame borrar todas mis redes sociales cuando llegue a casa.

Tom y yo estudiamos la foto que El BT había enviado. Giovanni Romanelli definitivamente podría clasificarse como un Amante

Italiano. Unos ojos oscuros color café nos miraban desde debajo de una cabellera desordenada de pelo negro azabache. Su mandíbula angulosa y marcada mostraba una barba de unos días, lo suficientemente larga como para parecer accidental, pero lo bastante corta como para ser intencional. Su sonrisa brillaba con una dentadura que uno normalmente vería en anuncios de blanqueamiento dental.

—Buen tipo, con buena pinta —observó Tom.

Tuve que estar de acuerdo.

—¿Quieres que te consiga una cita con él?

Tom se rió en voz alta.

—No, pero tú vas a estar sentado en ese bar esperándolo esta noche.

—¿Cuál es el plan? —pregunté con cautela.

Tom enumeró los puntos con los dedos.

—Sabemos que está aquí por negocios. Sabemos que en su último viaje se reunió con una escort que ahora ha sido asesinada, y sabemos que tiene una esposa a la que ama y tres hijos en casa. Estoy bastante seguro de que si le explicas esas tres cosas de la manera correcta, va a estar más que dispuesto a hablar contigo a cambio de tu silencio.

Asentí mientras lo pensaba. El plan definitivamente podría funcionar.

—De acuerdo. Lo voy a hacer. ¿Tú vienes?

—Para nada. Soy oficial, y si Jane se entera, me va a esposar y llevar a la cárcel ella misma.

—¿Y yo?

—Eres un ciudadano común y corriente entablando una conversación con un increíblemente atractivo italiano en el bar de un hotel. Perfectamente normal.

CAPÍTULO TREINTA Y SIETE

Más tarde esa mañana, Jane trabajaba en su escritorio cuando Lenny llamó a la puerta y entró con una joven muy guapa con pelo castaño.

—Jane, ella es Heather. Heather, ella es la detective Ormund.

Jane se levantó y le ofreció la mano mientras evaluaba a Heather. En sus veintitantos, medía aproximadamente 1.70, con otros ocho centímetros añadidos por sus tacones, que llevaba con una falda negra perfectamente ajustada. Su blusa tenía dos botones desabrochados para resaltar un simple collar de oro. Mantuvo el contacto visual durante su firme apretón de manos. Heather era una joven muy segura de sí misma.

—Por favor, siéntate y llámame Jane.

—Heather está con nuestro equipo de delitos financieros en internet y ha descubierto información interesante del documento que encontramos en La U —explicó Lenny.

—Gracias —comenzó Heather mientras les entregaba una pequeña carpeta a cada uno—. Nuestra evaluación inicial de La U no reveló nada interesante: cuentas comerciales normales con ingresos y pagos de facturas. Esta actividad típica está resumida en la Sección 1 del informe. Pueden revisarla más tarde, pero quiero centrarme en la información de la Sección 2.

Todos abrieron en la página correspondiente mientras Heather continuaba.

—El estado de cuenta bancario solo tenía una cuenta que contenía más de $387,000, mucho más dinero del que este negocio podría generar con actividades normales. El banco es bien conocido por atender a clientes con flujos de efectivo ilegales y ayudarlos a lavar su dinero. Todavía estamos tratando de rastrear al dueño de la cuenta, pero está oculta detrás de una red de entidades en el extranjero y es poco probable que logremos descubrirlo.

Heather contrarrestó la creciente preocupación en el rostro de Jane con una sonrisa tranquilizadora.

—No te preocupes. No podemos rastrear a los dueños, pero sí podemos rastrear el dinero. El dinero debe venir de algún lugar y deja un rastro. Los malos intentan borrarlo lo más que puedan, pero es imposible borrar el rastro por completo. Pudimos seguir el dinero hasta que finalmente encontramos el origen: Bitcoin.

Al notar la confusión de Jane, Heather podría haber dicho que el dinero venía de extraterrestres, elefantes amarillos o gelatina.

—Hablemos por un momento de Bitcoin. ¿Qué sabes de ello? —preguntó Heather.

—Casi nada —admitió Jane.

—No eres la única. Bitcoin fue la primera moneda digital creada en 2009. Es solo digital, lo que significa que existe únicamente en código de computadora, sin monedas o billetes físicos que puedas tener en la mano.

—Eso no suena muy seguro.

—Más seguro de lo que podrías imaginar. La mayoría de nuestras finanzas tradicionales también son virtuales. Cuando transferimos fondos, pagamos con PayPal o Venmo, o usamos tarjetas de crédito, no se mueve dinero físico. Todo se hace de forma virtual. Confiamos en que el dinero que enviamos llegará a su destino, pero la mayoría de nosotros no nos preocupamos por cómo sucede.

Jane asintió pensativa.

—Nunca lo había visto de esa forma.

—La mayoría de la gente no. La diferencia entre Bitcoin y otras monedas digitales es que están descentralizadas, lo que significa que ninguna organización o individuo está a cargo.

—Espera un momento. ¿Cómo puede funcionar si nadie está a cargo? —preguntó Jane.

Heather respondió con su propia pregunta.

—Dime, ¿quién posee y opera el internet? Es el activo más grande y valioso del planeta. ¿Quién está a cargo?

—Nunca lo había pensado —admitió Jane.

—La respuesta es que nadie está a cargo. Es una plataforma descentralizada, y cualquiera que hable el lenguaje común de las computadoras puede añadir contenido al internet o encontrar contenido. Cualquiera puede conectar un servidor al internet y añadir contenido, lo cual es cómo crece. Las personas controlan el acceso a internet, pero nadie controla el internet. Bitcoin es exactamente lo mismo.

—Si nadie está a cargo, ¿cómo nos ayuda saber que el dinero viene de Bitcoin?

—Porque el libro contable digital de cada cuenta es público. Cuando depositas dinero en un banco o en una institución de inversión y haces transacciones, esas transacciones son confidenciales. Cuando compras o intercambias Bitcoin, esa transacción está en un libro contable público que todos pueden ver.

—Entonces, ¿no hay privacidad? —preguntó Jane.

—En realidad, es todo lo contrario. Bitcoin es mucho más privado. Cada cuenta tiene un identificador numérico único que se usa en todas las transacciones y es visible en el libro contable público, pero la identidad del titular de la cuenta es privada. Algunas plataformas exigen que los titulares validen su identidad, pero muchas, especialmente las extranjeras, permiten cuentas anónimas. Literalmente no hay información de identificación adjunta a esas cuentas. Eso significa que quien tenga el número de cuenta y la contraseña controla los fondos.

—¿Entonces si pierdes la contraseña?

—Estás absolutamente jodido. El dinero se pierde para siempre como si nunca hubiera existido. No hay nadie que te ayude a acceder a tu cuenta o recuperar los fondos. Es literalmente lo mismo que prenderle fuego a un montón de dinero en efectivo.

—Ahora que entendemos Bitcoin, ¿por qué no nos cuentas lo bueno? —interrumpió Lenny.

Heather sonrió.

—Lo bueno es que rastreamos este dinero hasta una cuenta de Bitcoin en una plataforma de Europa del Este, y aunque no sabemos la identidad del titular, podemos ver todas las transacciones.

Esta cuenta ha tenido grandes infusiones regulares de depósitos de Bitcoin en los últimos siete años y retiros relativamente mínimos en efectivo. Durante ese tiempo, la cuenta ha crecido hasta aproximadamente 20,000 Bitcoins —dijo Heather emocionada.

Jane preguntó con cautela:

—¿Es mucho?

Heather sacó su teléfono y deslizó la pantalla hasta un nuevo gráfico.

—Bitcoin actualmente se cotiza a unos $60,000 por moneda.

Jane intentó hacer la cuenta en su cabeza.

—¿Eso es 120 millones de dólares?

—Casi, te falta un cero. En realidad son $1,200 millones.

Lenny sonrió ampliamente mientras Jane no podía creer lo que estaba escuchando.

—Déjame asegurarme de que entendí bien. ¿Estás diciendo que la información en el estado de cuenta rastrea el dinero hasta una cuenta con un valor de más de mil millones de dólares?

—Sí, señora, con un 100% de certeza.

Jane se volvió hacia Lenny.

—¿Quién más sabe esto?

—Solo nosotros tres.

—Que se quede así por ahora —dijo, girándose hacia Heather—. Increíble trabajo. Gracias. Sigue monitoreando esas cuentas y avísame si hay algún cambio. Ni una palabra de esto a nadie, por favor. Si se corre la voz, los federales nos roban el caso.

Luego miró a Lenny con una gran sonrisa.

—Vamos a ver si podemos encontrarnos mil millones de dólares.

CAPÍTULO TREINTA Y OCHO

A las siete de esa noche, llegué al valet del Four Seasons en mi carro rentado. No estaba seguro de qué ponerme para mi reunión con un italiano guapo en el bar de un hotel, así que opté por un saco sport, jeans y botas vaqueras. Esa apariencia podía pasar por bien vestido en la mayoría de las situaciones sociales en Texas.

Me dirigí al bar, con su barra de granito dorado enmarcada en caoba. La iluminación sutil, combinada con la madera oscura y la música clásica, creaban un ambiente sofisticado. A medio llenar, parejas y grupos de negocios disfrutaban de comida y bebidas; sus murmullos bajos se mezclaban con los tonos sonoros. Elegí un asiento vacío y esperé a que Giovanni llegara.

La bartender pareció suficientemente impresionada con mi apariencia, aunque no tanto con el Sprite que pedí. En un mundo justo, mi trabajo esa noche sería obtener información de ella en lugar de Giovanni. Hice una nota mental de regresar aquí otra noche para hablar con ella mientras me acomodaba para esperar. Afortunadamente, un partido de la NBA en la televisión ayudaba a pasar el tiempo.

Esperé solo veinte minutos para su llegada. Con la foto de El BT, sabía que tenía al tipo correcto, y sin duda cumplía con el papel de

«Amante Italiano». Llevaba un traje de seda de tres piezas con zapatos negros brillantes. Mientras lo observaba en el espejo, su cabello negro y brillante enmarcaba su piel oscura, que acentuaba su sonrisa perfecta y brillante. Parecía el tipo de persona que tenía un ejército de asistentes solo para pulirlo. Se acomodó en un asiento del bar con gracia. Debía de ser un cliente regular, ya que la bartender le trajo una bebida sin que la pidiera.

A pesar de lo raro que probablemente se veía, tomé mi bebida y me moví dos asientos más cerca para sentarme a su lado. Sorprendido, estudió mi cara, intentando reconocerme. La bartender dejó de limpiar la barra para observar curiosamente. Le extendí la mano.

—Giovanni, ¿verdad? Me llamo Doc. Un placer conocerlo.

Giovanni me extendió la mano y preguntó: —¿Lo conozco?

—No, señor. Tenemos un amigo en común.

—¿Y quién podría ser?

—Una joven llamada Jenny. Creo que usted pasó una noche con ella durante su último viaje aquí.

Su piel oscura palideció y sus ojos se abrieron alarmados. Escaneó el bar, aparentemente evaluando sus opciones. Parecía que estaba a punto de huir. Puse mi brazo firmemente sobre el suyo.

—Relájese, señor, no soy su enemigo. Necesito algo de información. ¿Qué le parece si nos sentamos en una mesa, donde podamos hablar más en privado?

Me miró a los ojos, al borde del pánico, y yo mantuve mi mirada fría. Finalmente asintió una vez, tomó su bebida y me llevó a una mesa en una esquina tranquila. Lo seguí con mi Sprite.

—Explíqueme exactamente quién es y qué quiere.

—Es algo complicado. Soy médico de urgencias y atendí a Jenny por una lesión en la muñeca a principios de esta semana. Más tarde ese mismo día, fue torturada, golpeada hasta la muerte y arrojada en la entrada de mi hospital.

Giovanni se persignó y exclamó: —¡Por supuesto que no creerá que tuve algo que ver con eso!

Levanté las manos.

—No, tenemos una buena idea de quién fue, pero no sabemos por qué, y no tenemos pruebas. Así que estoy rastreando sus movimientos para ver qué podemos aprender.

—¿Cómo logró encontrarme?

—Jenny mencionó que había pasado una noche con usted a una de las otras chicas en su trabajo, y ella me pasó la información.

—¿Quién más sabe de mí y de Jenny?

—Por ahora, solo mi compañero y yo.

—¿Por ahora? ¿Tiene intenciones de compartir esta información?

—Sé que tiene una esposa y tres hijos. Sé que es un pez gordo en su empresa financiera, y sé que se le complicaría la vida si esta información sale a la luz. No quiero complicarle la vida. Solo quiero algo de información, y después me voy para siempre.

Giovanni murmuró algo en italiano entre dientes.

—¿Me da su palabra de que nadie se entera de todo esto?

—Tiene mi palabra.

—Entonces, haga sus preguntas —dijo Giovanni, completamente serio.

—¿Cómo fue que usted conoció a Jenny?

—Hay sitios web donde los ejecutivos que viajan pueden buscar… compañía… mientras están de viaje. Se garantiza que las chicas sean limpias y discretas. Organicé un encuentro con Jenny a través de ese sitio.

Giovanni me habló del sitio web y anoté la información en mi teléfono.

—Entonces, ¿cómo fue?

Él se encogió de hombros.

—La noche fue como suelen ser esas noches. Cenamos bien y luego fuimos a mi suite para las actividades de después de la cena.

—¿Eso fue todo? ¿Solo cena y sexo?

—Eso fue. Cenar y hacer el amor, y se fue en la mañana. No me enteré de sus otras actividades hasta dos días después.

Levanté una ceja.

—¿Otras actividades?

Giovanni se agitó mucho más al hablar.

—No deseo hablar mal de los difuntos —dijo mientras volvía a persignarse—, pero esta mujer... trató de arruinarme la vida. Mientras dormía, hizo algo en mi computadora.

»Cuando regresé a la oficina y me conecté, mi computadora esparció un virus por toda la red. De repente, todos recibimos mensajes de rescate. Querían que pagáramos dos millones de dólares o harían pública toda nuestra información en internet, incluyendo la información personal y de cuentas de todos nuestros clientes, todos los datos financieros de nuestra compañía y correos electrónicos. Todo.

—¿Lo reportó a las autoridades?

—No. Lo dijeron claramente. Cualquier contacto con las autoridades y lo publicarían todo.

—¿Cómo sabe usted que Jenny fue responsable?

—Porque me enviaron un mensaje diciéndome que yo era responsable del hackeo, y que si no convencía a mi empresa de pagar el rescate, harían que todos supieran que fue mi culpa, y se asegurarían de que mi esposa supiera acerca de Jenny. Arruinarían mi vida.

—¿Entonces qué pasó?

Suspiró y negó con la cabeza.

—Pagamos. No había de otra. Si esos datos salían, nos hubiera arruinado y mi matrimonio hubiera terminado.

—¿Cómo se hizo el pago? ¿Alguien dejó una maleta de dinero en un estacionamiento oscuro?

Giovanni mostró esos dientes blancos brillantes.

—Parece que usted ha visto demasiadas películas. Pagamos en Bitcoin, anónimo, instantáneo e imposible de rastrear. A los quince minutos de pagar, el virus se eliminó completamente de nuestro sistema, como si nunca hubiera pasado.

—Lamento revivir los malos recuerdos, pero gracias por contarme. No estoy seguro de cómo encaja todo esto, pero tal vez ayude a detener a esta gente.

—De nada. Supongo que no habrá necesidad de mencionar mi participación en esta tragedia, ¿verdad?

—Para nada. Cuídese, Giovanni.

De vuelta en la barra, cerré mi cuenta. La bartender se acercó con una sonrisa mientras me entregaba la cuenta.

—Parece que no tuviste suerte con tu amigo por allá. Te hubieras quedado en la barra e intentado conmigo —dijo, guiñándome un ojo.

—¿Me creerías si te dijera que solo fue una reunión de negocios?

Ella consideró la idea por un momento y luego sacó una tarjeta de su camisa.

—Podría convencerme. Llámame algún día y lo platicamos más a fondo.

Guardé la tarjeta y me fui. Apenas en el carro, llamé a Tom para contarle la noticia y averiguar nuestro siguiente paso.

—No vas a creer lo que aprendí esta noche —fue mi saludo cuando Tom contestó.

—Déjame adivinar. Aprendiste que te atraen los italianos guapos.

—No, pero admito que está bien guapo. Jenny no solo dormía con estos tipos. Plantó un virus de rescate en su computadora mientras él dormía, y luego alguien chantajeó a su empresa. ¿Quieres adivinar cuánto pagó la empresa de Giovanni para mantener privada su información?

—Ni idea. ¿Cien mil?

—Buen intento. Intenta dos millones de dólares.

Tom exhaló sorprendido.

—No mames. ¿Dos millones de dólares? Necesito empezar a chantajear a algunas empresas.

—Yo también. Escucha, tenemos que informarle esto a Skinny Jeans. Dos millones de dólares es una razón lo suficientemente grande para matar a alguien.

—Sí, tienes razón. Necesitan saber esto. La cuestión es cómo decírselo sin enfrentar consecuencias graves en el trabajo. Me han ordenado mantenerme al margen de esto.

—Se los digo en la mañana y no te menciono.

Tom protestó, pero lo interrumpí.

—No puedes ser parte de esto. Eres un policía que desobedeció una orden directa de tus superiores. Yo nada más soy un ciudadano común y corriente y la otra parte del día soy un idiota. Ella me va a regañar, pero eso será todo.

—Gracias, güey, y buena suerte mañana. Si no vuelvo a hablar contigo, fue un placer conocerte.

—Gracias por el voto de confianza. Buenas noches, Tom.

—Buenas noches, Doc.

Manejé a casa, esperando que la gratitud de Jane superara su enojo.

CAPÍTULO TREINTA Y NUEVE

A la mañana siguiente, llamé a Jane, y me dijo que estuviera en su oficina a las 10 en punto. Llegué a las 9:55 para caerle bien, pero no funcionó. Jane estaba furiosa mientras me llamaba a su oficina y, combinada con el traje negro que llevaba puesto, parecía la Parca en persona.

Lenny, ya sentado, me señaló la otra silla frente al escritorio de Jane.

—Dijiste que tienes información para compartir. Esto sugiere que has seguido investigando este caso a pesar de mi orden explícita de que no te metas. ¿Me equivoco?

Sus ojos fijos y sin parpadear me atravesaron. Tragué saliva.

—Que yo sepa, no.

Se inclinó hacia adelante sobre su escritorio.

—Voy a ser muy clara. Dime todo lo que sabes ahora mismo, o te acuso de obstrucción. Se acabaron las pinches tonterías. Habla.

Tomé una respiración profunda.

—Me reuní con Linda, una de las amigas de Jenny, hace dos noches. La seguí a su casa desde el club, y aceptó reunirse conmigo en el IHOP. —Jane se puso más roja con cada frase—. Hablamos un rato, pero solo tenía un dato útil, que Jenny a veces realizaba trabajos especiales en hoteles de lujo. No sabía por qué esos trabajos eran especiales o por qué elegían a Jenny, pero mencionó a un tipo llamado Giovanni a quien conoció en el Four Seasons la semana antes de morir.

Hice una pausa por un momento mientras los ojos suavizados de Jane se clavaban en mí.

—Usando recursos que prefiero no revelar a detalle, descubrí la identidad del hombre y supe que se estaba quedando en el hotel. Así que anoche esperé en el bar y hablé con el tipo.

Jane exhaló con fuerza, controlando su ira mientras le relataba los detalles de mi conversación con el empresario italiano.

Jane se enderezó en su silla, pero se recostó y preguntó: —¿Estás seguro de que pagó el rescate en Bitcoin?

—Sí. Estoy seguro de que dijo dos millones de dólares en Bitcoin.

—Primero, estoy sumamente enojada contigo. La única razón por la que sales de aquí sin esposas es porque me trajiste información útil, y agradezco que hayas venido con esto. Lo que estoy a punto de decirte es confidencial. Si lo compartes con alguien, incluso con ese tipo Nocal, te disparo personalmente en ambas rodillas. ¿Entendido?

—Sí, señora.

—Descubrimos información financiera que nos llevó a una cuenta con una gran cantidad de Bitcoin, pero no teníamos idea de cómo los ganaron. La parte de la extorsión tiene sentido y explica el origen del dinero. Ahora que conocemos el delito, aún necesitamos identificar al jefe, este tipo demoniaco.

Repasé mi historia y respondí todas sus preguntas con el mayor detalle que pude recordar. Acordaron mantener en secreto el papel de Giovanni por el momento, y logré no mencionar a Tom ni a El BT en la conversación. Finalmente, Jane se levantó, se dirigió hacia mí, rodeando el escritorio, y me miró fijamente.

—En serio, gracias por tu ayuda. Ahora, por favor, vete de aquí y deja de meterte.

—Sí, señora —me apresuré a salir de la oficina, pensando que la reunión había salido bien.

•   •   •

De vuelta en la sala de urgencias para mi turno de la tarde, llamé a Tom entre pacientes para ponerlo al tanto de la reunión con Jane y Lenny.

—Gracias de nuevo. Parece una buena decisión mantener mi nombre fuera de esto —observó.

—Buen trabajo, de todos modos —respondí.

—Escucha, tengo una idea.

—Esas palabras peligrosas de nuevo. Eres el único con ideas peores que las mías.

—Puede ser cierto, pero necesitamos más información, y ahora no tenemos otras pistas. ¿Por qué no pasamos a visitar a los chicos de vigilancia esta noche? Uno de mis amigos está cubriendo el turno nocturno, y puede que suelte la sopa sin que Lenny o Jane se enteren.

—No sé, Tom. Jane estaba buscando una razón para arrestarme, o tal vez dispararme en la pierna, pero está claramente encabronada.

—Vamos, va a ser amigable. Podemos llevarles café y donas. Nos vamos cuando sea mucho más tarde, cuando el club cierre, ya que es el momento más probable para ver algo. Están a una cuadra. Va a ser seguro. ¿Te parece?

—Gina va a estar decepcionada.

—Gina todavía va a estar allí cuando regreses.

—Es cierto, pero de todos modos decepcionada. Termino a la una otra vez esta noche. Ven entonces.

Al colgar, Finn pasó junto a mí con la mano extendida y una sonrisa en su rostro. Deb tímidamente colocó un dólar en su mano, y Finn continuó su camino. Miré a Deb hasta que cedió.

—Él apostó a que matarías a otro ucraniano esta semana. Hace meses que no me ha ganado una sola apuesta. A ti te echo la culpa.

A Deb no le gustaba perder.

CAPÍTULO CUARENTA

Lou contestó la llamada después del almuerzo. No hubo saludo.

—Tenemos un problema. Doc está haciendo preguntas sobre la facturación de la sala de urgencias.

—¿Encontró algo?

—No estoy seguro, pero sí estoy seguro de que es popular por aquí. Todos lo conocen, y sus recientes heroísmos lo han convertido en una especie de estrella. Tenemos que asumir que alguien le va a dar algunos datos.

—¿No hay forma de detenerlo?

—Sin llamar aún más la atención, no creo. Hay que cerrar esto.

—Está bien, sabía que algo así podría pasar. Yo me encargo. Tú solo no llames la atención y sigue trabajando.

•   •   •

Aunque el resto de mi turno fue de rutina, tuve a un niño de ocho años con una barra de hierro de la cerca atravesándole el muslo. Al parecer, sus padres bien inteligentes pensaron que mover el trampolín al rincón del patio contra la cerca con púas les dejaba más espacio para el área de juego.

¿Quién hubiera pensado que los niños rebotando salvajemente en un trampolín justo al lado de las púas podría ser una mala idea? Con un poco de morfina y un buen cirujano se podría arreglar, y de paso tendría una cicatriz que mostraría que fue criado por imbéciles.

Tom llegó mientras completaba mis notas.

—Buen día para ti hoy. Bastante seguro de que aún no has matado a nadie, ¿verdad?

—No, hoy se trató de salvar vidas, o al menos no hacer daño. Ya que son mis impuestos que pagan tu salario, ¿puedo asumir que hiciste algo productivo hoy?

—Absolutamente. Hoy desmantelé una red de ladrones de servilletas en el área de comida del centro comercial. En realidad, un par de ancianas tomaron algunas servilletas de más para llevar a casa, pero llamamos a la policía. Deberían estar encerradas por los próximos diez años —dijo Tom orgulloso.

—Excelente trabajo. Me sorprende que aún no seas el jefe de policía.

Tomamos la camioneta de Tom, ya que pasaría más fácilmente desapercibida. Con la vigilancia instalada en un edificio abandonado a una cuadra, tenían vista a la parte delantera y los lados, y habían colocado algunas cámaras en la parte trasera. Nadie podía entrar o salir sin que ellos lo supieran. Tom llamó antes para avisarles que llevábamos donas, para evitar cualquier drama.

—El oficial Nocal llega con unas donas. Lo primero útil que ha hecho para el departamento en 20 años —anunció el amigo de Tom del Departamento de Policía de Houston.

—Aún más productivo que toda tu vida profesional. Doc, este es el oficial Turner, quien tiene el récord de más años en la fuerza policial sin resolver un solo crimen. Al oficial Turner lo pateó una cabra en la cabeza cuando era joven y ahora le falta un tornillo. Es de chocolate y lo dejamos hacer trabajos importantes como la vigilancia nocturna.

—En parte es cierto —dijo, mientras mordía una dona rellena de mermelada—. Me pateó una cabra en la cabeza, pero pasó cuando intentaba sacar a Tom de encima de la cabra. Al parecer, están atraídas por su bigote, y Tom nunca rechaza una oferta de un animal de granja.

Volvió su atención hacia mí.

—Así que tú eres el famoso Doc que se cargó a cuatro ucranianos esta semana.

—Técnicamente, solo eliminé a dos de ellos. Mi vecino y tus compañeros oficiales se encargaron de los otros dos.

—Bueno, te damos crédito por los cuatro, y si nuestro conteo es correcto, solo quedan seis ucranianos. A este ritmo, deberías tener esto resuelto para la próxima semana.

Los policías eran, si no otra cosa, pragmáticos. Tom y Turner compartieron algunas historias y donas, y luego el oficial Turner compartió el informe.

—No tenemos nada. Llevamos aquí cuatro días, y cada día es igual. Las chicas y los empleados llegan alrededor de las cuatro. Los gorilas llegan la siguiente hora, y para las cinco, los seis ya están adentro. Luego entra un montón de idiotas borrachos y no salen hasta que cierran a las dos. Las chicas se van poco después. El personal y los gorilas apagan las luces y se van de allí a las 2:30. Los gorilas se dirigen a sus departamentos. Aburrido.

—Entonces, ¿no han visto a nadie más entrar o salir? Alguien tiene que estar a cargo del lugar.

—Nada. Solo un montón de pinches perdedores.

—¿Nadie saca nada? El dinero tiene que ir a algún lado —añadió Tom.

Turner se encogió de hombros.

—Observamos. Alguien más tiene que darle sentido a todo esto. Pero te puedo asegurar que nadie que parezca estar a cargo está entrando o saliendo, y nadie se va con dinero, al menos que nosotros podamos ver. A menos que ocurra algo, esta es nuestra última noche.

Nos quedamos en silencio mientras se acercaban las dos de la madrugada y los últimos clientes se arrastraban hacia sus carros. Luego, las chicas salieron y, finalmente, el personal abandonó el edificio.

—Deberían quedar solo los grandotes —dijo. Dos minutos después, las luces se apagaron, y los dos tipos grandes salieron, cerrando la puerta con llave antes de subirse a sus carros respectivamente y marcharse. Tenían las manos vacías.

—Igual que las últimas noches. Ahora viene la parte emocionante donde nos quedamos mirando un edificio vacío y oscuro hasta que llegue nuestro relevo en la mañana. Pueden quedarse si quieren, pero el show terminó por ahora.

Yo era el único que seguía mirando hacia La U, cuando una luz tenue brilló en la parte trasera del almacén de al lado. Solo una luz débil se filtraba por los bordes de una ventana oscurecida. Nunca la hubiera notado de no ser por la oscuridad total del área alrededor. Estaba a punto de mencionarlo cuando parpadeé, y la luz desapareció.

CAPÍTULO CUARENTA Y UNO

Al día siguiente, estabilicé a un tipo que se pasó una sierra circular por el muslo cuando intentaba cortar una tabla apoyándola en su pierna. Otro paciente intentó saltar por encima del convertible de su amigo mientras este pasaba a 50 kilómetros por hora después de ver a alguien hacerlo en YouTube. Me pasó por la cabeza la idea de un patrocinio ortopédico de videos así, ya que, como era de esperarse, tenía el hombro y el fémur rotos. El espectacular video de él siendo atropellado por el carro se había vuelto viral en Instagram. Seguro que nos llevaría más pacientes en el futuro cercano, lo cual me recordó a Lou.

Un saludo de «COLA» del vicepresidente me hizo la tarde. Debí haberle cobrado a Finn un dólar cada vez que lo decía. Ya estaría retirado en alguna playa en lugar de escuchar sus estupideces.

—COLA, y buenas tardes a usted, VP Lou. ¿En qué pueden ayudar los humildes peones de la sala de urgencias al poderoso equipo administrativo hoy?

El idiota sonrió de verdad. Su ego no le permitía imaginar que era solo una burla.

—Doc, ¿hay algún lugar más privado donde podamos hablar?

Deb y yo levantamos las cejas al mismo tiempo, y ella me lanzó una mirada de advertencia, pero yo ya estaba alerta.

—Claro que sí. Vamos a una sala de exámenes vacía —respondí, pensando que se sentiría incómodo en un lugar más pequeño en lugar de su sala de conferencias habitual. Cualquier ventaja importaba. Entramos en la sala de exámenes ocho, y me subí a la cama.

Lou miró alrededor y comentó: —¿Por qué la disposición de los muebles en esta sala es distinta a las demás? —dijo mientras se recargaba en la barra y cruzaba los brazos.

—Bueno, esta es la sala reservada para exámenes ginecológicos. Atendemos muchos casos de enfermedades de transmisión sexual, y esta disposición permite más privacidad durante el examen.

Lou se enderezó y miró de nuevo el mostrador, asegurándose de no tocar nada en la sala.

—Qué bueno saberlo. Me han dicho que tienes preguntas sobre las facturaciones de la sala de urgencias después de nuestra última reunión.

No estaba seguro de lo que sabía, y aún no entendía qué estaba pasando.

—Le comenté a Deb que mostraron una impresionante recuperación en menos de un año. Quiero entender cómo sucedió, para poder felicitar a nuestro equipo.

Lou me miró, como si intentara detectar una mentira. Yo lo miré de vuelta, como si supiera. Se sentía como una película de Clint Eastwood, y lo único que faltaba era una banda sonora para hacer el momento aún más intenso. No estaba seguro de qué esperaba, pero yo tenía todo el día, y no perdería una competencia de miradas con este tonto. Eventualmente, cedió.

—Quiero dejar claro que cualquier pregunta sobre los números de facturación debe dirigirse directamente a mí y solo a mí. ¿Tienes alguna pregunta sobre nuestras prácticas actuales de facturación?

Sonreí y me hice el tonto.

—No, señor, no realmente. Como ya lo tiene bajo control y funcionando tan bien, entonces es una cosa menos de la que preocuparme. A menos que usted lo pida, no me meto en asuntos de facturación. ¿Algo más?

—No, eso ya es todo por hoy. Que tenga una buena tarde.

Esperó a que yo le abriera la puerta, tal vez porque se sentía importante o porque temía contagiarse de clamidia al tocar la manija. Abrí la puerta y moví el brazo con grandilocuencia.

—Por aquí, y que tenga una muy buena tarde, VP Lou.

No le parecieron gustar mis gestos y salió sin decir otra palabra. Hice una nota mental para hablar con Lana sobre esos reportes.

·   ·   ·

Mi turno terminó después de la medianoche, y tenía tres opciones. Podía regresar a una cama cálida con Gina. La opción número dos era el IHOP para una buena comida caliente y luego una cama cálida con Gina, y la tercera opción era hacer algo realmente estúpido. Elegí la tercera opción, claro.

Me acomodé en mi carro rentado, un modelo básico de Mercedes, afortunadamente pintado de negro, y me dirigí a La U. Sabía que la vigilancia había sido retirada más temprano, y tenía una corazonada sobre esa luz en el almacén de al lado, pero no quería alarmar a todos por nada.

Manejé hasta el antiguo almacén abandonado que el equipo de vigilancia había usado y subí al segundo piso. Me senté a esperar. En la tranquilidad de la soledad, tuve tiempo de pensar en lo que estaba haciendo. Podría parecer una locura, pero necesitaba resolver este problema, o jamás podría cruzar la calle sin mirar a ambos lados.

A eso de la 1:45 de la mañana, los últimos rezagados salieron del club, y como de costumbre, las chicas y el personal los siguieron. Finalmente, las luces se apagaron, y los dos gorilas salieron por la puerta principal, la cerraron con llave, y se fueron en sus carros, y La U se quedó oscura y silenciosa.

Si estaba equivocado, no pasaría nada. Si tenía razón, una luz se encendería en el almacén de al lado en un par de minutos.

El tiempo pasaba lento cuando uno estaba sentado en un edificio abandonado en medio de la noche en una zona peligrosa de la ciudad controlada por ucranianos asesinos. Tres minutos después, la misma luz tenue se filtró por una ventana cubierta del almacén de al lado. A veces odiaba tener razón.

Lo inteligente hubiera sido irme y avisar a Skinny Jeans de mis sospechas por la mañana, pero ya estaban enojados conmigo y se pondrían furiosos si descubrieron que andaba merodeando por aquí. Necesitaba estar seguro antes de decir algo, lo cual significaba acercarme.

Había venido preparado en el sentido de que traía ropa oscura, pero ese era el límite de mi plan. Decidí echar un vistazo rápido para confirmar mis sospechas, y luego me iría de ahí.

Bajé rápidamente las escaleras y me dirigí al almacén, donde la luz tenue seguía filtrándose alrededor de una ventana oscura. Me mantuve en las sombras tanto como pude, pero unas doscientas ventanas me miraban desde arriba. Cualquiera sentado ahí podría detectar movimiento, y yo sería un blanco fácil, pero, ¿por qué alguien estaría mirando por la ventana de un almacén abandonado a las 2:30 de la madrugada?

Finalmente me incliné hacia el lado del almacén y descansé un momento. Lo de hacerme el espía era mucho más estresante que trabajar en urgencias. Respiré profundo por la nariz y miré por una ventana. Estaba oscuro, pero sentí la amplitud de un espacio abierto como el que encuentras en cualquier almacén, definitivamente sin luces ni signos de vida.

La habitación iluminada estaba aproximadamente a la mitad del edificio en el segundo piso. Caminé de puntillas lentamente entre los escombros apilados afuera, curioso de cómo llantas viejas, una lavadora y un monitor de computadora terminaron ahí.

Me levanté otra vez para mirar por la ventana oscura. Claramente, esta área tenía un segundo piso arriba, probablemente algún tipo de oficina para el almacén. No pude ver cómo acceder a él desde donde estaba.

Un poco más adelante en el edificio, encontré una puerta rota y decidí que un vistazo rápido adentro sería útil. Entré cuidadosamente y me detuve a escuchar. Oí movimiento arriba, pero no había voces. No quería moverme, temiendo hacer ruido al pisar los escombros en el suelo. Sin algo de luz, probablemente tropezaría con algo y haría suficiente ruido para despertar a los muertos. En mi primera decisión inteligente de la noche, retrocedí y di por terminada la velada. Salí lentamente al frente del edificio y regresé a mi carro. Me apresuré a ir a casa de Gina, mientras hacía una lista mental del equipo que necesitaría para la noche siguiente.

CAPÍTULO CUARENTA Y DOS

Después de un sueño largo y reparador, volví con Lana en contabilidad para revisar mis reportes. Su sonrisa juguetona y un montón de papeles me recibieron.

—Buenas tardes. ¿Son para mí?

—Podría ser. Depende de lo que reciba a cambio.

Disfruto este tipo de negociaciones.

—Estaba pensando que la tarifa justa por un montón de reportes de facturación no autorizados es una cena en Three Forks con filete, langosta, las tortas de papa de cangrejo, vino y postre —le ofrecí con mi sonrisa más tentadora. Ella consideró mi oferta por un momento.

—Acepto la cena, pero el postre es en mi casa.

Esa mujer sabía negociar.

—Trato hecho. ¿El sábado en la noche, como a las siete?

Ella empujó los reportes hacia mí.

—Tenemos un trato. Ahora vete antes de que me metas en problemas.

Agarré los reportes y me apresuré al elevador. Los dejé en mi oficina. El hospital me había asignado un cubículo de tres por tres metros sin ventanas y con una iluminación pésima. No intenté decorarlo, porque hacía todo lo posible por no pasar tiempo ahí. La deprimente habitación tenía solo un cajón con cerradura. Metí los reportes de Lana en él, los cubrí con algunos documentos al azar, cerré el cajón con llave y salí de la oficina.

Me dirigí a la facultad de medicina. Todos los profesores tenían que publicar investigaciones o enseñar para conservar sus puestos. Aunque entendía el valor de la investigación, la idea de hacerla realmente se ubicaba por debajo de caminar descalzo sobre vidrios rotos. Ya había sufrido a través de un proyecto de investigación para completar mis prácticas profesionales y juré no volver a hacerlo.

La facultad de medicina había intentado convencerme de enseñar uno de los temas de siempre, como manejo de vías respiratorias, sepsis o resucitación de fluidos, pero se me ocurrió un curso completamente nuevo sobre los aspectos comerciales de la medicina, que resultó ser bastante popular.

Llegué al auditorio para encontrarme con cincuenta estudiantes jóvenes y ansiosos esperando a que compartiera mi opinión sobre el negocio de la medicina. En realidad, estaban dispersos en pequeños grupos, en su mayoría ignorándome mientras entraba.

Se formaron grupos naturales dependiendo de dónde se sentaran los estudiantes en las clases. Los mejores estudiantes se sentaban al frente y en el centro, tomando notas diligentemente de cada palabra durante toda la hora. Estos futuros doctores tenían las calificaciones más altas y parecían destinados a convertirse en dermatólogos, anestesiólogos u oftalmólogos. Los estudiantes al fondo del salón prestaban atención a las conferencias, pero también evaluaban constantemente todo lo que ocurría en la sala. Los cirujanos de trauma, doctores de urgencias y doctores de cuidados intensivos venían de las filas traseras. En el centro tendían a estar los de medicina interna, pediatría y otras especialidades.

—Muy bien, siéntense y empecemos. La administración me va a descontar de mi cheque si no empezamos a tiempo.

Antes de que pudiera continuar, un estudiante de la primera fila se levantó y dijo:

—Doctor Docker, no pude encontrar las diapositivas de esta clase en línea. ¿Podría repartir una copia para el grupo?

—Primero que nada, llámame Doc. Cualquiera que me llame Doctor Docker se lleva una mala nota. Segundo, no hay diapositivas para esta clase.

Los estudiantes al frente suspiraron con enojo y una mezcla de aplausos y festejos vinieron de los estudiantes al fondo.

—En esta clase, vamos a pensar y a discutir, no a memorizar. Ustedes pasan demasiado tiempo memorizando en la escuela y no lo suficiente pensando. De hecho, pueden cerrar sus computadoras, dejar de tomar notas y pensar en nuestras discusiones, y les irá bien en esta clase.

Los estudiantes en el fondo cerraron sus computadoras con entusiasmo, mientras que los del frente las mantenían abiertas con cautela.

—Empecemos con lo básico. ¿La medicina se trata más del dinero o de la misión?

Un estudiante de la segunda fila intervino: —La medicina tiene que ver con la misión primero, con no hacer daño, prevenir enfermedades y minimizar el dolor y el sufrimiento. Si no estás aquí por la misión primero, estás en esto por las razones equivocadas.

—Muchas gracias. ¿Alguna otra opinión por ahí?

—El dinero va primero —gritó una voz desde el fondo de la sala.

—Dime por qué.

—Principalmente porque necesito pagar todos estos malditos préstamos estudiantiles.

Eso provocó otra tanda de aplausos dispersos.

—Y porque dinero lleva a la misión, y sin dinero no hay misión.

—Sin dinero no hay misión —repetí—. Eso es profundo, joven. Si alguna vez decidiera hacer una diapositiva, pondría eso en la primera. Lamento decepcionar a algunos de ustedes idealistas, pero ese joven al fondo tiene razón. En medicina, el dinero viene antes que la misión. Así que, si quieren tener éxito en medicina, necesitan entender de dónde viene el dinero y hacia dónde va.

—Enfocarse en el dinero en la medicina es malvado —comentó un estudiante indignado.

Se desató un debate. Tal vez mi clase tendría sentido después de todo.

—El dinero no es ni bueno ni malo —dije—. Lo que decides hacer con el dinero es lo que determina si es bueno o malo. El dinero es poder. Cuanto más dinero tengas, más poder tienes para ayudar a las personas o para hacerles daño. Las personas buenas con dinero hacen grandes cosas por la sociedad. Las personas malas con dinero son peligrosas para la sociedad. Si quieres hacer grandes avances en la medicina, necesitas controlar una gran cantidad de dinero.

Observé a la audiencia y vi algo asombroso. Estaban pensando. La mayoría de las conferencias en la facultad de medicina se tratan de entender y memorizar, pero estos médicos en formación realmente estaban pensando.

—Cambiemos de tema. ¿Cuánto dinero se gasta cada año en atención médica en los Estados Unidos? —pregunté.

—¿Tres trillones de dólares? —respondió tímidamente alguien de la clase.

—No está mal. Es más cerca de 3.8 trillones, es decir, casi cuatro mil billones. Eso equivale al 20 por ciento del producto interno bruto de los Estados Unidos. Eso significa que uno de cada cinco dólares gastados en EE. UU. se destina a la atención médica. Volviendo a nuestra ecuación de dinero lleva al poder. ¿Es poderosa la atención médica en EE. UU.? Claro que sí. El gasto en atención médica es uno de los mayores motores de nuestra economía, ciertamente un tema relevante para esta clase.

En ese momento, una puerta se abrió en la parte trasera y una figura entró en el salón. El traje que llevaba eliminaba la posibilidad de que fuera un estudiante, y al acercarse a la luz, reconocí los ojos penetrantes y los movimientos furtivos de mi buen amigo, el VP Lou. No tenía idea de por qué había interrumpido mi clase, pero no podía desperdiciar la oportunidad.

—Clase, ¿cuál es la categoría de gasto en salud que crece más rápido? Les doy una pista. No es un buen uso de fondos.

La multitud gritó respuestas. «Farmacología, investigación, nuevos edificios, nuevas tecnologías».

Los dejé seguir por unos minutos, pero nadie acertó.

—Sorprendentemente y de manera deprimente, la respuesta son los costos administrativos.

Esto provocó un murmullo de desaliento en la audiencia.

—Los costos administrativos representan ahora el 34 por ciento de todos los costos en salud. Uno de cada tres dólares se gasta en administradores. Cada hospital tiene un piso completo de treintañeros con maestrías en administración de negocios que son vicepresidentes de esto o de aquello. La mayoría de ellos no sabe nada sobre medicina, pero son los que toman las decisiones importantes que afectan directamente el cuidado de los pacientes. A lo largo de sus vidas profesionales en el campo médico, seguramente tendrán roces con algunos de estos vicepresidentes.

Lou me lanzó una mirada fulminante, y se la devolví.

—Pero algunos de estos administradores deben ser buenos en su trabajo, ¿no? —preguntó un estudiante en la primera fila.

—Admiro tu optimismo. Claramente, un futuro pediatra. Pues sí, algunos de ellos son útiles y buenos en su trabajo. De hecho, tenemos la suerte de tener a uno aquí entre nosotros hoy. Lou, ¿podría presentarse y explicar su rol a estas mentes jóvenes e impresionables?

Claramente sorprendido, Lou se recompuso mientras la clase lo miraba.

—Gracias. Soy Lou Gallagher, y soy el Vicepresidente de Operaciones Internas y Eficiencia en el Hospital Ben Taub.

—¿Le gustaría venir aquí al frente y explicarles a estos estudiantes impresionables cómo el rol de Vicepresidente de Operaciones Internas y Eficiencia mejora la vida de los proveedores de salud y de los pacientes en el hospital? —lancé el desafío espontáneamente, pero también con curiosidad.

Lou se veía incómodo.

—Aprecio la oferta y me encantaría discutir mi rol con los estudiantes, pero, desafortunadamente, tengo una reunión en breve. Quizás pueda asistir a una futura clase.

—Quizás esa oportunidad esté disponible en el futuro. No lo retenemos más de sus importantes reuniones en el hospital. Lou Gallagher, ahí lo tienen.

Lou esbozó una leve sonrisa ante el aplauso disperso. No apartó la mirada de la mía hasta que se dio la vuelta para salir.

—Muy bien, clase, ¿en dónde estábamos?

CAPÍTULO CUARENTA Y TRES

Me tomó dos días reunir todo lo que necesitaba para mi próxima excursión; tuve que esperar una entrega nocturna de mi pedido en línea. James Bond podría haber tenido a Q, pero yo tenía Amazon.

Salí del trabajo a las diez para poder llegar temprano. Manejé hasta mi edificio abandonado favorito y me quedé sentado en el carro, pensando en lo que estaba a punto de hacer. Todavía podía llamar a Tom o a Skinny Jeans y dejar que ellos se encargaran, pero no estaba seguro de lo que había descubierto, si es que había descubierto algo en absoluto. Además, les tomaría demasiado tiempo recopilar cualquier información, ya que tenían que seguir las reglas. Yo solo echaría un vistazo rápido para reunir información y luego se la daría a ellos.

Con la decisión tomada, agarré mi mochila y me dirigí a mi puesto de observación elegido. A esta hora más temprana, el estacionamiento estaba más lleno de actividad, ocultándome de manera más eficaz. Con todo mi equipo listo, me dirigí al almacén. Cinco minutos después, estaba de regreso en la puerta rota.

Me detuve para ponerme mis gafas de visión nocturna. No creaban luz en realidad, pero aumentaban la luz disponible hasta 20,000 veces. Con solo una pequeña cantidad de luz filtrándose a través de las ventanas, pude distinguir los detalles de la habitación.

El equipo abandonado desde hace mucho tiempo poblaba el área abierta, cubierto de polvo, sin ser molestado por largo tiempo. A mi derecha, el techo del primer piso alcanzaba los doce metros. Directamente al frente, una escalera conducía al segundo piso, donde había visto la luz tenue en noches anteriores. Esta noche, solo la oscuridad y el silencio me recibieron. Permanecí inmóvil durante cinco minutos para asegurarme de que estaba completamente solo en el edificio.

Me moví con cautela hacia las escaleras y noté varias huellas frescas que habían perturbado el polvo. Dejé mis propias huellas y subí las escaleras hasta encontrar una gruesa puerta de acero en la parte superior. Probé la manija, pero estaba cerrada y era sólida. Con el marco de acero, necesitaría explosivos para abrir esta puerta. Desafortunadamente, Amazon no me había traído explosivos. No podía hacer nada.

Volví a bajar las escaleras y seguí las huellas hasta una gran pila de equipo, a unos doce metros de distancia, donde terminaban abruptamente, confirmando mi sospecha de que un túnel conectaba con La U al lado. Ahora, ¿cómo acceder al túnel?

Busqué en vano durante quince minutos, sin encontrar ninguna forma de mover el equipo. Pensé que tenía que ser algo sencillo, dado el desempeño de los ucranianos hasta ahora, pero no logré encontrarlo. Necesitaba saber hacia dónde llevaba ese túnel en La U y por qué las búsquedas anteriores no lo habían encontrado.

Esperé. Tenía aproximadamente tres horas si los patrones establecidos se mantenían. Me moví a otra pila de equipo, a unos nueve metros a la derecha, y encontré un pequeño espacio detrás que me dejó mayormente oculto y me ofrecía una buena línea de visión hacia la entrada del túnel. Entonces, me ajusté para ponerme cómodo, un término relativo al estar sentado sobre equipo oxidado cubierto de capas de suciedad, mugre y quién sabe qué más. Recordé mi clase de microbiología y todos los diferentes tipos de bacterias a los que podría estar expuesto. Luego pensé en mi rotación de enfermedades infecciosas y en qué antibióticos podría necesitar después de esto.

Los sonidos de alguien emergiendo del túnel interrumpieron mis pensamientos. Ni siquiera había escuchado la puerta del túnel abrirse. Asomé la cabeza alrededor del equipo y vi que la entrada del túnel estaba, de hecho, escondida por el equipo, pero se había movido silenciosamente hacia un lado para revelar a un hombre enorme saliendo del túnel. No estaba seguro si las gafas de visión nocturna me hacían ver cosas que no estaban, pero calculé que este tipo hacía que los otros ucranianos parecieran adolescentes delicaditos. Este tenía que ser Dyyavola.

Salió del túnel, bastante ágil para ser un hombre del tamaño de un congelador. Dio unos pasos hacia un tambor oxidado de 55 galones que estaba cerca, levantó la tapa, hizo algo que no pude ver, y el equipo se movió silenciosamente sobre la entrada del túnel. Se resolvió el misterio. A estos tipos no se les daba bien asesinar doctores, pero ciertamente sabían cómo construir una entrada secreta de un túnel.

El gigante subió los escaleras, que sorprendentemente no se colapsaron bajo su peso. En la cima, sacó una llave de su bolsillo, empujó la puerta abierta, la cerró de golpe y aseguró el cerrojo.

Tenía que esperar a que La U se vaciara para entrar al túnel. Me volví a acomodar en mi escondite y pensé en lo que haría cuando lograra entrar.

•   •   •

A las dos y diez, el túnel se movió hacia un lado para dejar salir a cuatro tipos más con linternas. Hablaban en tonos bajos y se reían entre ellos. Uno de ellos llevaba una gran mochila en el hombro. Cerraron el túnel y subieron las escaleras hacia la oficina.

Esperé diez minutos para asegurarme de que nadie más venía y, sin hacer ruido, activé un interruptor sencillo en el tambor de 55 galones. Me apresuré a bajar al túnel, con la esperanza de que el interruptor para cerrar la entrada no estuviera oculto desde el interior, y afortunadamente, no lo estaba. Al fondo de una escalera de tres metros, otro interruptor cerraba la abertura sobre mí. Al menos sabía cómo salir.

El túnel estaba completamente oscuro y no podía ver nada. La amplificación de luz solo funcionaba si había alguna fuente de luz. Saqué una linterna de luz roja y la encendí. La estructura de concreto de dos metros de ancho por dos metros de alto se extendía en línea recta hacia La U. Probablemente en algún momento había llevado servicios entre los edificios, pero ese equipo hacía mucho que había sido retirado. El largo y recto túnel hacía imposible esconderse.

Avancé rápidamente y en silencio. A quince metros, el túnel se bifurcaba en un pasillo más pequeño a la derecha. Apagué mi luz y escuché solo silencio. Esta bifurcación se alejaba de La U, pero quería echar un vistazo rápido. Me quité el equipo de amplificación de luz y encendí mi linterna normal. Incluso apuntando lejos de mí, casi me cegó, ya que había estado en la oscuridad por tanto tiempo. Después de que mis ojos se ajustaron, pude ver un túnel más pequeño que se extendía directo en la distancia. Apagué mi linterna y volví mi atención al túnel principal. Era momento de ver a dónde llevaba.

Me detuve al escuchar un ruido adelante, el correteo y el chillido intermitente de una rata. Me dio un poco de pánico. Odiaba las ratas, y me imaginé lastimado en este túnel, muriendo solo en la oscuridad, rodeado por un ejército de ellas. Mientras las imaginaba mordisqueándome, una rata se me acercó y rozó mi pierna. Grité y salté lo suficiente como para golpearme la cabeza con el techo bajo. Encendí mi linterna y miré a mi alrededor buscando mi ejército imaginario de ratas, pero solo vi una cola que se alejaba en la distancia. Me calmé y avancé.

En menos de un minuto, llegué al final del túnel con otra escalera de acero que subía directamente hacia arriba. Cuando llegué a la cima, me encontré con otro techo vacío con un interruptor conveniente junto a él. Recé para que no hubiera nadie del otro lado, activé el interruptor y la tapa se movió hacia un lado y abrió.

Nadie me apresuró ni me disparó, lo cual era una buena señal, así que subí. Me encontré en una oficina, supuestamente en el piso de arriba de La U. Una estantería, que se había abierto en silencio cuando accioné el interruptor, ocultaba la entrada del túnel. Era el tipo de entrada secreta que se veía en cada episodio de Scooby-Doo, pero tenía que reconocerles el mérito por su habilidad.

Mi corazón aún latía con fuerza tras mi encuentro con la rata mientras avanzaba más dentro de la oficina. Quería hacer una búsqueda rápida y salir. Ya tenía la información sobre el túnel y la ubicación de Dyyavola para entregársela a Jane, pero quería ver si podía encontrar alguna evidencia en el escritorio que ayudara con el caso. Supuse que, cuanto más le diera, menos enojada estaría.

Estaba revisando los cajones del escritorio cuando escuché ruidos provenientes de la entrada abierta del túnel. Mi primer pensamiento fue que la rata regresaba con amigos para atacarme, pero esa idea desapareció rápidamente al oír voces humanas. Corrí hacia la entrada del túnel y vi varios haces de luz de linterna acercándose en mi dirección.

Mi miedo a las ratas rápidamente se transformó en terror hacia los ucranianos. Mi corazón latía con fuerza y el sudor brotaba de mis manos mientras repasaba mis opciones, ninguna de las cuales era buena. Sin forma de cerrar la entrada del túnel y sin manera de cerrar la estantería sin ser visto, las voces, ahora claramente audibles, llegaron a la base de la escalera. Sin opciones, dejé la estantería abierta y corrí hacia el club para encontrar un lugar donde esconderme. Con suerte, tendría buena suerte, y los tipos pensarían que habían dejado la estantería abierta accidentalmente.

Resultó que esa noche no tendría suerte.

CAPÍTULO CUARENTA Y CUATRO

Mientras corría hacia el club, escuché la sorpresa y el enojo en sus voces al descubrir la estantería abierta. Me detuve en el pasillo, donde todavía podía escucharlos, pero fácilmente podía escapar bajando las escaleras. No quería hacer ruido o salir corriendo y activar la alarma.

Se desató una discusión, mitad en inglés y mitad en ucraniano. Seguí el sentido general, ya que se culpaban mutuamente por la estantería abierta. Sin llegar a un consenso, pronto se dieron cuenta de que uno de ellos tendría que informar a Dyyavola, lo que provocó otra discusión, ya que ninguno quería ser el portador de malas noticias. Finalmente, uno de ellos hizo la llamada para informarlo. Debió haber sido mi imaginación, pero estaba seguro de que el edificio temblaba con la furia de Dyyavola. Varios «sí, señor» siguieron a la desconexión de la llamada, que dio lugar a un plan.

—Quiere que revisemos lugar de arriba abajo. Los demás están en camino, pero necesitamos empezar.

Malas noticias. Me había divertido mucho jugando a las escondidillas cuando era niño, pero el que perdía no moría a manos de un gigante psicótico. Con mis gafas de visión nocturna puestas, bajé silenciosamente las escaleras para encontrar un lugar donde esconderme. Las luces me cegaron momentáneamente cuando se encendieron, y pude observar bien mis opciones. Ninguna era ideal. La planta principal estaba bastante abierta, con solo un escenario, una barra y algunos compartimientos y mesas. Corrí hacia la cocina, esperando encontrar más opciones, y tal vez incluso una salida.

Como era de esperarse, la cocina estaba asquerosa. Hice una nota mental para que el inspector de salubridad supiera que debía pasarse por ahí con algunos libros extra de infracciones. El tiempo se evaporó como vapor en verano, y la puerta al exterior estaba encadenada. El jefe de bomberos debería pasarse con su libro de multas también. La bodega de suministros, repleta de basura y comida caducada, no ofrecía espacio. El congelador estaba frío y demasiado lleno. Brevemente consideré el techo, pero al pensar en cómo el Sr. Ramírez se cayó por el techo en la sala de urgencias arruinó esa idea.

Mientras las voces se acercaban, me decidí por el horno de pizzas, de unos seis pies de ancho y dos de alto, probablemente lo suficientemente grande como para que yo pudiera meterme. Abrí la puerta y agradecí no sentir ningún calor residual del servicio anterior. Me arrastré adentro boca abajo, pero rápidamente me di cuenta de que no podría darme la vuelta ahí. Así que salí, me recosté boca arriba y entré nuevamente. Levanté una gran cantidad de polvo y esperaba no estornudar. Finalmente logré meterme por completo, extendí la mano y cerré la puerta en silencio.

La oscuridad era total. No soy propenso a la claustrofobia, pero la combinación de la oscuridad, el frío y el metal sólido que me rodeaba, junto con los ucranianos que me estaban cazando, alimentaron mi ansiedad. Me di cuenta de que estaba hiperventilando y el sudor me corría por la frente mientras imaginaba que bloqueaban la puerta y me cocinaban vivo ahí dentro, o que soltaban ratas conmigo. Mi imaginación se desató, llevándome a un ataque de pánico completo.

No había ninguna diferencia en la oscuridad total, pero cerré los ojos y me concentré en mi respiración. Lento, profundo, inhalando y exhalando por la boca. Nada por la nariz. Me imaginé mi última bajada de esquí en Jackson Hole. Cada giro con un filo perfecto cortando la nieve. Me calmé.

Mi serenidad, ganada a pulso, se hizo añicos cuando dos matones irrumpieron en la cocina, gritándose el uno al otro en una curiosa mezcla de inglés y ucraniano, dejando en claro su opinión sobre la orden de registrar el lugar. Golpeaban y revisaban la cocina, abriendo y cerrando puertas mientras buscaban por todos lados. Mi corazón casi se me salió del pecho cuando uno de ellos golpeó el exterior del horno con una sartén de metal. El eco dentro fue ensordecedor. Resultó que estaba abusando de los utensilios de cocina para desahogar su frustración. Mejor que golpeara la puerta del horno que a mí.

Después de dos minutos larguísimos, salieron de la cocina para continuar con la búsqueda. Me di cuenta de que había estado conteniendo la respiración y tomé aire profundamente por primera vez en lo que parecieron diez minutos. La inhalación de hollín casi me provocó un ataque de tos, pero logré contener el impulso. Volví a concentrarme en mi respiración hasta que se normalizó. Miré mi reloj y vi que apenas eran las 2:53 de la madrugada. De alguna manera, había entrado al túnel hacía solo 12 minutos, definitivamente los doce minutos más largos de mi vida. Supuse que terminarían su búsqueda en unos minutos, pero decidí ser cauteloso y esperar en el horno media hora completa antes de salir.

Los largos 30 minutos me dieron tiempo para pensar en todo lo que me había llevado hasta ahí. Estaba seguro de que el gigante que había visto antes era el jefe que Linda había descrito. Se movía a través de los túneles y nunca se le veía entrar o salir del edificio. También estaba seguro de que la oficina contigua era su base de operaciones y que encontraría mucha evidencia ahí. También esperaba que, una vez bajo custodia, las chicas rompieran su silencio y testificaran contra ese animal despiadado. Necesitaba estar tras las rejas por el asesinato de Jenny y por todos los otros crímenes contra esas mujeres, y probablemente contra muchas otras personas.

Hablando de animales, necesitaba terminar con esa rata, Lou. Algo raro estaba ocurriendo en el área financiera, y me encantaría ser yo quien atrapara a ese cabrón presumido. Me prometí revisar los reportes de facturación más tarde ese día. Debería ver si podía hacer que Lou compartiera una celda con ese gigante loco de al lado. No, ni siquiera Lou merecía ese destino.

Después de 30 minutos, salí con cuidado del horno y observé mi situación. Cubierto de hollín y solo en un club propiedad de un grupo de tipos que querían matarme. No había manera de que pudiera arriesgarme a salir por el túnel, lo cual me dejaba las puertas de enfrente y de atrás. Con la puerta trasera encadenada, tenía que usar la puerta delantera. Pensé que podría correr hacia mi carro y salir del estacionamiento antes de que alguien respondiera a la alarma. Parecía un buen plan. Bueno, era mi única opción.

Me serví un refresco del refrigerador y me preparé para correr. La puerta delantera estaba expuesta, pero cerca de mi carro. Pensé que en esta situación, la velocidad era mejor que la discreción. Giré el cerrojo, luego puse la mano en la barra de empuje. Respiré profundo, empujé la barra y salí corriendo. Enseguida, la alarma comenzó a sonar, pero me lancé hacia mi carro. En 15 segundos crucé el estacionamiento y salí de las luces principales. Otros 15 segundos y llegué al edificio de vigilancia. Giré en la esquina y corrí hacia mi carro con las llaves en la mano. Abrí la puerta, me metí y puse la llave en el encendido. En 20 minutos estaría en casa de Gina, disfrutando de un baño caliente bien merecido, seguido de la cama cálida de Gina.

Una luz brillante me cegó y un disparo rompió mi parabrisas, interrumpiendo mis pensamientos de celebración. Me congelé mientras un ucraniano se acercaba a mi ventana.

—Dyyavola nos dijo que buscáramos carros extra por aquí cuando no te encontramos en club. Dyyavola es listo. Tú eres tonto. Si tienes pistola, tírala suavemente por ventana ahora o mueres.

—Está bien, está bien —dije mientras levantaba las manos en el aire—. Tengo una pistola en mi cadera izquierda, y la voy a soltar y te la voy a dar despacito.

Con la mano izquierda, lentamente busqué mi pistola, mientras que con la derecha marqué rápido a Tom y dejé el teléfono en el suelo. Esperaba que estuviera sobrio, que contestara y que pudiera oírme.

—Aquí tienes —dije mientras lanzaba suavemente mi pistola por la ventana.

El matón sonrió, pero su mala dentadura arruinaba el gesto. Al parecer, La U no ofrecía un buen plan dental.

—Ahora sal del coche despacio —ordenó.

Necesitaba hablar al teléfono mientras aún estaba en el carro, para que Tom pudiera oírme.

—Está bien. No hace falta que me apuntes con el arma. Iré contigo de vuelta a La U o al almacén de al lado o adonde quieras que vaya. Por favor, no dispares. Estoy completamente solo aquí y no tengo refuerzos, así que no quiero problemas.

Salí del carro lentamente, enfrentándome a una muerte violenta. El matón sonrió con desprecio mientras alumbraba mi cara con la linterna.

—No mames. Parece que doctor está metiendo nariz donde no le corresponde. Dyyavola estará muy contento de verte. Date la vuelta y pon manos en carro. Mis amigos vienen a ayudarme en caso de que quieras causar problemas.

Hizo una llamada desde su teléfono celular mientras me viligaba. Mientras esperábamos a sus amigos, intenté pasarle más información a Tom. Solo podía esperar que estuviera despierto y pudiera oírme.

—¿Me llevas de vuelta a La U o al almacén de al lado? No quiero que me disparen. Estoy aquí afuera solo y me voy a quedar callado.

Fingí estar asustado para justificar alzar la voz. Aunque, para ser sincero, el miedo era genuino.

—¿Cuántos más vienen aquí con armas? Espera, espera. No quiero regresar a La U ni ir al almacén al este del club. Déjame ir, por favor. Puedo pagarte.

A lo largo de todo, el ucraniano se reía, ocasionalmente diciéndome que me callara la boca. Finalmente, llegaron otros dos matones y se rieron de que yo estuviera cubierto de hollín. Rápidamente me registraron y me quitaron todo mi equipo antes de llevarme de regreso a la oficina. Nadie preguntó por mi teléfono, que seguía en el suelo del carro con la llamada conectada.

Tom se dio la vuelta para mirar el reloj cuando su teléfono vibró.

—¿Casi las cuatro de la mañana? Más vale que alguien esté malditamente muerto, o juro por Dios que los mato.

Extendió la mano para tomar el teléfono. Le tomó un momento concentrarse y darse cuenta de que estaba escuchando una conversación en una línea abierta. Se había perdido algunas frases, pero estaba claro que alguien tenía una pistola apuntando a Doc en La U. Las voces desaparecieron, pero por si regresaban, dejó la llamada en espera y utilizó otra línea para llamar a Jane.

—Jane, tenemos un problema.

CAPÍTULO CUARENTA Y CINCO

Me llevaron directamente a la oficina en el almacén, subiendo las escaleras y atravesando la puerta de acero. Ahora, con seis de ellos, sabía que resistir sería inútil y solo podía esperar que Tom hubiera escuchado mi mensaje. Pasé por una sala exterior con algunos sofás, una mesa pequeña y una cocina integral. Me empujaron a través de otra puerta de acero hacia una oficina sorprendentemente agradable.

—Dyyavola, mire a quién nos encontramos —dijo uno de los gorilas con tono triunfante detrás de mí.

Dyyavola se levantó y parecía seguir creciendo. El gigante que había visto antes. De cerca, era aún más grande. Fácilmente de casi dos metros, con más de 140 kilos sin rastro de grasa; sus brazos y cuello forzaban la camisa de franela, y sus jeans apenas contenían sus enormes piernas. Sus muñecas eran más gruesas que mis muslos. Probablemente desayunaba un pony entero cada día, con huesos y todo. Sus ojos brillaban con la anticipación de violencia y me atravesaban con la mirada.

—Acérquenlo. Así que tú eres famoso Doc que me causa tantos problemas. Explícame por qué no debería matarte ahora mismo.

No estaba seguro si era una pregunta retórica, pero respondí.

—Porque aún tenemos la oportunidad de conocernos mejor y

hacernos mejores amigos, ¿no?

Aparentemente, fue la respuesta equivocada, ya que su enorme puño se hundió en mi plexo solar, dejándome sin aire. El hombre grande era rápido. Ni siquiera vi venir el golpe.

Mi conocimiento de fisiopatología no me ayudó a respirar. Inmediatamente, empecé a jadear en el suelo como un pez fuera del agua. Por un momento me pregunté si el único golpe había detenido permanentemente mi respiración. Después de lo que parecieron horas, pero probablemente solo fueron 30 segundos, pude tomar respiraciones superficiales. Un minuto después, logré respirar de verdad y me puse de pie de nuevo. El gigante me miraba sin pestañear mientras los otros hombres se reían.

—Amárrenlo a la silla y déjennos solos.

Dos gorilas me tomaron por los brazos, me tiraron en una silla y ataron mis manos con cinchos de plástico a la parte trasera, fuertemente, probablemente una de las pocas cosas que estos idiotas sabían hacer bien. Su trabajo completado, se fueron a freír hormigas con una lupa o a disfrutar de alguna otra crueldad igual de importante.

Solo con Dyyavola, continuó su mirada inquebrantable. Decidí que un enfoque más sutil era necesario. No podría soportar muchos más golpes de esta bestia.

—Te pregunto una vez más. ¿Por qué no te rompo el cuello ahora mismo?

Flexionó los dedos. Estaba seguro de que esas manos masivas podían romperme el cuello sin esfuerzo, y también sabía que el cuello era bastante frágil. Era momento de pensar rápido.

—Primero, la policía sabe que venía a visitarte, y si desaparezco, van a venir a buscarme, y te van a atrapar.

Una carcajada profunda emanó del gigante.

—Policía viene aquí todo el tiempo, y siempre tengo excusa con muchos testigos que dicen que no estoy aquí. Tienes que encontrar mejor excusa, o te rompo el cuello.

Se tronó los dedos, cada uno sonando como un trozo de madera partiéndose. Las monjas de quinto grado me dijeron que nunca era correcto mentir, pero esperaba que entendieran que necesitaba prolongar la conversación para que Tom llegara con los refuerzos.

—Puede que tenga información sobre la chica, y puedo decirte lo que la policía sabe sobre tu operación.

Aparentemente interesado, levantó las cejas.

—Dime qué sabe policía sobre mí.

—Bueno, saben que estás metido en drogas, armas y en prostituir chicas. Tu negocio principal es la trata de personas. Diriges una pandilla de ucranianos que aterroriza a estas chicas y las obliga a trabajar para ti.

Se echó hacia atrás y rugió de risa.

—Tengo cuerpo más grande que tú, cerebro más grande que tú y, lo más importante, huevos más grandes que tú. Policía no sabe nada de mi negocio. Putas, armas y drogas son negocios pequeños. Te digo un secreto. Mi verdadero negocio no es ninguno de esos.

Otra oleada de risa continuó. «Vamos, Tom, por favor aparece», pensé.

—Lo sé. Tu verdadero negocio es la extorsión.

Instantáneamente, su risa cesó, y su enorme masa se lanzó hacia mí. No podía creer lo rápido que este gigante podía moverse. Directamente frente a mí, se inclinó, puso las manos en los brazos de la silla y rugió:
—¿Cómo sabes sobre la extorsión?

A centímetros de mi cara, su aliento rancio me cubrió como una capa, mientras gotas de saliva volaban sobre mi rostro. Este tipo estaba realmente loco, pero yo estaba interesado en su confesión. No estaba seguro de que sobreviviría para contarlo, pero estaba seguro de que me ganaría algo más de tiempo.

—La policía encontró un papel detrás del archivador en la oficina que mostraba un número de cuenta bancaria. Rastrearon esa cuenta hasta otras cuentas, y todas llevaban a una cuenta que contiene una gran cantidad de Bitcoin.

Dyyavola rugió algo ininteligible y golpeó la mesa a mi lado con su enorme puño, haciéndola añicos. Continuó su arrebato de ira, gritando en ucraniano y golpeando varios objetos sólidos a su alrededor, pero, milagrosamente, todavía no me tocaba a mí.

Aproveché su berrinche para trabajar en las bridas que mantenían mis muñecas inmovilizadas. Un amigo policía me había dado una pequeña lima flexible hace unos meses para usarla en la correa de mi reloj, explicándome su utilidad para escapar de las bridas. La había añadido a mi equipo para esta noche en el último minuto. Deslicé la lima flexible de 10 centímetros con el borde dentado de la correa de mi reloj. Con las manos resbaladizas por el sudor, tuve que concentrarme mucho para no dejarla caer. Si caía al suelo, dudaba que el gigante la recogiera y me la devolviera.

Finalmente, liberé la lima y la coloqué sobre una de las bridas para moverla de un lado a otro. No podía generar mucha fuerza, ya que la sostenía entre dos dedos en cada extremo, pero sentía cómo cortaba lentamente la brida con cada movimiento. Despacio y con cuidado.

Dyyavola detuvo su camino de destrucción y se giró hacia mí.

—Me dijiste cómo encontraste cuenta con bitcoin, pero ¿cómo supiste que gano bitcoin por extorsión? —Se acercó a mi silla una vez más—. Dile a Dyyavola ahora cómo sabes de extorsión o te aplasto el ojo.

Colocó un dedo enorme en mi ojo derecho y aplicó una presión lenta y constante. Solo tenía unos segundos para inventar una mentira que explicara cómo sabía sobre la extorsión sin mencionar a Linda. De ninguna manera la traicionaría. Mi voz tartamudeaba mientras respondía lo más lentamente que podía.

—Una empresa financiera informó la semana pasada que sus computadoras habían sido hackeadas y que estaban siendo extorsionados. No querían presentar cargos, porque temían que su información se filtrara. Así que la policía lo mantuvo en silencio, pero lo investigaron. Averiguaron qué computadora había sido infectada primero, y rastrearon los movimientos hasta un tipo que se reunió con una escort en su hotel. Observaron las grabaciones de las cámaras de seguridad y reconocieron a Jenny. Así fue como la policía lo descubrió todo.

Mi historia era pura ficción, pero al parecer lo convenció. Dyyavola liberó la presión sobre mi ojo y reanudó su caminata por la habitación como una bestia enjaulada. Trabajé furiosamente para cortar la brida. Dyyavola se estaba volviendo cada vez más inestable, y necesitaba más tiempo. Tenía que hacer que siguiera hablando.

—Por lo que he escuchado, ustedes han ganado mucho dinero con la extorsión.

Dyyavola se golpeó el pecho mientras hablaba.

—Dyyavola es más listo de todos. He extorsionado durante muchos años y guardado muchos bitcoins. Dyyavola ha acumulado más de 20,000 bitcoins —dijo con un orgullo furioso.

Seguí cortando mis ataduras mientras hacía las cuentas en mi cabeza. Veinte mil bitcoins a $60,000 cada uno eran $1.2 mil millones.

—¡Eres un maldito multimillonario!

Su enorme mano golpeó el escritorio de nuevo.

—Era multimillonario, pero ¡esa maldita zorra me robó la mitad de mis monedas!

Golpeó el escritorio unas cuantas veces más, y, sorprendentemente, aguantó. Obviamente, era un tema sensible, pero necesitaba mantenerlo hablando mientras seguía con las ataduras.

—¿Cómo lo hiciste?

—Dyyavola fue descuidado y cometió error. Subestimé a la zorra. Se metió en mi oficina de club, encontró contraseña y transfirió 10,000 monedas a su cuenta, pero la atrapamos antes de que pudiera salir de la ciudad. Sabía el número de cuenta pero no su nueva contraseña para recuperar las monedas. Empecé a golpearla para que me diera respuesta, y se desmayó y no despertaba. La llevé a hospital para que la salvaras, y tú la cagaste. Murió junto con su contraseña, y ahora no puedo recuperar monedas. Dyyavola te culpa por esto.

Su furia se enfocó nuevamente en mí. No creía que una discusión sobre malformaciones arteriovenosas y mortalidad con estrés se recibiera muy bien, pero necesitaba que siguiera hablando.

—¿Es por eso que tu oficina está ahora en esta habitación?

—¿Te gusta? Paredes de acero, piso de acero, techo de acero. Costó muchas monedas, pero hace falta tanque para entrar aquí. Y nueva computadora es mejor. Contraseña no está escrita, solo en mi gran cerebro.

Necesito contraseña y huella digital para abrir cuenta, y hay que repetir cada 10 minutos o cuenta se cierra. Necesito mi huella para transferir monedas, así que solo yo puedo hacerlo ahora. Mucho más seguro.

Levantó el pulgar, y brevemente me pregunté dónde encontrarías un lector de huellas para ese tamaño de pulgar.

Accedió a su computadora, presionó cuidadosamente su pulgar en el lector, y giró la pantalla hacia mí para mostrar una cuenta de cripto-monedas en una de las plataformas más populares. Bajo «saldo», pude ver que su cartera tenía 10,258 bitcoins, actualmente valuados en aproximadamente $613 millones de dólares. En una esquina, un reloj contaba hacia atrás desde 10 minutos, cuando la sesión cerraría automáticamente si no usaba el lector de huellas nuevamente. Necesitaba más tiempo.

—Eres el primer tipo que conozco que ha ganado mil millones de dólares. ¿Cómo terminaste aquí?

La bestia realmente pareció pensativa por un momento. Supuse que le tomaría un poco de tiempo a sus neuronas comunicarse entre el vasto espacio de esa enorme cabeza. Se recostó contra su escritorio y comenzó a contarme su historia.

—Nací en Ucrania. De joven, soldados vinieron a mi casa. Violaron a mi madre y hermanas, y mataron a toda mi familia. Me rompieron brazos, pero me dejaron vivo para contar mi historia a otros. Solo tenía ocho años en ese momento. Un niño pequeño con brazos de lápiz. Débil. No pude ayudar a mi familia. Solo ver lo que pasaba.

»Un vecino me ayudó a sanar brazos. Entonces decidí hacerme grande y cazar soldados que mataron a mi familia. Trabajé en campo y me hice fuerte. Comí mucho. Me hice grande. A trece años, encontré primer soldado, y una noche que caminaba a casa borracho, lo golpeé hasta la muerte en un callejón. Solo usé estas.

Levantó sus enormes manos.

—Durante próximos dos años, maté a cinco soldados más. Último era el que estaba a cargo. Murió más lentamente que otros. Lo llevé a campo y tardó dos días en morir. No murió como hombre.

»Otros vinieron a buscarme, y fui hacia el Mar Negro. Trabajé en barco y fui a Estambul. Allí encontré trabajo en nuevo barco y fui a Estados Unidos, y comencé nueva vida. Vida antigua se fue. Nombre antiguo se fue. No más familia. No más amigos. Ahora soy Dyyavola. Demasiada charla.

Se levantó abruptamente y tomó un martillo y un cincel de su escritorio.

—Es hora de hacerte una manicura ucraniana.

CAPÍTULO CUARENTA Y SEIS

No estaba particularmente familiarizado con las opciones de manicura alrededor del mundo, pero no parecía que los ucranianos hicieran las cosas como en otros países. Pensé en la pobre Jenny, y su explicación satisfizo mi curiosidad.

—En manicura ucraniana, tomo cincel y lo coloco en dedo meñique, cerca de última articulación y...

¡PUM! Bajó el martillo sobre el cincel, clavándolo como medio centímetro en el escritorio.

—Mucho sangrado, así que tomo metal caliente y lo presiono en herida para detener sangrado. Hago esto en los 10 dedos, luego repito en articulaciones del medio de todos los dedos, y luego en articulación restante del dedo.

¡PUM! El martillo cayó de nuevo.

—Pero pulgar es muy duro, usualmente toma dos golpes. Mi mejor marca es 30 golpes en total para las 28 articulaciones. Quizás contigo logre perfección esta vez. Todo el proceso toma de cuatro a seis horas, dependiendo de cuántas veces te desmayes.

He visto cosas bastante fuertes en urgencias, pero la idea de muñones sangrientos en lugar de manos, incluso si sobreviviera esta tortura, me hizo usar la lima con mucha más rapidez. Las bridas me cortaban la piel mientras las aserraba, pero el miedo que me provocaba el coloso frente a mí superaba el dolor de la lima desgarrando mi piel. Casi había logrado soltar una de las bridas, pero todavía estaba atrapado en una sala de acero con un gigante psicópata sosteniendo un martillo; debía contar con mis limitadas clases de defensa personal, y el sentimiento de derrota ya se colaba en mi mente.

—Ese es día uno. Muchas cosas planeadas para próximos días. Hombre fuerte como tú puede durar semanas, mucho más que prostituta —rió.

Mi lima finalmente cortó la brida. Había estado pensando en mis opciones. Normalmente, iría directo al cuello, pero su grueso cuello me impedía aturdirlo de un solo golpe. Una buena patada en los huevos podría incapacitar a cualquiera temporalmente, pero las probabilidades eran bajas. Un giro leve desviaría mi patada y nos llevaría a un combate uno a uno. Normalmente, me gustaban esas probabilidades, pero mis chances de sobrevivir a una pelea con este monstruo eran prácticamente nulas.

Solo una opción tenía la menor probabilidad de éxito. Normalmente, ni siquiera consideraría intentarlo, pero cuando la alternativa era intentarlo y fallar o esperar una manicura ucraniana, intentarlo no parecía tan mal. Ya había tomado mi decisión; me preparé para mi última jugada. Solo necesitaba que se acercara un poco más. Apelar a su codicia parecía la mejor opción.

Fingí echarme a llorar, lo cual apenas requirió actuar.

—Por favor, no me hagas daño —sollocé—. Hago lo que sea para ayudarte a conseguir el dinero. Lo que sea, solo no me lastimes.

Dyyavola se rió entre dientes.

—Qué decepcionante. No morirás como hombre. Dyyavola no necesita tu ayuda —se rió entre dientes Dyyavola.

Me la jugué toda.

—En serio, hago cualquier cosa. Puedes quedarte con estos papeles que encontré en el departamento de Jenny. Tal vez haya algo en ellos que te ayude a encontrar la contraseña.

Dyyavola giró en su lugar y fijó sus ojos en mí.

—¿Qué papeles?

—Encontré algunos papeles en el departamento de Jenny. Tienen un montón de escritos. Tengo una foto de ellos en mi teléfono, en mi bolsillo trasero. Quizá eso ayude.

Sus ojos se iluminaron de esperanza, y dejó caer el martillo mientras se acercaba ansiosamente a mi silla. Me enderecé, preparé las piernas y repasé mentalmente todo lo que tenía que suceder para que mi plan funcionara. Sólo tenía una oportunidad para salir vivo de esto. Él se inclinó para revisar mis bolsillos.

Mis piernas desataron toda la fuerza que tenían para lanzar mi cuerpo desde la silla como un velocista iniciando una carrera, llamando cada gramo de energía para impulsarme hacia Dyyavola. Eché la cabeza hacia atrás y tensé los músculos del cuello para proyectarla hacia adelante. Mis ojos se fijaron en el puente de la nariz de Dyyavola, pero mi objetivo estaba tres pulgadas detrás de su nariz.

Dyyavola aún se inclinaba hacia adelante para alcanzar el teléfono que imaginaba que estaba en mi bolsillo. Mi cabeza se lanzó hacia adelante. Sincronicé perfectamente el movimiento, y el arco de mi frente se estrelló contra el puente de su nariz. El cráneo era el hueso más fuerte del cuerpo, y un arco era una de las estructuras más resistentes en la naturaleza. La nariz estaba compuesta de delicados huesos y cartílago.

El tremendo impacto resultó en una serie de fracturas, pero ocurrieron tan rápidamente que se combinaron en una sola gran grieta que reverberó por mi cabeza. Su nariz se desmoronó instantáneamente bajo la fuerza del golpe. Mi frente continuó presionando su cara, aplastando su pómulo y el borde orbital. Todo el lado derecho de su mejilla y órbita colapsaron en sus senos nasales, mientras que el arco de mi frente permaneció intacto. Eventualmente, mi impulso se agotó, pero el aplastante daño lo debilitó.

Esperaba al menos dejarlo inconsciente con ese golpe, pero el gigante herido parecía tan aturdido como yo por el impacto. Sin embargo, yo estaba preparado y lleno de adrenalina. El gigante sorprendido no tuvo tiempo para que su propia adrenalina surtiera efecto, y tenía una ventaja momentánea.

Había ensayado el movimiento en mi cabeza repetidamente mientras serraba las bridas. Me lancé bajo su brazo, me levanté detrás de él, barrí sus rodillas, rodeé su garganta con mi brazo y caí hacia atrás. Bloqueé mi brazo derecho firmemente bajo su cuello, enganché mi brazo izquierdo sobre mi muñeca derecha y tiré con toda la fuerza que pude reunir. Los casi 140 kilos de ucraniano loco cayendo sobre mi pecho me dificultaban respirar, pero lo necesitaba en el suelo, donde no pudiera usar su corpulencia contra mí. Me quedé allí tirado en el suelo, con el gigante encima de mí, con mi brazo alrededor de su garganta, apretando como si mi vida dependiera de ello, lo cual así era.

Dyyavola se había recuperado de su sorpresa inicial, y la adrenalina impulsada por su furia comenzó a fluir por su cuerpo. Lo sentí tensarse para un ataque y supe que este era el momento de verdad. Si no podía mantener mi agarre alrededor de su garganta, moriría.

Tensó sus músculos para romper mi agarre, y su ira se transformó en pánico. Mi brazo alrededor de su garganta comprimía sus arterias carótidas en ambos lados, cortando eficazmente el flujo de sangre hacia su cerebro. Incluso un psicópata necesitaba oxígeno en el cerebro para funcionar. Sus esfuerzos rápidamente se debilitaron a medida que su cerebro agotaba el último resto de oxígeno. Finalmente, su cuerpo se quedó inerte.

Si aflojaba el agarre, la sangre volvería a fluir por las arterias carótidas y llegaría a su cerebro otra vez. En unos 30 segundos, él se despertaría, y en un minuto, volvería a estar lúcido, o tan lúcido como podría estar un psicópata.

Agradecido por mi propia ráfaga de adrenalina en pánico, me quedé allí, respirando con dificultad bajo el peso muerto encima de mí y manteniendo la presión en su cuello. No más sangre ni oxígeno volverían jamás a su cerebro. No estaba orgulloso de lo que hacía, pero mantuve esa presión durante al menos cuatro largos minutos, el tiempo que tarda en morir las células cerebrales. Sin señales enviadas al resto del cuerpo, eventualmente todas las células mueren y la sangre deja de circular. Pensé en Jenny y en todo el sufrimiento que él había causado, mientras mantenía la presión y contaba los 240 largos segundos. Exhausto, finalmente lo solté y empujé su cuerpo sin vida fuera de mí.

CAPÍTULO CUARENTA Y SIETE

Mi primer instinto fue asegurarme de haber cerrado con llave la puerta de la oficina. No quería tener que explicarles a seis matones enojados que el jefe había tropezado y muerto. Con los cerrojos de acero en su lugar, finalmente me sentí seguro.

Me dirigí al escritorio para pedir ayuda y noté la pantalla de la computadora, todavía conectada a su cuenta de criptomonedas. El temporizador mostraba tres minutos antes de que terminara su sesión. Recordé que había dicho que nadie podía acceder a las monedas excepto él una vez que se desconectara, y parecía un desperdicio dejar que $613 millones desaparecieran en el aire. Como tenía una cuenta con algo de criptomonedas, abrí la aplicación de transferencias en su cuenta e inicié una transferencia de los 10,258 bitcoins a mi cuenta digital. Ingresé toda la información y presioné transferir cuando quedaban 45 segundos en el reloj, pero en lugar de completar la transferencia, recibí un mensaje de verificación con huella. Miré su cuerpo sin vida al otro lado de la habitación, dándome cuenta de que no podía hacer que el lector de huellas alcanzara su mano, y definitivamente no podía arrastrar su enorme cuerpo hasta la computadora a tiempo.

Frente a mí estaba el juego de herramientas para la manicura ucraniana. Me gustaría decir que dudé, pero el pragmatismo en mí sabía que ya no necesitaría su pulgar. Con la cuenta regresiva casi en cero, agarré el martillo y el cincel y me apresuré a su lado. Coloqué su mano derecha sobre el suelo, puse el cincel en la base de su pulgar y, sin pensarlo más, golpeé el cincel con el martillo con todas mis fuerzas. Aunque él tuviera problemas con los pulgares, yo tenía un mejor entendimiento de anatomía. El pulgar se desprendió de un solo golpe limpio. Lo recogí y volví corriendo a la computadora. Con cinco segundos restantes, presioné el pulgar sobre el lector y esperé el mensaje.

—Identidad verificada. Transferencia completada.

Su cuenta cambió a cero ante mis ojos. Abrí mi cuenta y tuve que actualizar dos veces antes de ver los bitcoins llegar a mi saldo. Incluso después de pagar la tarifa de transferencia de $350,000, aún tenía más de $613 millones en mi cuenta, nada mal para todo el lío que me habían hecho pasar.

No tuve un momento para celebrar mi recién adquirida riqueza, ya que era hora de involucrar a las autoridades. Todavía tenía seis idiotas enojados con armas esperando fuera de mi puerta. Cuando se dieran cuenta de que Dyyavola estaba muerto y que solo tenía nueve dedos y un rostro aplastado, deberían sentirse aliviados, pero podrían reaccionar violentamente de todas formas. ¿Qué hacer con el pulgar? Lo coloqué junto a la mano ensangrentada y me preocuparía por eso después.

Levanté el teléfono del escritorio y llamé a Tom. Antes de poder decir más de su nombre, él gritó en el teléfono: —¿Dónde chingados estás, Doc? Encontramos tu carro. ¿Estás bien? ¿Dónde estás?

Fue la primera vez que notaba a Tom con ese tono de preocupación. Tenía la tentación de gritar y colgarle solo por diversión, pero mi lado adulto se impuso.

—Pues, diles que me vengan a buscar en la oficina de Dyyavola. Estoy sentado en su escritorio llamando desde su teléfono.

—¿Estás loco, cabrón? ¡Sal de ahí! Si te encuentra, te va a matar.

—Eso realmente ya no me preocupa mucho. Está justo frente a mí, pero ya no va a poder lastimar a nadie más.

—No me digas que lo mataste.

—Por el momento, digamos que tuvo una caída… desafortunada.

—O sea, admites que hubo allanamiento y provocación de una caída que llevaron a la presunta muerte. ¿Algún otro delito del que deba preocuparme?

—Hubo una pequeña profanación de un cadáver, y robé seiscientos millones de dólares, pero ahí se acabó.

—¿Qué chingados, Doc? Te dejé solo unas horas nada más.

—¿Qué puedo decir? Uso mi tiempo eficientemente.

De repente, una voz fresca respondió: —Si ustedes dos ya terminaron de perder el tiempo, tal vez puedan darme alguna información útil antes de que decida dispararles a ambos.

Jane ya debía estar cansada de estas llamadas nocturnas.

—Esto es lo que necesitas saber. Estoy encerrado en su oficina, que también es una habitación segura de acero. Está en un almacén al este de La U. La oficina está arriba, pero la puerta principal es de acero sólido, y seis gorilas con armas y una inteligencia limitada la están cuidando. Van a necesitar traer al equipo SWAT y hablar con estos tipos para que se rindan. Yo voy a esperar aquí dentro con el ucraniano muerto. Ay, y dile a algunos agentes del FBI que tengo algo de información aquí que les va a encantar.

—¿Necesitas algo más además de un equipo SWAT y agentes del FBI?

El sarcasmo de Jane me hizo reír un poco, y la tensión se alivió.

—Un poco de ibuprofeno y una bolsa de hielo no estarían mal.

—Vete a la chingada, Doc. Se acabaron los favores. Quédate ahí y mantén esta línea abierta.

—Sí, señora —dije a lo que parecía una línea ya desierta.

Me desplomé en la silla del escritorio, y me di cuenta de cuánto me dolía la cabeza. La adrenalina había enmascarado el dolor inicialmente, pero ahora la adrenalina se disipó y la molestia se intensificó. Toqué suavemente mi frente y detecté la hinchazón ya presente. Pronto tendría un moretón impresionante y dos ojos morados.

Miré alrededor de la oficina. Cinco teléfonos celulares y un teléfono satelital ocupaban un cajón que interesaría a alguien. Unos cuantos fajos de dinero, que parecían sumar unos $70,000 en efectivo, estaban esparcidos en el fondo de un cajón más profundo. Algunas revistas pornográficas ucranianas parecían lo suficientemente usadas como para que decidiera no tocarlas. El cajón inferior contenía un diario de cuero con garabatos a mano que se remontaban al año 2008. Aunque estaba escrito en ucraniano, las notas listaban claramente nombres, fechas y cantidades en dólares. Si tuviera que adivinar, era una lista de todas las víctimas de chantaje acumuladas a lo largo de los años.

·   ·   ·

Un equipo SWAT eventualmente rodeó el lugar. Tom me iba narrando todo el proceso por teléfono. Los matones hicieron un gran despliegue de dureza durante varios minutos, pero después de que llamaron a la oficina para consultar con el jefe, les expliqué amablemente la situación. Golpearon la puerta de acero reforzado durante cinco minutos, intentando derribarla, pero se mantuvo firme, y ni siquiera lograron abollarla. En menos de una hora, se entregaron a los oficiales esperando afuera, probablemente la mejor decisión que habían tomado en un buen tiempo.

Tom finalmente me dijo que era seguro para mí abrir la puerta de la oficina. Estuve tentado de pedirle la palabra secreta, pero me moría de hambre, mi dolor de cabeza había empeorado, y Dyyavola apestaba. Abrí la puerta para encontrarme con cinco oficiales tácticos apuntándome con sus armas. Pasaron rápidamente a mi lado, haciendo una entrada valiente y audaz a una oficina poblada por un tipo amigable y uno muerto.

Jane se acercó, moviendo la cabeza.

—Parece que te dieron una buena paliza —dijo mientras se giraba hacia los otros oficiales en la habitación—. Por favor, anoten que Doc ya estaba golpeado cuando entramos. No quiero que diga que fui yo quien lo golpeó por crear este desastre —dijo mientras examinaba la habitación.

Tenía una inflamación considerable y un hematoma en la frente, y aún estaba cubierto de hollín por esconderme en el horno de pizza. Debí haber parecido un verdadero desastre.

—¿Esto? No es nada. Nomás un pequeño golpe en la cabeza. Deberías ver al otro tipo, un gigante ucraniano con el que choqué accidentalmente.

Rodeamos el escritorio para ver a Dyyavola tirado muerto en el piso, con su pulgar junto a él en un charco de sangre seca y con la mitad de su cara hundida. Su piel ya se había vuelto gris. Sobre el escritorio estaban el diario de cuero, seis teléfonos y algo de dinero ordenado en fajos alineados en fila.

—Parece que atrapaste al hijo de puta —dijo Lenny con tono seco mientras hacía anotaciones en su libreta. Jane se giró hacia Lenny.

—Espero que hayas traído una libreta extra, porque no hay forma de que esta historia quepa en una sola. Escuchen, todos, despejen esta habitación hasta que el equipo de evidencia la procese. Nos vemos en la sala de enfrente para repasar esta historia cuando lleguen los federales. Quiero escuchar esto solamente una vez.

Salimos al área de descanso fuera de la oficina, y me desplomé en un sofá sucio. Tom me trajo dos refrescos. Lo miré con curiosidad, y él dijo: —Uno para beber y otro para ponerte en la frente. Luces más feo de lo normal.

Coloqué uno en mi frente, y el metal frío alivió la piel adolorida.

Unos paramédicos pasaron a revisarme y me dieron el visto bueno, usando el método certificado de apuntar una luz brillante en mis ojos, lo cual no ayudó para nada mi dolor de cabeza, pero finalmente me dieron una dosis de ibuprofeno y paracetamol para calmarlo. Unos minutos más tarde, llegaron los federales.

CAPÍTULO CUARENTA Y OCHO

Mientras hablaba con Tom sobre la recuperación de Banshee, un par de trajes oscuros se acercaron a mí.

—Soy la Agente Especial Keller, y él es el Agente Especial Hixon. ¿Qué demonios está pasando aquí y por qué estoy en esta sucia oficina a las cinco de la mañana?

La Agente Especial Keller, una mujer afroamericana alta, dejaba claro que ella estaba a cargo. El Agente Especial Hixon parecía un agente hecho y derecho, un hombre blanco de alrededor de un metro ochenta de altura que encajaba perfectamente en un traje oscuro con camisa blanca y dientes perfectamente blancos. Probablemente llevaba colonia del FBI, pero decidí no acercarme para confirmarlo.

La actitud severa y sin rodeos de la Agente Especial Keller me recordó a Jane, quien sospechaba que no me tenía mucha simpatía, así que decidí mostrarle todo mi encanto.

—Buenos días, Agente Especial. Me llamo AJ Docker, pero puede llamarme Doc. Puedo explicar todo lo que nos ha llevado hasta aquí.

—No le crean ni una puta palabra —Jane irrumpió en la habitación. Había pasado los últimos 20 minutos en la oficina con el equipo de evidencia—. Es la tercera noche esta semana que mata a un ucraniano.

Te dije que mantuvieras un horario normal de ahora en adelante.

Se dirigió a los agentes del FBI.

—Soy la Detective Ormund. Para que quede claro, esta es mi escena y mi caso. Los invitamos como cortesía por alguna información que Doc descubrió y que podría ser relevante para ustedes, pero, por el momento, son observadores.

Jane fulminó con la mirada a la Agente Especial Keller, cuya expresión permaneció inmutable. Las tensiones eran altas. Aunque la idea de una pelea entre estas dos oficiales me intrigaba, ya había sido una noche larga.

—Tranquilícense todos un momento. Déjenme contar mi historia, y luego pueden resolver sus diferencias.

Jane miró alrededor, incrédula.

—¿Tienes una historia que explique todo esto? Cuantas ganas tengo de escucharla —dijo, mientras Lenny sacaba su libreta.

—Es una larga historia, señora —dije, y comencé a dar un resumen completo de los eventos que llevaron a la masacre. Como los agentes del FBI eran nuevos en el caso, comencé la noche en que Jenny llegó a la sala de urgencias, muerta por una hemorragia cerebral. Les expliqué mi viaje a La U, mi tiroteo con Bohdan y su amigo, la persecución en carro y las consecuencias en la comisaría, así como mis conversaciones con Linda y Giovanni que llevaron a la visita con el equipo de vigilancia hacía un par de noches. En esta parte de la historia, Tom se estremeció bajo la fría mirada de Jane.

—Lo cual nos lleva a esta noche.

Expliqué cómo me había escondido en el almacén, encontrado el túnel oculto y utilizado eso para acceder al club. Describí cómo descubrieron mi presencia y cómo me escondí en el horno de pizza antes de que me capturaran en mi carro, mientras llamaba a Tom para decirle dónde estaba.

—La primera cosa inteligente que hiciste en toda la noche —comentó Jane.

Otros policías se habían reunido para escuchar mientras terminaba mi historia. La amenaza de una «manicura ucraniana» causó una reacción de sorpresa, pero no tanto como la información relacionada con la extorsión y los 1.2 mil millones de dólares en bitcoins. Cuando llegué a la parte de la pelea con Dyyavola y el corte de su pulgar para transferir el dinero, el pequeño grupo me miraba incrédulo, a pesar de que habían visto al ucraniano muerto con solo nueve dedos y media cara. Sus rostros atónitos acentuaban el silencio incómodo.

Finalmente, Lenny habló: —Dijiste que fuiste capaz de remover el pulgar con un solo golpe de martillo y cincel. ¿Es correcto?

—Sí, señor —anotó cuidadosamente en su libreta y miró alrededor de la sala.

La Agente Especial Keller fue la siguiente en encontrar su voz.

—Tengo entendido que le cortaste el pulgar para transferir el dinero antes de que se bloqueara su cuenta, pero omitiste un pequeño detalle. ¿Adónde enviaste el dinero?

Honestamente, había olvidado mencionar adónde fue el dinero. Saqué mi teléfono y abrí mi aplicación.

—Lo envié a mi cuenta, la única a la que tengo acceso. Parece que tengo $614,500,000 en Bitcoin, que ganó alrededor de un millón de dólares en la última hora. El crimen realmente sí deja.

Lenny contuvo una risa, pero los federales parecían a punto de arrojarme a una prisión de máxima seguridad.

—Y si miran ese diario en el escritorio, pueden ver una lista de nombres, fechas y montos. Creo que es información sobre las personas que han sido chantajeadas a lo largo de los años. Mucho de esto está en ucraniano, pero estoy bastante seguro de que es un registro meticuloso de dónde vino todo el dinero.

El Agente Especial Hixon se puso unos guantes y entró en la oficina, regresando en un momento con el diario. Lo hojeó brevemente, luego asintió antes de devolverlo al escritorio.

—Detective Ormund, vamos a necesitar ese libro de cuentas —la Agente Especial Keller avanzó y se colocó justo frente a mi cara—. Y tú, Dr. Don Chingón, nos vas a entregar cada uno de esos bitcoins. Déjame ser clara: si encuentro una sola moneda faltante, te voy a meter en una celda por el resto de tu maldita vida. ¿Me entiendes?

Entendí que había sido un día largo, me dolía la cabeza, las costillas por el golpe del gigante y el peso de su cuerpo cuando cayó sobre mí; me moría de hambre y todavía estaba cubierto de hollín; pero ahora ella me estaba fastidiando.

—Déjeme ser claro yo, Agente Especial. He tenido una semana de mierda. Estos imbéciles han intentado matarme tres veces y casi mataron a Banshee. Tuve una pelea a muerte hace rato con un tipo que me sacaba dos cabezas. Le corté el pulgar y transferí ese dinero a mi cuenta para que estuviera seguro. Si hubiera querido robarlo, no hubiera dicho una palabra, porque ustedes ni siquiera sabían que existía. Lo encontré; lo salvé; y con gusto se los entrego, pero soy de los buenos, así que bájele de huevos.

La Agente Especial Keller retrocedió lentamente con una leve sonrisa.

—Mis disculpas. Ha sido un día largo para todos nosotros —se dirigió a Jane—. La escena es suya, pero la extorsión es jurisdicción federal. Necesito que nos transfieran el libro de cuentas, y me aseguro de que tengan una copia. Yo me encargo de todo para transferir las monedas a las cuentas del FBI. ¿Les parece bien?

Lenny intervino: —Lo procesaremos y lo haremos. ¿Algo más que necesiten?

—Sí, ¿como un pulgar o algunas revistas porno ucranianas? —añadí con ánimo de ayudar.

La Agente Especial Keller esbozó una sonrisa genuina por primera vez en toda la mañana.

—Estoy bastante segura de que los pulgares de gran tamaño y las revistas porno ucranianas caen bajo la jurisdicción local, no federal. Nos retiramos. Ahora vuelvo para que esos bitcoins se transfieran a nuestras cuentas. Mientras tanto, necesito retener tu teléfono hasta que tengamos las monedas en nuestro poder.

Estaba demasiado cansado como para que me importara y le entregué mi teléfono antes de que salieran de la habitación. Skinny Jeans me sonrieron.

—Actúas como si ya hubieras tratado con los federales —dijo Jane.

—Nunca conocí a ninguno, pero usan trajes y son unos idiotas, así que los traté como a un ejecutivo de hospital. Parece que todos los tipos con traje actúan igual.

Esta observación llevó a una ronda de risas que aligeró el ambiente.

Los paramédicos volvieron para echarme otro vistazo rápido, pero como cualquier doctor, ya me había autodiagnosticado: necesitaba descanso, hielo e ibuprofeno. Si el dolor empeoraba, podría subir de nivel a un masaje, vodka y Vicodin. Solo quería irme a casa. Resultaba que, si te secuestraban y golpeaban, si matabas a un extorsionista internacional, si profanabas su cadáver y robabas su dinero, todos parecían tener preguntas, pero al final, no te presentaban cargos.

Los agentes especiales Keller y Hixon volvieron y me entregaron un papelito.

—¿Podría transferir todos los bitcoins de los ucranianos a esta cuenta?

Le pedí a Skinny Jeans que fueran testigos mientras abría mi aplicación y accedía a mi cuenta. Ahí estaba, 10,258 Bitcoins, ahora con un valor de solo 612 millones de dólares. El mercado había bajado un poco en las últimas horas. Ingresé el nuevo número de cuenta e hice que todos lo revisaran dos veces, luego tres. Una vez enviado, no se podría recuperar. Cuando estuvo todo listo, puse mi dedo sobre el botón de enviar. No era mi dinero, y solo lo había tenido en mi cuenta por poco tiempo, pero mentiría si dijera que no lo iba a extrañar.

Me volví hacia la Agente Especial Keller y señalé mi teléfono.

—Si lo quiere, usted lo puede enviar.

Ella presionó el botón decididamente. Y así, las monedas desaparecieron. Pasaron unos momentos nerviosos en los que las monedas no estaban ni en mi cuenta ni en la suya, pero el Agente Hixon estaba al teléfono con la oficina central y, después de unos segundos tensos, asintió y confirmó la recepción del dinero en su cuenta.

Por fin me tocaba volver a casa para bañarme e irme a dormir.

CAPÍTULO CUARENTA Y NUEVE

Houston despertó con el amanecer rosado más hermoso del mundo, presagiando un nuevo comienzo para todas esas chicas traumatizadas. Con mi carro rentado ahora como evidencia, Tom me llevó a casa. Carl me saludó desde el jardín delantero, aparentemente todavía en servicio desde los tiroteos.

—Híjole, Doc. Parece que tuviste mucha acción anoche.

Me alegró genuinamente verlo, y su comentario tan subestimado me hizo sonreír. Llevaba despierto más de 24 horas, mi ropa estaba empapada de hollín, y los moretones se oscurecían en mi frente y alrededor de ambos ojos.

—Me topé con el jefe ucraniano anoche, Carl.

Me miró de arriba abajo otra vez.

—Bueno, espero que le hayas dado mejor de lo que recibiste.

—Me gusta pensar que sí. Puede que parezca basura, pero él está en el congelador del forense esperando a que alguien lo entierre.

Carl negó con la cabeza, asombrado.

—Cualquier historia donde vives para contarla tiene un buen final. Me parece que estás a punto de desplomarte. Definitivamente quiero escuchar la historia, pero ¿por qué no duermes un poco primero?

—Gracias, Carl. Es una historia tremenda, y creo que ya no hace falta que nos preocupemos por ningún ucraniano. Van a estar encerrados un buen rato.

—Está bien, pero siempre estoy al pendiente. Nunca se sabe cuándo el próximo loco acabe en esta calle. Duerme tranquilo, yo me encargo.

Y sabía que lo haría. Entré a mi casa sintiéndome seguro por primera vez en una semana.

• • •

El primer paso de los agentes especiales Hixon y Keller con el libro de cuentas fue encontrar a un agente local que hablara ucraniano, lo cual resultó ser más fácil de lo esperado. Con la ayuda de un traductor, transfirieron toda la información del libro de cuentas a una hoja de cálculo.

Dos horas después, surgieron totales claros. Los ucranianos habían extorsionado más de 97 millones de dólares en los últimos ocho años, pero debido al crecimiento exponencial del valor de Bitcoin, el total había crecido a casi 1.2 mil millones. Podían ver que faltaban 10,000 bitcoins en el total, presumiblemente los que Jenny había robado.

—Nos va a sobrar un montón de dinero, incluso después de rastrear y devolverles el dinero a todas las víctimas —comentó el agente Hixon.

—Es en serio. Podemos darles todos los intereses, y aún quedarían unos cientos de millones —coincidió el agente Keller—, incluso si no encontramos los otros 10,000 bitcoins.

—Asumo que el Director va a querer quedarse con todo lo que sobre.

Keller rió.

—El Director quiere un recibo y una explicación si ordenamos tocino extra en el desayuno. Estoy seguro de que lo que sobró ya está en la cuenta del departamento para financiar algún proyecto especial.

—¿Y qué hay de los otros 10,000 bitcoins que la chica robó? Seiscientos millones compran mucho tocino para el Director.

—El equipo de informática está trabajando en eso. Todas las transacciones son de código abierto, así que pueden ver exactamente cuándo sucedió y adónde fue el dinero. Ya hicieron un poco de magia para averiguar en qué plataforma estaba la cuenta de Jenny. Confían en que tienen el número de cuenta gracias a las notas garabateadas en el diario del ucraniano. Debió haber obtenido esa información antes de que ella muriera, pero no la contraseña. Claramente, el ucraniano no la tenía, o habría transferido el monto de regreso a su cuenta. Así que, por ahora, estamos bien chingados con respecto a las monedas faltantes.

—¿El equipo de informática no puede hackear su contraseña?

—La plataforma tiene una seguridad bastante robusta. Tres intentos, y luego la cuenta se bloquea por 24 horas y necesita ser desbloqueada con un reinicio de contraseña enviado al correo. Tomaría como un millón de años descifrarla a ese ritmo. Tenemos a un equipo investigando su vida y todas sus otras cuentas para ver si podemos dar con alguna pista de su contraseña, pero a menos que tengamos suerte, ese dinero se queda donde está.

—Es difícil creer que 600 millones de dólares puedan estar en esa cuenta en un libro contable público, y que nadie pueda acceder.

—Bienvenido al mundo de las criptomonedas. Dinero descentralizado viviendo en el éter deja de existir, porque nadie puede recuperar una contraseña. Podemos monitorear la cuenta y saber si el dinero se mueve, pero no vamos a tener idea de adónde va. Una vez que sale de esa cuenta, se pierde para siempre.

Hixon suspiró.

—Bueno, voy a intentar tres contraseñas al día. Mejor probabilidad que el Powerball.

—Buena suerte con eso. Yo me quedo con la lotería, es mucho menos trabajo.

• • •

Los seis ucranianos restantes que habían sido detenidos permanecieron bajo custodia sin derecho a fianza, enfrentando cargos de prostitución, extorsión, drogas, armas, y otros cargos adicionales a medida que los equipos de evidencia procesaban las escenas del crimen. Tras las entrevistas con todas las bailarinas en La U, los cargos de agresión sexual ampliaron la lista. A las mujeres se les ofrecieron consejería, rehabilitación, ayuda para reubicación y capacitación laboral, financiado por un fondo de compensación para víctimas. Las cicatrices del abuso nunca desaparecerían por completo, pero ahora tendrían oportunidades para nuevas vidas y para reconectarse con seres queridos que no habían visto en años.

El misterio que quedaba era la identidad de Dyyavola, que yacía en la morgue.

—Dime que tienes algo —exigió Jane cuando Lenny entró en su oficina.

Se sentó en su silla habitual, abrió su libreta con un floreo, hojeó algunas páginas, levantó la vista y declaró: —No tenemos nada. Nadie sabe quién demonios es este tipo.

Jane lo miró incrédula mientras él continuaba.

—No hay huellas en los archivos locales, nacionales ni internacionales. El FBI está revisando sus archivos, pero hasta ahora nada. Nos contactamos con Interpol, pero los primeros resultados no son prometedores. Nadie tiene un expediente de este tipo.

—¿Cómo chingados logró malversar tantos recursos durante tanto tiempo, traficar armas, drogas y mujeres, y nunca nadie se dio cuenta? ¿Cómo es posible eso? —exclamó Jane furiosa.

Lenny reflexionó un momento.

—La mayoría de los criminales son atrapados cuando gastan su dinero de forma ostentosa. Compran mansiones o carros de lujo y llaman la atención. La gente habla, y eventualmente, las autoridades investigan. Este tipo nunca gastó su dinero. Simplemente estaba ahí, creciendo en valor. Incluso sus propios hombres probablemente no tenían idea de cuánto dinero tenía. Lo hubieran matado si lo hubieran sabido.

—¿Y qué hay de esos imbéciles que tenemos detenidos? ¿De verdad se supone que debemos creer que nadie sabe quién es este tipo?

—A todos los han entrevistado varias veces, y las historias coinciden. Cada uno recibió una llamada un día de un tipo que les ofrecía trabajo a buen sueldo. Aceptaron el trabajo y se les dijo que lo llamaran Dyyavola. Nunca habló de su pasado ni mencionó su nombre. Su historial médico y su acento indican que es ucraniano, pero el Departamento de Inmigración y Naturalización no tiene registro de su llegada aquí. Ni tampoco el Departamento de Seguridad Nacional. La mejor información que tenemos es lo que le dijo a Doc, lo cual aún no es suficiente para identificarlo. Este tipo es un pinche fantasma.

Jane negó con la cabeza.

—Un maldito multimillonario ucraniano fantasma y recluso, la historia de fantasmas más aterradora de todos los tiempos. Veremos si alguien reclama su cuerpo en los próximos 90 días. Si no, será el hombre más rico en recibir una tumba sin nombre.

Lenny cerró su libreta.

—Encantado de dar por terminado este caso —guardó la gastada libreta en su bolsillo y sacó una nueva—. ¿Qué sigue?

Jane sonrió.

—Qué bueno que preguntas. Acabamos de recibir una llamada sobre un pandillero baleado en una disputa de drogas. Vámonos —se levantó y agarró su chamarra.

—Por fin, algo fácil —dijo Lenny, y la siguió fuera de la oficina.

CAPÍTULO CINCUENTA

La prensa no se cansaba de mi historia, pero solo por un día. Afortunadamente, un hombre desnudo con un arco y flechas cerró una autopista principal durante dos horas, y mi historia pasó a ser vieja noticia. Había un momento y un lugar para la locura, y este episodio fue perfectamente sincronizado.

Un par de días después, invité a Tom, Lenny y Jane a cenar para agradecerles su ayuda y disculparme por los problemas que había causado. Elegí una pizzería con horno de leña, ya que yo invitaba y había desarrollado una nueva aversión a los hornos de pizza tradicionales.

—Un brindis por la exitosa conclusión de nuestro primer caso juntos —dije, y levanté mi vaso de refresco de limón.

—Y esperemos que sea nuestro último caso juntos —dijo Jane, dirigiéndose a un grupo que estalló en risas—. Toda la pandilla está encerrada sin derecho a fianza. Están aquí por prostitución, drogas, extorsión, agresión y como cómplices de asesinato. Todas las chicas estuvieron dispuestas a testificar a cambio de que no se les imputaran cargos, y de ayuda para rehabilitación y reubicación.

»Los federales están rastreando a cada víctima de extorsión para devolverles su dinero. Va a tomar algo de tiempo, pero los fondos recuperados son 50 veces la cantidad original extorsionada, así que los federales están contentos de tener ese excedente. Incluso hay rumores de una recompensa para ti, algo así como una tarifa de coleccionista.

Dudaba que eso sucediera, ya que debían ser dolorosamente conscientes de lugares mejores para usar esos fondos.

—¿Qué hay del líder? ¿Qué hemos aprendido sobre él?

—Sigue sin identificación. Morquist ni siquiera ha podido identificarlo. Creo que dijo que esta es la autopsia número 283 que hace de alguien sin identificación, pero el primer ucraniano sin identificación.

—También mencionó que fue la persona más pesada sin identificación que ha autopsiado, con 155 kilos —añadió Lenny—. Estaba muy emocionado por los «primeros» de este caso.

—No hay porqué preocuparnos. Mientras no tenga un hermano vengativo buscándome, realmente no me importa cómo se llame. ¿Estamos seguros de que él es quien mató a Jenny?

—Todos confirman que él estaba a cargo de la tortura. Aparentemente, lo de la «manicura» era cosa suya.

Pensé en eso un momento. Me sentí mal por haber matado a alguien, pero al menos maté al tipo correcto.

—Entonces, ¿qué pasa con las 10,000 monedas que robó? ¿Alguna pista sobre eso?

—Los federales tienen el número de cuenta, pero no la contraseña. Están revisando su vida de arriba abajo para descubrirla, pero hasta ahora, nada. Están monitoreando la cuenta, pero el dinero podría perderse para siempre.

—Qué lástima que se desperdicien 600 millones de dólares —comentó Tom.

—Brindamos por eso —dijo Lenny, alzando su vaso—. ¿Cómo está Banshee?

—Cada día más fuerte. Oficialmente retirado del servicio por las lesiones, pero bien. Todavía puede atraparte si se lo propone.

—Le faltan nalgas como para que el perro lo agarre —observó Jane.

Risas, anécdotas y buena pizza llenaron la noche. Era momento de dejar atrás el caso y todo lo relacionado con Ucrania. Me propuse soltar el tema, excepto por el dinero. No podía dejar de pensar que permitir que $600 millones desaparecieran sería un desperdicio doloroso.

•   •   •

Había pospuesto el proyecto de facturación hospitalaria el tiempo suficiente, así que esa noche revisé los reportes: tres años de registros de facturación de emergencias, puntos de valor relativo, códigos de procedimientos médicos y declaraciones de seguros. Estaba bastante seguro de que en el infierno los proyectos nunca terminaban. Perseveré en mi misión autoimpuesta.

Fui al IHOP a relajarme. Los carbohidratos nocturnos eran buenos para calmar pensamientos o al menos para dejar de sentir hambre. Era el único cliente y fui recibido como «Doc Holliday» por Little D y Gladys. El apodo no había pegado en la sala de urgencias, pero pensé que en el IHOP podría ser permanente.

Gladys trajo mi comida y, de manera poco característica, ella y Little D se sentaron frente a mí.

—Bueno, queremos escuchar la verdadera historia en lugar de esa versión diluida en las noticias.

Les di un resumen breve, y escuchaban cada palabra como si fuera oro.

—¿De verdad estrangulaste a ese tipo ucraniano grandote? —preguntó Little D.

—Así es —respondí, mientras mojaba más papas en mi charco de catsup.

—¿Y ese tipo era más grande que yo? Probablemente murió de vergüenza. Yo me moriría de pena si un enano como tú me estrangulara. De ahora en adelante te voy a vigilar, Pequeño Ninja. —

Se levantó de nuestro asiento y se fue a la cocina, moviendo la cabeza.

—¿Así que en serio hay 600 millones de dólares ahí esperando, y quien consiga la contraseña se queda con el dinero? Ojalá hubiera conocido a Jenny. La gente siempre le cuenta secretos a los meseros.

—Quizás todos sus secretos se fueron con ella, y nadie los sabrá nunca.

Gladys se rió.

—Hijo, no sabes nada sobre mujeres. Las mujeres siempre escriben sus cosas en algún lugar. Y si se te olvidan, ¿vas a perder 600 millones de dólares? Te garantizo que ella escribió eso en algún lado. Ese dinero era su boleto a la libertad. Iba a usarlo para empezar una vida nueva. Necesitas buscar mejor. Esa contraseña está por ahí en algún lugar. Y cuando la encuentres, quiero una comisión por haberte ayudado.

—Te prometo que voy a seguir buscando —dije, sonriendo sin mucha esperanza. Terminé mi último bocado, dejé el dinero sobre la mesa y me fui a casa.

CAPÍTULO CINCUENTA Y UNO

Me tomó dos días revisar todos los informes financieros del hospital, pero finalmente encontré un patrón. Después de que los doctores llenaban el expediente de cada paciente, un código numérico que correspondía al diagnóstico del paciente determinaba el total de cargos y cuánto pagaba la compañía de seguro de salud por cada visita. El departamento de facturación revisaba estos códigos para corregir errores, que ocurrían ocasionalmente, y los cargos enviados a la compañía se seguro se ajustaban en consecuencia. En los dos años anteriores, alrededor del 4.3% de los expedientes se habían corregido después de la revisión de facturación.

Hacía aproximadamente nueve meses, ese número aumentó al 38% de los expedientes ajustados, y casi todos incrementaron los cargos a las compañías de seguro. Algunos se cambiaron a niveles de servicio más costosos, pero la mayoría añadía procedimientos y pruebas realizadas en la sala de urgencias. O estábamos realizando una tonelada de pruebas más en urgencias últimamente, o en el pasado habíamos dejado de cobrar por muchas pruebas. Una tercera explicación era que realizábamos el mismo número de pruebas, pero el equipo de facturación había estado añadiendo pruebas y procedimientos ficticios.

El fraude de facturación era una pesadilla para todos los involucrados. Las compañías de seguros privadas demandaban para recuperar los fondos y se rehusaban a hacer negocios con el hospital en el futuro. Para fondos federales como los de Medicare, Medicaid y la Administración de Veteranos, las sanciones eran mucho más graves, incluyendo cargos criminales y multas para los individuos responsables, quienes quedarían prohibidos de trabajar en el sector de salud de por vida.

Dos codificadores en particular, que llevaban aquí solo nueve meses, habían presentado todos los cargos adicionales. Unas llamadas a mis amigos en Recursos Humanos revelaron que ambos habían llegado de un hospital en Luisiana al mismo tiempo que Lou. Lou había mencionado su éxito mejorando las cobranzas en un hospital previo, y su esquema empezaba a tener sentido.

Pero, ¿qué estaba haciendo con el dinero? No había manera de que un tipo como él no estuviera sacando algo para sí mismo, y, por supuesto, tendría que pagar a los codificadores para alterar los expedientes. Era hora de llamar a mi nuevo amigo.

—Tom, ¿cuál es el número de ese chico hacker?

—¿Te refieres a El BT? Supongo que, si estás preguntando, planeas romper unas cuantas leyes —dijo Tom mientras encontraba el número.

—Solo por el bien de la gente, una causa verdaderamente noble.

—Bueno, yo quiero poder negarlo todo, así que no me digas ni una palabra más. Aquí tienes su número.

El BT contestó de inmediato.

—¿Quién carajos es? Tienes tres segundos.

Lo escuché escribiendo en su computadora con la boca llena. Hice una nota mental para conocerlo en persona algún día, para ver si pesaba menos de 40 kilos o más de 200. No podía imaginarme nada en el medio.

—Soy Doc, amigo de Tom, y necesito un favor. Necesito un historial financiero completo.

—¿Para cuándo?

—¿En 24 horas?

—Fácil. Te va a costar $500, pagado en Bitcoin o Ether. Mándame lo que tengas a mi correo.

—Está bien, ¿necesitas mis datos de contacto?

El BT se rió.

—Tengo tu número de celular. En dos minutos tendré toda tu información, incluyendo tus notas de biología del segundo año.

—Te ahorro tiempo. Saqué diez.

—Felicidades, pero parece que te sacaste seis en cálculo.

Colgó. Le envié toda la información que tenía sobre Lou, transferí $500 desde mi cuenta de criptomonedas y me fui a dormir.

Me desperté con una respuesta de El BT. Al parecer, no iba a tardar todo el día para algo tan sencillo. El correo contenía una lista de todas las cuentas de Lou, sus historiales y sus bienes. No me tomó ni un momento darme cuenta de que Lou estaba viviendo a lo grande. Hacía tres años empezó a gastar dinero en cosas de alto costo, incluyendo tres autos de lujo, una segunda casa y un barco, y todo lo había pagado con cheques bancarios. Su barco, el Louey Lou, medía casi trece metros de largo y había costado varios millones de dólares. No había forma de que pudiera costear todo eso con el sueldo de un vicepresidente de hospital. Debería ir a la cárcel solo por ponerle un nombre tan estúpido a su barco. Ahora tenía que descubrir cómo atraparlo.

•   •   •

Esa noche fui a IHOP otra vez, mucho más fácil que preparar comida en casa y limpiar después. Gladys me saludó.

—¿Todavía no encuentras ese tesoro?

—No, y ahora tengo otro problema.

Le expliqué la situación con Lou.

—Esos gringos con sus problemas de gringos. Ese tipo definitivamente necesita ir a la cárcel y aprender algunos modales. No me digas que vas a rendirte con esos 600 millones, ¿verdad? —me acusó.

—Gladys, siendo honesto, me he quedado sin ideas. Creo que ese dinero está perdido —admití.

—Pues ese dinero no va a saltar a tus brazos. Tienes que ganártelo.

Eres listo. Piensa y encuentra la solución.

Me estaba tomando mi jugo de naranja, mientras pensaba que debía tratar esto como un caso médico complicado en la sala de urgencias. Saqué mi teléfono y revisé todas las notas y fotos que había acumulado sobre Jenny en las últimas semanas. La última foto mostraba el tatuaje en su brazo que había iniciado este caso. Dejé el teléfono a un lado mientras llegaba mi comida, con la foto aún en pantalla. Al terminar mi sándwich de queso a la parrilla, me cayó el veinte.

—¡A huevo! —grité.

Todo el restaurante enmudeció y me miraron. Little D salió de detrás del mostrador para ver qué estaba pasando. Gladys se apresuró.

—¿Estás bien, Doc?

Me levanté y le planté un beso en los labios.

—Soy un genio, y tú también, guapa. Me tengo que ir.

Salí corriendo sin recordar pagar mi comida. Normalmente, ese comportamiento merecía una visita de Little D en el estacionamiento, pero atónito, me dejó ir. Subí a mi carro y salí del estacionamiento.

CAPÍTULO CINCUENTA Y DOS

Golpeé la puerta de Tom 20 minutos después. No lo había llamado, porque sabía que me hubiera dicho que no fuera. Un Tom cansado, molesto y desaliñado finalmente cedió para recibirme, junto con un Banshee sano, feliz y elegante.

—En serio, dame una maldita razón para no dispararte en la pierna ahora mismo y darle tu cuerpo a mi perro.

—Dame cinco minutos y te doy 600 millones de razones para no dispararme en la pierna.

Me metí a la casa y Banshee me siguió buscando que lo acariciara. Se fortalecía cada día y casi estaba completamente recuperado. Tom se despertó rápidamente.

—No puede ser. Dime que encontraste la contraseña.

—Lo descubrí. En realidad, estuvo allí todo el tiempo. La brillante chica la escondió a plena vista.

—¿De qué demonios hablas?

—El tatuaje en su brazo, de la hechicera lanzando un hechizo, ¿recuerdas? Anne dijo que Jenny era meticulosa con la hechicera, pero quería que Anne eligiera la combinación de letras y números al azar, y Jenny me dijo que todos sus sueños se harían realidad con ese hechizo.

—Idiota. Nunca me dijo eso a mí. Solo te lo dijo a ti.

—Tal vez por eso soy el único que lo descubrió. Saca el informe. Su número de cuenta está allí.

Tom hojeó un cuaderno para encontrar el informe mientras yo ingresaba a la plataforma de criptomonedas. Desenterró el número de cuenta y yo lo ingresé. Abrí mi teléfono, revisé mis fotos y amplié la imagen del tatuaje. Lentamente ingresé los números y letras: 7Gbo4sM1hJd99.

Contuvimos la respiración mientras presionaba el botón.

«Contraseña incorrecta. Inténtalo de nuevo».

Miré la pantalla incrédulo. Estaba tan seguro de que lo había descifrado. Me acerqué a la ventana.

—No puede ser que me haya equivocado. Esa tiene que ser la contraseña.

Tom tecleó en el teclado, presionó el botón, y una sonrisa de pura felicidad iluminó su rostro. Giró la computadora hacia mí.

—Oye, idiota, tienes que ingresarla al revés.

La computadora mostró un saldo de cuenta de 10,000 monedas y $610 millones.

—¿Crees que por fin me asciendan?

—¿Ascenderte? ¡Podrías comprar toda la maldita ciudad si quieres!

Comenzamos a gritar como si hubiéramos ganado un campeonato nacional de futbol universitario. Tom abrió una botella de bourbon y yo destapé una lata de Sprite. Banshee agitaba un nuevo juguete para unirse a la celebración. Eventualmente, nos calmamos, aunque el bourbon continuó fluyendo constantemente hacia Tom.

—¿Crees que deberíamos llamar a los federales ahora? —pregunté.

Tom dijo: —Podemos llamar a los federales en la mañana y darles la contraseña. Déjalos dormir por ahora.

—Que se vayan a la chingada los federales. Tengo una mejor idea.

Ingresé mi número de cuenta y transferí 9,999 monedas, dejando solo un Bitcoin en la cuenta. Tom se rió a carcajadas, y poco después nos quedamos dormidos, él por el bourbon y yo de puro agotamiento.

•   •   •

En un cubículo estéril en las oficinas centrales del FBI, un agente junior en el turno nocturno recibió una notificación emergente en su pantalla, lo más emocionante que había sucedido en sus últimos tres turnos. Una cuenta de criptomonedas monitoreada, una de muchas, mostraba una transacción grande. Más de $600 millones se habían transferido fuera de la cuenta. Había una nota que indicaba notificar al Agente Especial Keller inmediatamente en caso de cualquier actividad en esta cuenta. Miró el reloj: 2:20 de la mañana.

Suspiró y llamó, y una somnolienta Agente Keller contestó cuando había sonado cinco veces.

—Oye, a esta hora, ¿qué pedo? Ojalá valga la pena.

No le gustaba que la despertaran a estas horas de la madrugada.

—Habla el Agente Cummings en el turno de noche para notificarle que una de sus cuentas marcadas transfirió 9,999 bitcoins a una cuenta desconocida.

Normalmente, notificaciones tan tardías resultaban en un «gracias» y el agente volvía a dormir. Esta vez no. De repente alerta, la Agente Especial Keller exigió: —¿Puede repetir el total y de qué cuenta salieron esos bitcoins?

Cummings cumplió, y Keller ordenó: —Empieza a tomar notas. Necesito que el equipo que trabajaba en el caso ucraniano sea notificado de inmediato. Todos deben estar en la oficina y preparados para dar un informe en una hora. Notifica también al equipo de ciberseguridad. Solo rastreo, que no lo despierten, pero asegúrense de que el Director sea informado de esto a primera hora de la mañana. ¿Alguna pregunta?

—No, señora —balbuceó el Agente Cummings.

—Ponte a trabajar y no ocupes el teléfono. Hay otras personas a las que tengo que llamar.

•   •   •

Una hora después, la Agente Especial Keller estaba frente a su equipo. La adrenalina y el café les habían dado energía, pero la frustración flotaba en el aire como humo tóxico.

—Hablen, gente. ¿Qué tenemos?

Un agente senior de la división cibernética habló.

—No mucho en este momento. La cuenta ucraniana fue accedida a las 2:14 a.m. Después de un intento fallido de inicio de sesión a las 2:13 a.m., quien accedió a la cuenta transfirió 9,999 bitcoins a una cuenta desconocida. Estamos tratando de rastrear la transacción, pero hasta ahora no tenemos nada, y es poco probable que alguna vez podamos identificar la cuenta receptora debido a la naturaleza descentralizada de la plataforma. Quizá podamos rastrearla hasta un intercambio, pero probablemente no más allá, y eso nos tomará al menos un par de días.

—¿Y rastrear a quien accedió a la cuenta? ¿Podemos rastrear hacia atrás?

—Ahí podríamos tener algo de éxito. Es complicado, y estaremos pisando algunas áreas legales grises, pero estamos seguros de que podemos rastrear la dirección IP que accedió a la cuenta. A partir de ahí, podemos obtener una geolocalización precisa del punto de acceso, lo cual debería ayudarnos a reducir quién accedió a la cuenta. Luego, serán los agentes locales quienes identifiquen a la persona que hizo esto.

—Mejor que nada. ¿Cuánto tiempo va a tardar en obtener una ubicación?

—Más o menos… unas 24 horas.

—Ándale, equipo, pónganse a trabajar. Necesitamos estar tras ellos en cuanto tengamos una pista. Manténganme informada de inmediato sobre cualquier novedad. Voy a informar al Director en tres horas, y me gustaría decirle algo mejor que necesitamos otras 18 horas para nuestra primera pista. Nadie se va a casa hasta que encontremos ese dinero.

La Agente Especial Keller salió de la sala y se quedó pensando en cómo decirle al Director que $600 millones de dinero incautado se les habían escapado de las manos y que no tenían ni idea de dónde estaba.

CAPÍTULO CINCUENTA Y TRES

Me desperté alrededor de las 8:30 de la mañana siguiente, acurrucado en el sofá de Tom, con un martilleo taladrándome dentro de la cabeza y bastante seguro de que un oso había cagado en mi boca mientras dormía. Prioridad número uno: pasta de dientes, y luego café, y para la segunda taza ya me sentía humano otra vez. Tom tambaleó hasta la cocina unos minutos después, y le pasé una taza de café.

—¿Soñaste que robamos otros $600 millones anoche?

—No fue un sueño.

Le pasé mi teléfono, que mostraba el dinero en mi cuenta.

—Bien. Ahora ya puedes pagarme los cincuenta dólares de la botella de bourbon que bebimos anoche.

—Yo no bebí nada de bourbon.

—Bueno, pero me hiciste beber, así que puedes pagar tu mitad de la botella que tuve que beber. Necesitas reportarlo, y mantener mi nombre fuera de esto. Ya estoy en suficientes problemas en el trabajo, gracias a ti.

—Voy a llamar a mi amiga la Agente Especial Keller y se los voy a entregar, pero no antes de irme a casa y bañarme. Esto va a traer otra ronda de interrogatorios.

Manejé a casa, disfruté de un largo y caliente baño, y me senté a un delicioso almuerzo de pizza recalentada. Mi mente, finalmente despejada, formó un plan. Encontré a la Agente Especial Keller en mis contactos y presioné para llamarla.

Ella respondió de inmediato.

—Habla rápido. Aquí todo se está yendo al infierno. Alguien robó el dinero de Jenny anoche y tengo diez agentes intentando rastrearlo.

Tragué saliva.

—Probablemente pueda cancelar a sus agentes. El dinero está en mi cuenta.

El silencio se hizo tenso, y luego gritó a la sala: —Retírense. Ese maldito doctor tiene el dinero.

Volvió a la línea conmigo.

—¿Alguna razón en particular por la que esperó más de ocho horas para decírmelo?

—O sea, lo descubrí en medio de la noche y no quería despertarla.

—¿No se le ocurrió que la mañana era un buen momento?

—Puede que tuviera una pequeña celebración y me quedé dormido —dije, un poco avergonzado.

Estoy seguro de que negó con la cabeza cuando dijo: —Ven a la oficina de inmediato y prepárate para transferir ese dinero a nuestra cuenta, o esta será la última vista al sol que tendrás en los próximos 50 años.

Colgó sin esperar una respuesta.

•   •   •

Llegué al edificio del FBI y encontré a un agente junior esperándome afuera con una credencial de visitante. Otro agente dijo que se haría cargo de mi carro. No estaba seguro si eso significaba valet o que lo iban a confiscar, pero como tenía una pistola y yo suficiente dinero para comprar una flota de carros, se lo dejé.

Tomamos un incómodo viaje en elevador hasta el quinto piso y entramos en una sala de conferencias llena de trajes con caras serias. Me preguntaba si el FBI reclutaba a gente que luciera igual, o si el «look de FBI» era parte de su entrenamiento. Mis pensamientos se desvanecieron abruptamente cuando la Agente Especial Keller señaló la silla frente a ella.

—Siéntate, por favor. Nos vamos a saltar las presentaciones de mis colegas, pero déjame recordarte que estas personas llevan toda la noche buscando ese dinero.

Excelente, una mesa llena de personas que probablemente me guardaban rencor.

—¿Podrías explicarnos cómo el dinero llegó a tu cuenta?

Cuando empecé mi historia sobre IHOP la noche anterior, pensé que el Agente Especial Hixon iba a explotar. Expliqué cómo Gladys me había animado a reconsiderar todo el caso y había revivido mi recuerdo del tatuaje y lo que Jenny me había dicho, lo que me llevó a casa para intentar la contraseña desde su tatuaje.

—¿Y funcionó? ¿Así nada más, estaba en la cuenta? —preguntó la Agente Keller.

—En realidad, falló —esto provocó una confusión en la sala—. Así que, lo ingresé una segunda vez, al revés, y accedí a la cuenta.

Un agente junior al final de la mesa tenía su computadora encendida.

—¿Quién tiene una foto de ese tatuaje?

La gente revisó sus papeles, y le pasé mi teléfono por la mesa. Miró el tatuaje y empezó a teclear. Un momento después, dijo: —Estamos dentro. El saldo es de un bitcoin.

La Agente Especial Keller me fulminó con la mirada.

—¿Me dejaste solo un bitcoin?

—Quería asegurarme de que el FBI pudiera llevarse el crédito por la recuperación.

Unas risas dispersas se escucharon alrededor de la mesa. La Agente Especial Keller permaneció seria.

—Necesito esos otros bitcoins en nuestra cuenta. ¡Ya!

—No hay problema. Solo necesito mi teléfono y un favor.

—¿Un favor? ¿Qué tal si te hago el favor de no meterte en la celda más asquerosa que pueda encontrar? Dame una buena razón para hacerte un favor.

—Tengo 600 millones de razones por las que debería hacerme un favor. Además, recibirán todo el crédito por esta recuperación en la prensa, y creo que les gustará el favor que estoy pidiendo.

En menos de 10 minutos, expliqué lo que quería. Al final, todos parecían contentos, y cerramos un trato.

—De acuerdo. Ahora transfiere ese dinero.

Por segunda vez en una semana, tuve que transferir $600 millones fuera de mi cuenta, y nunca llegué a ser multimillonario. El Agente Especial Hixon notó mi tristeza.

—Anímate, Doc, estás entrando a una compañía de élite. Tú y tal vez un par de políticos son las únicas personas que conozco que robaron mil millones de dólares y se salieron con la suya.

•   •   •

Al llegar a urgencias al día siguiente, noté a una niña llorando junto a su mamá en la recepción. Me detuve en el lobby y me agaché a la altura de los ojos de la niña.

—Hola, hija, ¿cómo te llamas?

Ella respondió tímidamente, entre sollozos:

—Tara.

—Bueno, Tara, soy uno de los doctores aquí, y no tienes nada de qué preocuparte.

—¿Qué le pasó en la cara? —me preguntó.

—Me caí de la bicicleta y me golpeé la cabeza. Por suerte, traía casco y no me lastimé. ¿Por qué estás aquí hoy?

Ella miró sus sandalias rosas bordadas con mariposas blancas. Su mamá respondió por ella: —Se metió una cuenta de plástico en la nariz; probablemente nos salga en tres mil dólares cuando termine con nosotras.

—Tara, ¿te gusta la magia?

Tara asintió.

—Bueno, conozco un truco de magia para hacer que las cuentas desaparezcan de las narices. ¿Quieres verlo?

Tara volvió a asentir, y su mamá se detuvo a observar.

—Definitivamente quiero ver ese truco —dijo la mamá.

—Bueno, Tara. ¿En qué lado de la nariz tienes la cuenta?

Tara señaló su fosa nasal derecha. Suavemente coloqué mi dedo en el lado izquierdo de su nariz y apliqué una ligera presión para bloquear su fosa nasal izquierda.

—Ahora, cuando cuente hasta tres, quiero que soples la nariz muy fuerte. Como el estornudo más grande del mundo. Lista, uno, dos, tres… ¡y estornuda!

Tara estornudó fuerte, y una cuenta roja salió disparada de su nariz. Tara sonrió y rió, señalando la cuenta. Su mamá se rió y negó con la cabeza.

—¿Cuánto nos va a costar eso?

Me reí con ella.

—La magia es gratis. Solo cobramos por la atención médica. No te preocupes. Va a estar bien. Esto pasa más frecuentemente de lo que crees.

Volví mi atención a la niña.

—Tara, fue un placer conocerte, y fuiste muy valiente. ¿Te gustaría una calcomanía? Y luego tú y tu mamá pueden irse a casa. ¿Qué te parece?

Tara saltó y asintió con entusiasmo. Eligió una calcomanía, y yo regresé a la estación de enfermeras.

—Híjole, Doc, ¿estás seguro de que estás listo para volver? Pareces más paciente que doctor con esos moretones.

Jean siempre me hacía sentir bienvenido en urgencias.

—Jean, te aseguro que estoy listo para trabajar. Incluso me escribí una nota diciendo que estoy bien para regresar. ¿Me extrañaste?

Jean me sorprendió, envolviéndome en un abrazo sincero por primera vez.

—Sí te extrañé, y me alegra que estés bien. Nos tenías a todos preocupados. No lo vuelvas a hacer.

—Prometo no volver a pelear con una banda de extranjeros violentos involucrados en extorsión y asesinato.

Jean se alejó y volvió a su personalidad normal.

—Bien. Ahora ve a hablar con Deb. Este mes hay un interno rotando por aquí que cree que sabe todo, pero es más tonto que esa silla de allá. La única pregunta es si lo mato antes de que él mate a un paciente. Hazle entrar en razón.

—Ya voy. Ya ha habido suficiente muerte esta semana.

Se sentía bien estar de vuelta en urgencias. Finn y Deb querían un relato de primera mano sobre mis aventuras, y el resto del personal disponible escuchaba. Tom pasó con Banshee para aportar su granito de arena. Oficialmente retirado, Banshee siempre sería bienvenido en urgencias. Se lanzó corriendo hacia mí, y lo acaricié con mucho cariño justo como antes lo hacía.

CAPÍTULO CINCUENTA Y CUATRO

El sábado llegó, con cielos soleados y temperaturas acercándose a los 27 grados. Una llamada me informó que todo estaba listo. Me puse una camisa y shorts de Tommy Bahama y manejé a la Marina Seaside en mi carro nuevo. Una suave brisa jugaba con mi cabello mientras caminaba hacia los muelles y paseaba entre los barcos.

Encontré el Louey Lou exactamente donde El BT dijo que lo encontraría. El hermoso barco, en realidad más un yate, era un Hinckley de casi 13 metros con todos los lujos, incluyendo sistemas de propulsión y navegación de última tecnología. Podían caber 30 personas y contaba con camarotes en donde podrían dormir cómodamente 10. Había costado más de un millón de dólares y se tenía que gastar más de $75,000 al año para mantenerlo.

Me senté en una banca para admirarlo y pronto fui recompensado con la imagen de Lou merodeando en la cubierta, usando shorts de lino y una camisa náutica con el nombre de su barco bordado en un lado y «Capitán Lou» en el otro. Completaba el look con gafas de aviador. Si buscaras en línea «dueño de yate pretencioso», esta sería la primera imagen que aparecería.

Suspiré y subí la escalera hasta la cubierta. Lou enrolló una cuerda y se sobresaltó cuando aterricé en la cubierta. La sorpresa se convirtió en confusión al reconocerme, seguida de enojo.

—¿Qué diablos haces aquí?

—Estaba visitando a unos amigos y lo noté en este hermoso yate. ¿Es suyo? ¿Le importa si echo un vistazo?

Sin esperar su respuesta, subí una escalera hasta la siguiente cubierta, donde encontré a una mujer muy atractiva tomando el sol en topless.

—Disculpe, señora —dije, mientras me volteaba amablemente para darle privacidad.

Lou subió tras de mí furioso, alternando su mirada entre la mujer en topless y yo.

—Kiki, ¿por qué no te pones la blusa y bajas, por favor?

La mujer se vistió y caminó hacia mí para bajar por la escalera. Se mordió el labio y me rozó suavemente al pasar, dejándome solo en la soleada cubierta blanca con Lou.

—No recuerdo que el nombre de su esposa sea Kiki.

La insinuación quedó en el aire, y Lou se negó a comentar. En su lugar, se sentó en una silla e intentó calmarse. Con una voz mucho más controlada, articuló:

—¿Qué haces aquí?

Me senté frente a él y probé un trozo de piña de un plato de fruta en la mesa de centro entre nosotros, mientras lo hacía esperar la respuesta.

—Ya había escuchado de este barco y quería verlo por mí mismo. Hermosa madera de teca y accesorios de latón en todas partes, con tres habitaciones, si no me equivoco. Supongo que Kiki usa una de las habitaciones de invitados —dije, metiéndome una fresa fresca en la boca.

Con cautela, Lou empezó a sentirse más en control.

—Tuve la suerte de venir de una familia adinerada. Desafortunadamente, mis padres ya fallecieron, y usé el dinero de su herencia para comprar este barco.

Se reclinó, esperando mi respuesta mientras yo sostenía una rodaja de manzana, y le di una mordida.

—Esa sería una gran explicación, si fuera la verdad. Sin embargo, sus padres no son ni ricos ni están muertos.

Me incliné hacia adelante para sacar una carpeta delgada de la parte trasera de mi cintura, donde la había escondido bajo mi camisa. Sin decir otra palabra, la dejé sobre la mesa entre nosotros y volví a disfrutar de la fruta.

Lou se retorció las manos y gotas de sudor cubrieron su frente mientras intentaba no mirar la carpeta.

—Está bien, ¿qué hay en la carpeta?

Lo recogí casualmente y hojeé las páginas.

—Si no me equivoco, aquí están todas sus cuentas y movimientos financieros de los últimos tres años, junto con un resumen de los registros de facturación de urgencias del último año. Información interesante. ¿Quiere revisarla?

Lou se inclinó hacia adelante con una mirada asesina en sus ojos.

—Déjate de pendejadas. Dime qué crees que sabes y qué quieres.

Me recosté en la silla y junté las manos frente a mí.

—¿Qué le parece esto como historia? Hace tres años, un ejecutivo junior en un hospital de Luisiana recibió la supervisión de los ingresos de urgencias. Quería impresionar a su jefe, así que convenció a dos de sus facturadores para inflar los ingresos de urgencias con cargos ficticios. Los resultados dramáticos le llevaron a un ascenso. Eventualmente, consiguió un nuevo trabajo en Houston. Quería ascender en un sistema hospitalario grande como parte de su plan para ser CEO algún día. Tomó un puesto como vicepresidente en el hospital público más grande de Houston y, basado en su impecable historial en su trabajo anterior, asumió la supervisión de los ingresos de urgencias.

»Lo primero que hizo fue convencer a sus dos codificadores de Luisiana para que se unieran a su equipo en Houston, y con el equipo reunido nuevamente, comenzó a crear cargos ficticios otra vez para hacer que los números de su departamento brillaran. En el camino, se dio cuenta de que había suficientes ingresos extra para hacer que su departamento sobresaliera y, de paso, quedarse con una parte. Así que ahora, ese vicepresidente vive a lo grande y está buscando un ascenso a CEO de su propio hospital. ¿Me faltó algo?

Lou se reclinó y copió mi pose.

—Esa es una buena historia, pero incompleta.

—¿Le gustaría iluminarme?

Lou sonrió.

—Con gusto. Verás, ese vicepresidente sabía que había ciertas personas que podrían darse cuenta de sus actividades, y la más preocupante era el director de urgencias. Así que decidió hacer a ese director su socio en las actividades. Abrió una cuenta en el extranjero y cada mes depositaba $20,000 en esa cuenta para comprar el silencio del director. Ahora mismo, hay una cuenta en el Caribe a tu nombre con más de un cuarto de millón de dólares, socio.

Se recostó con una sonrisa satisfecha.

—Entonces, como su socio, ¿me quedo con ese dinero? —pregunté.

—Absolutamente.

—¿Y puedo usar el barco cuando quiera?

—Es tuyo cuando yo no lo esté usando. Incluso te incluyo a Kiki si quieres. ¿Tenemos un trato?

Fingí considerar la oferta, repulsiva como era.

—Doc, no hay salida. Planeé esto de principio a fin. Tengo contingencias para cada contingencia. Hablas, y caes conmigo. Te quedas callado, y los dos vivimos así —dijo, señalando de manera expansiva el yate a su alrededor.

—Está bien, una pregunta más. ¿Este barco puede alojar cómodamente a 10 adultos?

Lou parecía confundido mientras miraba todo el espacio abierto en la cubierta.

—Por supuesto. Puede albergar cómodamente a 30 personas.

Me recosté con algunas rodajas más de manzana, cuando un sonido de pasos pesados en la cubierta principal nos interrumpió. Alarmado, Lou observó al primer agente subir a la cubierta. Los Agentes Especiales Keller y Hixon aparecieron a continuación y se acercaron a Lou. Keller tomó la iniciativa.

—Señor, por favor levante las manos. Está arrestado por fraude de Medicare y malversación de fondos robados.

Keller le informó de sus derechos. Un atónito Lou balbuceó que comprendía sus derechos. Se volvió hacia mí.

—¿Cómo? ¿Cómo pasó esto?

Me desabotoné la camisa, desenganché el micrófono y el receptor, y se los entregué al Agente Especial Hixon mientras Keller esposaba a Lou.

—Ya verá, Lou, lo descubrí cuando revisé los registros. Siempre estuvo allí para quien quisiera verlo. Supuse que usted sabía que los registros de facturación podrían incriminarlo y que tenía preparado un chivo expiatorio en caso de ser atrapado, y estaba bastante seguro de que el chivo expiatorio sería yo. Así que lo discutí con mis nuevos mejores amigos en el FBI, y decidimos que la manera más fácil de condenarlo era obtener una confesión grabada. Pensaron que probablemente usted no lo haría, pero yo estaba seguro de que su ego lo obligaría a presumir de lo inteligente que ha sido. Lo contó todo en la grabación. El juicio para condenarlo no debería tomar mucho tiempo.

Me di la vuelta.

—Agente Especial Keller, ¿cuánto tiempo enfrenta el VP Lou por todos estos cargos?

—Depende de los cargos finales, pero podría ser alrededor de 30 años.

—Y no olvidemos las multas —agregó el Agente Especial Hixon.

—Buen punto. Esos fondos eran federales y cruzaron líneas estatales. Eso implica cargos de crimen organizado también. Y eso lleva una multa mínima de cinco millones de dólares —explicó Keller.

Lou, ahora con lágrimas, sabiamente permaneció en silencio mientras se lo llevaban.

CAPÍTULO CINCUENTA Y CINCO

Una semana después, llegué cinco minutos temprano a una reunión a las 10 en punto con los federales en el centro. Los Agentes Especiales Keller y Hixon ya esperaban en la sala de conferencias junto con otros ocho agentes trajeados. A estos tipos ciertamente les gustaba viajar en grupos grandes, pero al menos eran puntuales. Tomé una botella de agua de un mini refrigerador y me senté.

—Buenos días a todos. ¿De qué se trata todo esto?

Me habían «invitado», pero tuve la impresión de que no tenía opción de rechazar la reunión. También habían solicitado que trajera a mi abogado.

—Probablemente deberíamos esperar a que llegue su abogado para empezar —dijo un agente.

—Mi abogado no me va a acompañar hoy. Quería ver de qué se trataba todo esto antes de involucrarlo.

Cuatro pares de ojos me miraron fijamente mientras los demás se movían incómodos en sus asientos. Al menos ahora sabía cuáles cuatro eran abogados.

—¿Por qué no me sorprende? Procedamos y terminemos con esto —dijo la Agente Especial Keller.

Uno de los agentes repartió algunos documentos.

—Hemos vendido todos los bitcoins incautados y los convertimos en efectivo. Después de las tarifas de transacción, nos quedaron 1.15 mil millones de dólares en efectivo. Trescientos millones han sido reservados para reembolsar la cantidad original de chantaje, más un modesto ajuste de intereses. Tenemos un equipo trabajando para identificar a todos, pero tomará tiempo.

»Eso deja 815 millones de dólares en efectivo sobrante atribuidos al aumento en el precio de Bitcoin en los últimos años. Está sujeto a leyes federales de incautación y ahora es parte del presupuesto sobrante del FBI.

La Agente Especial Keller empezó a hablar.

—La ley federal manda una recompensa civil de un máximo del 10 por ciento de cualquier fondo recuperado en exceso. Así que, Doc, eres elegible para una recompensa de 81.5 millones de dólares.

El Agente Especial Hixon intervino: —Y ese dinero está libre de impuestos.

Me recosté y los miré incrédulo. Rara vez me quedo sin palabras, pero, de nuevo, rara vez me dan 81.5 millones de dólares. Esperaba un modesto agradecimiento y, tal vez, un pastel, pero no 81.5 millones de dólares.

Un abogado continuó: —Fondos adicionales podrían estar disponibles en el futuro, si no logramos encontrar a todas las víctimas.

Finalmente logré a decir: —Eso es sumamente generoso.

La Agente Especial Keller continuó: —Claro que lo es, y hay más. Todavía estamos investigando el caso de fraude en el hospital y en los hospitales previos de Lou, y cualquier fondo recuperado es elegible para un pago del 30 por ciento al informante. Tomará tiempo obtener una cifra final, pero el fraude total ronda los 30 millones de dólares. Tu parte sería alrededor de nueve millones de dólares.

El Agente Especial Hixon añadió: —También libre de impuestos.

La Agente Especial Keller continuó: —Nuestros abogados han preparado algunos documentos para que los revises y firmes, a menos que prefieras que su abogado los revise primero.

Fue una decisión fácil, porque ahora realmente podía pagar buenos abogados. La Agente Especial Keller sonrió de verdad.

—¿Cómo se siente ser un hombre rico?

Todavía atónito, no podía encontrar las palabras correctas.

•   •   •

Discutir opciones y establecer fideicomisos con abogados y contadores dominó mi tiempo los días siguientes. El FBI no había hecho ningún anuncio público sobre las recompensas, así que nadie lo sabía, afortunadamente. Con la logística en orden, invité a Tom a acompañarme a IHOP después del trabajo.

Llegamos alrededor de las 11, con solo algunos otros clientes en el restaurante. Tomamos una mesa y pedimos lo de siempre. Tom abrió la conversación: —¿Dónde diablos has estado los últimos días?

—He estado trabajando en algunas cosas. Tratando de tomar decisiones sobre qué hacer ahora.

—¿No me digas que estás pensando en irte?

—Quizá sea momento de un cambio. Para ser sincero, a la administración no le hace mucha gracia la atención negativa relacionada con el fraude.

—Que se vayan a la chingada. Fueron ellos que lo contrataron.

—O sea sí, pero aún así, llevo 12 años en Houston y quiero estirar las piernas y seguir adelante.

Gladys nos trajo nuestros platos llenos.

—Gracias, Gladys. ¿Puedes pedirle a Little D que venga un momento?

Ella parecía curiosa, pero llamó a Little D. Él terminó su pedido actual y se unió a ella en mi mesa.

—¿Qué pasa, Doc?

—Ustedes tres son los primeros en escuchar esto. El FBI me ofreció una recompensa por encontrar todo ese Bitcoin, y como ustedes me ayudaron, pensé en compartirlo con ustedes.

Protestaron, pero levanté la mano para callarlos.

—No hubiera podido hacerlo sin ustedes. Gladys, tú y Little D me ayudaron a aclarar las cosas, y Tom, bueno, tú en la mayor parte no te metiste.

Little D levantó las manos: —No podemos aceptar nada de eso. Tú eres el que casi murió.

Sonreí.

—La recompensa es un poco más de lo que necesito para mí.

Los ojos de Gladys se agrandaron.

—¿Cuánto es?

—En realidad, es mucho más de lo que necesito. Es el 10 por ciento del dinero extra incautado. La recompensa total es de 81.5 millones de dólares. Libre de impuestos.

Se quedaron boquiabiertos en un silencio atónito.

—¿Esos hijos de puta te están dando 81.5 millones de dólares? —preguntó Tom finalmente.

Metí la mano en el bolsillo y saqué tres sobres, que coloqué sobre la mesa. Cada persona tenía su nombre en un sobre. Me miraron con incertidumbre. Sonreí.

—Adelante, ábranlos.

Con cautela, extendieron las manos, rompieron sus sobres y sacaron una sola hoja de papel.

—Esa es una carta de mi abogado informándoles que han establecido un fideicomiso para cada uno de ustedes por el 10 por ciento de la recompensa total. Cada uno de ustedes recibirá 8.15 millones de dólares en un fideicomiso que pueden decidir cómo gastar. Ese abogado los ayudará a resolver todos los detalles y a establecer las cuentas.

Gladys me miró con lágrimas en los ojos.

—Tus hijos irán a la universidad, Gladys, y podrás pasar más tiempo con ellos en lugar de estar aquí cinco noches a la semana. Little D, tú también cuida de esa familia tuya. Tom, supongo que te lo vas a gastar en puros, pornografía, alcohol y malas decisiones, pero al menos te la vas a pasar bien haciéndolo.

Emocionado por compartir sus lágrimas de alegría, agradecimientos y abrazos, saboreé el momento. Eventualmente, Little D y Gladys volvieron a terminar sus turnos; el dinero no cambia a la buena gente. Tom parecía sincero por una vez.

—Cada vez que estoy convencido de que eres un idiota, haces algo así de bueno. ¿Estás seguro de esto? O sea, aún te quedan 50 millones para ti. ¿Qué vas a hacer con eso?

En realidad, tengo 40.75 millones para mí. Estoy apartando un 20 por ciento para un fideicomiso que ayude a las jóvenes que fueron víctimas de Dyyavola. Son más de 16 millones para ayudarlas a ellas y a otras chicas como ellas a pagar consejería, rehabilitación y educación. No resolverá todos sus problemas, pero es un buen comienzo.

—Eres todo un caso. La mayoría de la gente se hubiera quedado con todo ese dinero para sí mismos.

—Es demasiado. Los 40 millones son más de lo que jamás voy a necesitar para vivir bien.

—Cuarenta millones de dólares. ¿Qué más vas a hacer con todo ese dinero?

Sonreí y dije: —Comprar un poco de Bitcoin.

•   •   •

Al día siguiente, me reuní con Deb y Jean en urgencias.

—Equipo mío, es hora de que siga adelante.

Las protestas comenzaron de inmediato.

—Tengo 12 años aquí y, francamente, la administración está tan cansada de mí como yo de ellos. Voy a recorrer el país, en parte trabajando y en parte pasándola bien.

Deb dijo: —No me sorprende después de lo que pasó, pero te vamos a extrañar, Doc.

Jean añadió: —Igual que la mitad de las mujeres solteras de Houston. Va a ser un día de luto cuando te vayas.

Deb sonrió: —Pero piensa en todas las afortunadas mujeres que lo van a conocer en sus viajes.

Jean estaba a punto de responder, pero la interrumpí antes de que la conversación tomara un rumbo peor.

—Necesito una cosa más de cada una de ustedes antes de irme. El FBI tiene una recompensa para informantes que denuncian fraudes. Va a tomar un tiempo calcularlo todo, pero va a ser más o menos nueve millones de dólares.

Me miraron, felices por mí.

—Le he dicho a mi abogado que se disperse en dos fideicomisos, mitad y mitad. Jean, tú controlas uno, y Deb, tú controlas el otro. La única restricción es que Deb debe usar el dinero para ayudar a proveedores que lo necesiten, y Jean debe usarlo para ayudar al personal que lo necesite. Pueden usar su criterio. Puede ser para educación o fondos de emergencia para crisis médicas o desastres. Solo les pido que lo usen sabiamente.

Después de más abrazos y agradecimientos, les dije que había una última cosa que necesitaba de ellas.

CAPÍTULO CINCUENTA Y SEIS

En otra perfecta mañana de sábado, más de mil personas se reunieron para celebrar la vida de una desconocida. Un gran gesto de parte de urgencias, la guardia de honor completa de la policía y muchos extraños que habían leído la historia en el periódico llegaron a despedirse de Jenny.

Nadie reclamó su cuerpo, y no era justo que fuera olvidada en la muerte como lo había sido en vida. Hablé con la oficina del forense para que prepararan su cuerpo para un funeral adecuado. También hablé con el jefe de policía y él aceptó que la guardia de honor estuviera presente. Urgencias respaldó todo el proceso. Los medios se enteraron de la historia y el funeral se hizo más grande.

Cuando llegó el momento del elogio, me acerqué al atril. Miré a la multitud. Sentado en la primera fila estaba Carl, con su uniforme militar completo, incluyendo su Medalla de Honor. A su lado estaba Tom, con su uniforme de gala y Banshee con su chaleco de policía. Anne estaba allí junto con Linda y muchas otras mujeres de La U. Muchos de los miembros del equipo de urgencias, que ni siquiera estaban de turno cuando Jenny estuvo ahí, también se tomaron el tiempo para venir.

—Gracias a todos por venir a celebrar la vida de Jenny Smithton.

Solo tuve la oportunidad de pasar unos minutos con ella en urgencias, pero en ese breve tiempo, pude ver la fortaleza que tenía a pesar de todos los desafíos en su vida. En las últimas semanas, he tenido la oportunidad de conocer a muchos de sus amigos, que también pasaron por momentos difíciles junto a ella. Todos me dijeron cómo siempre contaban con Jenny, y cómo brindaba estabilidad en cualquier situación. Cuando muchos de ellos perdieron la esperanza, fue Jenny quien se la devolvió. En los momentos más duros, Jenny fue la más fuerte.

»Jenny merecía mucho más de lo que esta vida le dio. Era joven y le quedaban muchos años para dejar su huella en el mundo. Aunque se ha ido demasiado pronto, Jenny continuará dejando su marca en este mundo de manera positiva. La Fundación Jenny Smithton se enfocará en mejorar las vidas de mujeres jóvenes que se encuentren en situaciones tan difíciles. Proveerá vivienda, educación, ayuda legal y protección para estas mujeres. Les ofrecerá capacitación laboral y una oportunidad para empezar de nuevo. Les dará la oportunidad de tener la vida que Jenny quería para sí misma y para sus amigas. Que encuentres la paz que no tuviste en vida. Buen viaje y buen camino, Jenny.

•   •   •

Mi último turno en urgencias llegó rápidamente y, a pesar de mis protestas, habían planeado una fiesta de despedida. Urgencias encontraba cualquier excusa para una fiesta con pizza, pero les dije absolutamente nada de regalos. A estas alturas, todos sabían sobre la recompensa y, con suerte, se dieron cuenta de que prácticamente no había nada que pudieran darme que yo no pudiera permitirme ya.

La fiesta continuó mientras todos intentaban ser educados mientras devoraban la pizza antes de volver al trabajo. Tom apareció y se robó el espectáculo. En realidad, su nuevo compañero se robó el espectáculo.

—Amigos, quiero que conozcan a Shade.

El pastor belga malinois de 16 semanas luchaba por caminar con su chaleco.

—Shade va a ser mi nuevo perro policía, ya que Banshee se retiró.

Empieza su entrenamiento la próxima semana.

Lo que significaba que esta semana, era un cachorro. Logró con éxito mendigar comida de todos, masticar los muebles y hacer pipí en el suelo. Alguien comentó que, si estaba lo suficientemente sobrio como para hacer pipí en el suelo, estaba listo para ser dado de alta, lo que desató carcajadas.

Tom llamó la atención de todos.

—Todos vamos a extrañar a Doc, las damas más que los hombres, pero no podemos dejarlo ir sin un último regalo. Jean.

Jean entró con Banshee atado con una correa y un enorme lazo en su collar. Miré a Tom con incredulidad, con los ojos llenos de lágrimas.

—No puedo.

—Sí puedes, y lo harás. Está retirado y necesita un hogar, y no puede vivir con Shade. Arruinaría su entrenamiento. Y, por alguna razón, le caes bien, así que es tuyo.

Le di un gran abrazo a Tom y me volvió a entrar algo de ese polvo que me sacaba lágrimas.

—Ven aquí, chico —y Banshee se acercó para que pudiera acariciarlo.

—¿Saben a dónde vamos? ¡Nos vamos a Montana!

Deb preguntó: —¿Por qué vas allá?

Jean respondió: —Muchas mujeres solteras en Montana.

Tom agregó: —Y nada de malditos gangsters ucranianos.

FIN

AGRADECIMIENTOS

Tuve el privilegio de capacitarme en el Hospital Ben Taub durante los años 90. Los turnos largos eran, en ocasiones, aterradores, pero las lecciones aprendidas en la UCI, urgencias y en todo el hospital aún resuenan en mí. La trama sobre el fraude en facturación en el hospital es completamente ficticia. No tengo conocimiento de ninguna mala práctica financiera de nadie jamás.

La breve discusión sobre la economía médica, lamentablemente, no es ficticia. El aumento alarmante en los costos de atención médica en los últimos 30 años no se debe a un aumento en los salarios de los trabajadores de la salud, los cuales se han mantenido relativamente estáticos cuando se ajustan a la inflación. El incremento proviene de la administración del hospital y de las ganancias de las farmacéuticas y compañías de seguro. El sistema no es sostenible en su camino actual.

Para quienes me conocen, Doc comparte algunas de mis características, pero no está diseñado para ser un personaje autobiográfico, sino una amalgama de las mejores características de todos los médicos chingones. A diferencia de la mayoría de los lugares de trabajo, urgencias requiere un tipo de persona específico para tener éxito. El ambiente único de un centro de trauma urbano grande y los sacrificios que la gente hace cada día en el trabajo son difíciles de describir. Con suerte, nunca necesitarán un equipo de trauma, pero si lo hacen, estarán ahí para ustedes cada día, sin importar la hora, con sus corazones y sus habilidades arduamente adquiridas para ayudarlos lo mejor que puedan.

Los casos médicos salpicados a lo largo del libro ofrecen solo una pequeña muestra de los problemas con los que urgencias lidia cada día. Van de lo mundano a lo que amenaza la vida, con poca o ninguna advertencia de lo que vendrá después. Trágicamente, la violencia mostrada en estas páginas es un suceso demasiado frecuente.

Es necesario mucho apoyo para escribir un libro. Estoy eternamente agradecido con mi editora de desarrollo, Jo Lane. Ella tomó mis ideas y ayudó a que mis personajes y la trama crecieran hasta la forma actual.

Si necesitas servicios editoriales, puedes encontrar a Jo en Reedsy. Envío un agradecimiento sincero a Cindy Bullard de Birch Literary por darme una oportunidad como escritor primerizo y a Black Rose Writing por llevar mi libro al mundo.

Finalmente, gracias a mi familia por su apoyo a otra de mis ideas locas. Mis nuevas aventuras serían imposibles sin ustedes.

SOBRE EL AUTOR

Gary Gerlacher es un médico de urgencias pediátricas que se formó y trabajó en varias salas de urgencias de Texas antes de abrir sus propias clínicas de atención pediátrica de urgencia. Sus 30 años en medicina se han enfocado en expandir el acceso a atención de alta calidad para todos los niños, y sus historias ofrecen una visión única del funcionamiento interno de la sala de urgencias. Tiene tres hijos adultos y actualmente reside en Dallas con su esposa, Tamara, y dos perros rescatados. Para mantenerte al día con futuros libros, visita GaryGerlacher.com.

UNA NOTA DE GARY GERLACHER

El boca a boca es crucial para que cualquier autor tenga éxito. Si disfrutaste «*La última paciente de la noche*», por favor deja una reseña en línea, en cualquier lugar que sea posible. Incluso si es solo una frase o dos, marcaría una gran diferencia y sería muy apreciado.

¡Gracias!

Gary Gerlacher

Esperamos que hayas disfrutado de esta obra de:

www.blackrosewriting.com

Suscríbete a nuestra lista de correo, *The Rosevine* (solo disponible en inglés), y recibirás libros GRATIS, ofertas diarias y te mantendrás al tanto de las noticias sobre próximos lanzamientos y nuestros autores más populares. Escanea el código QR a continuación para suscribirte.

¿Ya estás suscrito? Acepta nuestro sincero agradecimiento por ser un fan de los autores de Black Rose Writing.

Consulta otros títulos de Black Rose Writing en www.blackrosewriting.com/books y usa el código de promoción PRINT para recibir un 20% de descuento en tu compra.

www.ingramcontent.com/pod-product-compliance
Lightning Source LLC
Chambersburg PA
CBHW030809210726
48290CB00002B/497